QUAND ON TOMBE

POUR TOUJOURS #29

E. L. TODD

Hartwick Publishing

Quand on tombe

Copyright © 2020 by E. L. Todd

All rights reserved.

TABLE DES MATIÈRES

1

SLADE

JE POUSSAIS LE CADDIE DANS L'ALLÉE TANDIS QUE TRINITY marchait à mes côtés. Elle portait des talons hauts beiges et une robe moulante pourpre. La couleur contrastait bien contre sa peau claire. Je le remarquais lorsqu'elle portait son string pourpre.

Elle lisait la liste qu'elle avait dans les mains.

– Œufs... beurre... bière...

J'ai cessé de l'écouter quand j'ai aperçu une section jouets au bout de l'allée. Il y avait des dinosaures qui se transformaient en vaisseaux spatiaux.

– Cool ! dis-je en m'arrêtant pour ramasser une boîte. Bébé, on achète ça ?

Trinity a levé les yeux au ciel en se remettant à marcher.

– Pour toi ou bébé Thompson ?

J'ai haussé les épaules, coupable.

Elle a tourné dans l'allée suivante.

Je me fichais que c'était un jouet pour enfants et que j'étais un homme. J'allais l'acheter quand même. Je l'ai balancé dans le caddie avant d'examiner les pistolets. Il y en avait un motorisé, qui projetait des balles de mousse à plus de cent kilomètres à l'heure. Je l'ai posé dans le caddie, puis j'ai empilé nos emplettes par-dessus, comme ça Trinity ne le remarquerait qu'une fois arrivée à la caisse. Puis elle serait trop gênée pour me dire de remettre les jouets à leur place.

J'ai poursuivi mon chemin à la recherche de ma petite bombe de femme dans le supermarché. Elle était sans doute dans le rayon beauté à lorgner des trucs dont elle n'avait pas besoin. Je l'ai repérée dans l'allée du maquillage. Un type de son âge la matait à quelques mètres.

Pas question, mec.

Je me suis dirigé vers le rayon des produits pour le corps et j'ai ramassé une boîte de capotes extra larges sur une tablette. Quand j'ai relevé la tête, j'ai vu le type se diriger vers elle. J'ai marché le plus vite possible sans courir et j'ai atteint Trinity avant qu'il puisse faire quoi que ce soit.

– On utilise ça ce soir, bébé. C'est la seule taille qui me va.

Je me suis assuré que le mec m'entende et voie la boîte pour le faire fuir.

Les joues de Trinity se sont empourprées comme si elle était morte de honte.

Le type a semblé perplexe.

– Euh... eh bien, on se voit au boulot, Mme Sisco, dit-il en s'éloignant, fourrant les mains dans les poches.

Attends, il savait qu'elle était mariée ?

Trinity a déchaîné sa colère sur moi.

– Qu'est-ce qui t'a pris, bordel ?

– Je pensais qu'il allait te draguer.

– Eh ben, non. C'est un de mes employés. Et s'il m'avait draguée, je me serais débrouillée, dit-elle avant de pousser un soupir frustré. Je pourrais te tuer parfois...

– Quoi ? demandai-je en haussant les épaules. Fallait bien que je défende mon territoire.

– Alors, c'est quoi ça ? demanda-t-elle en levant sa bague de mariage. Tu m'as vraiment foutu la honte.

Elle s'est dirigée en trombe vers le caddie.

J'ai zyeuté les capotes dans mes mains avant de les poser

sur une tablette au hasard. Je n'en avais pas besoin de toute façon.

Trinity est restée silencieuse pendant le reste des courses. Elle se concentrait sur la liste et mettait les articles dans le caddie. Lorsque j'essayais de lui prendre la taille ou de la toucher, elle s'écartait prestement. La dernière chose qu'elle a ajoutée à la pile d'emplettes a été cinq tests de grossesse. Elle en faisait un presque tous les jours. J'essayais de la raisonner, mais ça ne changeait rien.

Nous sommes arrivés à la caisse et elle a posé les articles sur le tapis roulant. Une fois le caddie presque vidé, Trinity a remarqué le pistolet au fond. Elle a tourné son regard glacial sur moi.

– Quoi ? demandai-je innocent.

– T'as cinq ans ?

– Quoi ? C'est cool.

Elle a lu la boîte.

– Pourquoi t'as besoin de lancer des projectiles à cent kilo-mètres à l'heure ?

– Parce que...

Je n'allais même pas finir ma phrase.

– T'as intérêt à ne pas me tirer dessus.

– Comme si je tirerais sur ma nana.

Elle a soupiré, puis posé la boîte sur le tapis roulant.

– Trop top ! m'écriai-je en brandissant le poing en l'air.

Trinity a renâclé en roulant des yeux.

Après avoir payé, nous avons marché jusqu'à notre apparte-ment. Je portais la plupart des sacs moi-même, mais je n'avais que deux bras. Je m'assurais toujours de prendre les trucs lourds, comme le lait et la bière.

Nous avons tout rangé en arrivant à la maison, puis Trinity s'est dirigée vers la salle de bain avec les tests de grossesse.

Je lui ai arraché le sac des mains.

– Trinity, ça suffit. Ces trucs-là ne sont pas donnés. Ils coûtent presque quinze balles pièce, et tu en achètes chaque semaine. Ça nous coûterait moins cher si t'étais accro aux clopes.

– Et ton pistolet à la con a coûté un dollar ? riposta-t-elle. Et toute la bière que tu consommes ? C'est pas donné non plus.

Merde, elle a raison.

Elle s'est emparée du sac.

– Maintenant, excuse-moi, je dois aller pisser.

J'ai repris le sac à nouveau.

– Tu te souviens de ce qu'on a dit, bébé ? T'as dit que tu obséderais moins là-dessus. Ça met beaucoup de pression sur nous deux.

Elle s'est mordu la lèvre inférieure en réfléchissant à mes mots.

– Ça arrivera quand ça arrivera, ajoutai-je en rangeant le sac dans le tiroir. Ne te fais pas de mauvais sang avec ça. D'accord ?

Elle a soupiré comme si je venais de lui demander de ne plus jamais manger.

– Ça fait un bail qu'on essaie, ça aurait déjà dû arriver.

– Ça fait seulement quelques mois. On ne peut pas forcer ces choses-là.

– On devrait peut-être consulter un spécialiste.

– Je ne pense pas que ce soit nécessaire. Faut que t'arrêtes de t'inquiéter.

– Skye est déjà enceinte de quatre mois.

J'ai levé les mains pour la calmer.

– Bébé, je sais. Dès que t'arrêteras d'y penser, ça arrivera. Je sais que ça n'en a pas l'air, mais ton corps en prend un coup à cause de ton stress constant. Faut que tu te relaxes. Au lieu de coucher ensemble juste pour procréer, faisons-le pour nous. Tu sais, comme on faisait avant... dis-je en la prenant par la taille et l'attirant vers moi. Qu'est-ce que t'en dis ?

Elle a baissé les yeux vers le plancher.

– Allez, bébé. Regarde-moi.

À contrecœur, elle a relevé la tête.

– Alors, tu vas arrêter de t'inquiéter ?

Elle a opiné.

– Super, dis-je en lui baisant le front. Parce que tu commençais sérieusement à me rendre fou.

– Eh ben, tu me rends *toujours* folle, répliqua-t-elle en s'écartant et ramassant le pistolet par terre. Et t'as de la chance que je ne sois pas assez vilaine pour te tirer dessus.

– Ouh là, dis-je en levant les mains. Je me rends.

Elle a baissé le pistolet.

– Très bien, je t'épargne... pour cette fois.

La voir tenir un flingue était plutôt sexy.

– Et si on l'apportait dans la chambre...?

Elle a plissé les yeux, mais un sourire en coin se dessinait sur ses lèvres.

– Tu veux que je te prenne en otage ?

– Et que tu me fasses faire des trucs contre mon gré...

J'étais déjà hyper excité à l'idée.

Elle a pointé le fusil sur moi de nouveau.

– Oh non... on dirait que je suis à ta merci.

– Ouaip.

———

ARRIVÉ À L'ÉTAGE DE CAYSON, J'AI CONTOURNÉ LE BUREAU DE SA secrétaire.

– Excusez-moi, m'interpella-t-elle. Vous avez un rendez-vous ?

Je portais le pistolet de plastique sur mon épaule.

– On peut dire ça, répondis-je en ouvrant la porte du bureau de Cayson.

– Attendez, vous ne pouvez pas...

J'ai refermé la porte derrière moi.

Il était en pleine conversation téléphonique. Il a froncé les sourcils en voyant le jouet que j'avais apporté.

Je l'ai pointé sur lui en m'approchant.

– Ne me cherche pas aujourd'hui.

Il a fini sa conversation, puis raccroché.

– C'est quoi ça, bordel ?

– Bah, un flingue en plastoc.

J'ai tiré un projectile sur sa fenêtre. Il a fait un bruit sec en rebondissant.

– Waouh...

Cayson semblait impressionné.

La femme a ouvert la porte.

– Je suis désolée, M. Thompson. Je lui ai demandé de partir et...

– Ça va, la coupa Cayson. Je le connais.

Je me suis tourné et j'ai pointé le fusil sur elle.

Elle est immédiatement sortie du bureau en refermant la porte derrière elle.

Je me suis retourné vers Cayson.

– Je l'ai dégoté hier. Je l'ai glissé en douce dans le caddie.

– C'est gentil de la part de Trinity de t'avoir laissé le garder.

– On a fait des cochonneries avec hier soir.

Il a arqué le sourcil.

– Tu sais, des jeux de rôle. Elle faisait semblant qu'elle était...

– Je ne te l'ai pas demandé, m'interrompit-il.

– Eh ben, je me disais juste que...

– Garde-le pour toi.

Il s'est calé dans son fauteuil en soupirant.

J'ai regardé autour de moi.

– Ton bureau est aussi chic que celui de Trinity, remarquai-je.

– Elle a une salle de bain privée ? s'enquit-il en pointant la porte du menton.

– Non ! m'exclamai-je. Alors là, t'as gagné.

Il a pouffé.

– C'est pas un concours.

– Si tu le dis...

– Alors, quoi de neuf ? demanda-t-il.

Je lui ai tendu le pistolet pour qu'il joue avec. Il a tiré quelques projectiles sur la bibliothèque murale.

– Je me demandais si tu voulais déjeuner.

– J'ai pas faim.

Son air mélancolique habituel assombrissait son visage.

J'aurais aimé pouvoir le ragaillardir.

– Quoi de neuf de ton côté ?

Il savait ce que ma question insinuait.

– On a dîné avec les parents l'autre soir... disons que ça a mal tourné.

– Quoi ? Pourquoi t'as fait ça, bordel ?

– Je n'avais pas le choix.

J'ai indiqué le pistolet du doigt.

– Ils t'ont menacé avec un flingue ?

Il a soupiré en se frottant la tempe.

– Ils voulaient célébrer ma promotion. J'étais absent quand Conrad a fait son annonce à la famille, alors je ne pouvais pas me défiler deux fois de suite.

– J'imagine que c'est logique.

– Et j'ai fait un truc stupide...

– Quoi ?

– J'ai embrassé Skye. Je l'ai fait devant ses parents pour qu'elle ne puisse pas me repousser.

J'ai hoché la tête, approbateur.

– Bien joué.

– Elle m'a piqué une crise plus tard. Ça s'est vraiment retourné contre moi.

J'avais envie d'étrangler Skye.

– Elle ne s'est pas encore sorti la tête du cul ?

– Non. Je lui ai dit la vérité mille fois, mais elle refuse toujours de me croire...

– Vous avez décoré la chambre du bébé ?

– Comment tu sais ?

Je ne voulais pas lui dire que j'avais convaincu Skye de l'inviter.

– Trinity me l'a dit, mentis-je.

– Oh... ouais. On l'a peinte en bleu. Maintenant que c'est sec, on peut faire tout le reste.

– Eh ben, c'est au moins ça, non ? Elle ne t'exclut pas de la vie du bébé.

– C'est une bénédiction...

À l'entendre, il ne le pensait pas vraiment.

– Je pourrais demander à Silke de lui botter le cul.

– Elle ne ferait jamais ça.

– Peut-être bien. C'est ma frangine.

– Et Skye est enceinte.

D'après son expression, il trouvait mon idée stupide.

– J'en ai vraiment marre de cette histoire, me plaignis-je.

– Et tu crois que je me sens comment ?

Je n'imagine même pas.

– Donne-lui encore un peu de temps. Tant qu'elle garde le secret, tu n'as pas à t'en faire.

– Peut-être bien...

– Et je sais comment la convaincre.

– C'est-à-dire ? demanda Cayson en sourcillant.

– Tu sais, une façon sûre pour qu'elle revienne vers toi.

Il s'est raidi dans son fauteuil.

– Si tu le sais, pourquoi tu ne me l'as pas dit il y a longtemps ?

J'ai haussé les épaules.

– C'est pas aussi facile que ça en a l'air.

– C'est quoi ? s'impatienta-t-il.

– Du sexe.

Il semblait encore plus perplexe maintenant.

– Quoi ?

– Tu dois la baiser. Une fois qu'elle aura couché avec toi, ça réglera tout. Je te dis, ça marche. Trinity a beau être furax, quand on couche ensemble, c'est comme s'il ne s'était rien passé.

Cayson a soupiré de déception.

– Ça ne marchera pas.

– Pourquoi ? T'as perdu ta libido ?

– Non... mais elle me déteste. Je ne peux même pas lui soutirer un baiser.

– Réfléchis... Tu pourrais la saouler.

Il a froncé les sourcils.

– La saouler ?

– Ouais.

Il ne m'a pas entendu ou quoi ?

– Skye ? Qui porte mon bébé ?

– De qui d'autre on parlerait...?

Cayson s'est frotté la tempe, irrité.

– Les femmes enceintes ne peuvent pas boire d'alcool.

– Oh...

J'avais oublié ce détail.

– Eh ben, tu pourrais le faire en pleine nuit pendant qu'elle dort.

Il a plissé les yeux.

– Tu me suggères de la violer ?

– Mais non, ducon. Quand elle se réveillera, elle sera tellement excitée qu'elle ne t'arrêtera pas.

Cayson a fermé les yeux.

– Tu donnes les pires conseils du monde.

– Je donne d'excellents conseils, répliqua-t-il. J'y peux rien si tu ne peux pas y arriver.

Cayson m'a tiré une balle dans le front.

– Aïe ! Merde, ça fait mal, dis-je en me frottant la peau.

– Quoi ? La balle ou ta cervelle ?

– Je comprends que tu traverses un sale moment, mais ne te défoule pas sur la seule personne qui te croit.

Il a baissé son pistolet, abattu.

Cette foutue lettre était si incriminante, et Skye et Trinity étaient si furieuses que le doute commençait à s'insinuer dans mon esprit.

– Il ne s'est rien passé d'autre, hein...?

Au lieu de me fusiller du regard, Cayson a affiché l'expression la plus lugubre que j'aie vue de ma vie. Il a blanchi à vue d'œil, et ses yeux se sont vidés de tout signe de vie. Il a poussé un soupir comme si c'était son dernier.

– Non, dit-il d'un filet de voix. Et maintenant, tu ne me crois pas non plus.

– Bien sûr que si, m'empressai-je de dire. C'est juste...

– Tu voulais t'en assurer, dit-il en évitant mon regard. Ouais, je comprends.

– Cayson, je sais que tu n'as rien fait. Mais Trinity semble convaincue que oui, c'est tout.

– J'ai lu la lettre. Je sais de quoi ça a l'air, dit-il en baissant la tête, honteux.

– Désolé. Je ne me suis jamais senti aussi mal pour quelqu'un d'autre.

Il a levé les yeux vers moi, reconnaissant.

– Je sais que tout s'arrangera. Mais je ne pense pas que ça arrivera du jour au lendemain.

– J'espère que t'as raison...

– Je sais à quel point Skye t'aime. Sinon, elle aurait réagi différemment. Elle a trop besoin de toi pour t'abandonner. Même si elle croit que tu l'as trompée, elle te pardonnera. Ce n'est pas ton genre, et c'était juste une fois. Et en plus vous attendez un bébé...

– Je préfère qu'elle me croie plutôt qu'elle croie ça...

– Elle se ravisera, vieux. Aie confiance. Vous dites toujours que vous êtes faits l'un pour l'autre. Même dans l'obscurité totale, vous vous retrouvez.

– Ouais... je l'espère.

MIKE EST PASSÉ AU SALON UN PEU AVANT LA FERMETURE. AVEC son complet gris et sa cravate noire, il ressemblait à un agent secret. Il s'est approché du comptoir et il a posé les mains sur la surface, sa montre scintillant sous les néons.

– T'as bientôt fini ta journée ? demanda-t-il.

– Ouaip. En fait, je finis ma journée quand je veux.

– Ce n'est pas ce que ton père m'a dit.

– Ce vieux chnoque est dingue, dis-je en balayant l'air d'une main. Ne l'écoute pas.

Mike a ri.

– Je suis d'accord avec la deuxième phrase, mais pas la première.

– Alors, quel bon vent t'amène ?

– Tu veux boxer ?

– C'est ta façon subtile d'essayer de me foutre une raclée ?

Il a souri en coin.

– Nan. Je veux juste savoir ce que t'as dans le ventre.

– Très bien, dis-je en sortant mon portable. Mais laisse-moi d'abord texter ma nana pour lui dire que je serai en retard.

– Tu peux l'appeler Trinity. Je la connais.

– Mais c'est ma nana, dis-je en tapotant. Je suis censé l'appeler comme ça. Ou ma femme. Peu importe.

Mike ne s'est pas donné la peine de protester.

– Prêt ? demandai-je.

– À te foutre une raclée ? Toujours.

───────

MIKE ET MOI SAUTILLIONS SUR LE RING EN NOUS FILANT DES coups de poing. Nous portions des gants et un casque, aussi le combat n'était pas sanglant. C'était sympa de boxer avec mon beau-père. Il était plutôt rapide pour un vieux chnoque. Et il avait plus de muscle que j'en aurais si je traînais à la salle de sport vingt-quatre heures sur vingt-quatre.

Nous nous sommes entraînés pendant une demi-heure

avant que Mike mette fin à la séance. Nous avons retiré notre équipement et sommes restés torse nu sur le ring, reprenant notre souffle.

– Mike, tu devrais te faire tatouer. Genre sur les côtes ou un truc du genre.

– Ah ouais ?

– Ta femme kifferait. Les miens font kiffer Trinity.

J'ai grimacé en réalisant mon erreur.

Mike l'a ignoré.

– Ma femme adore ce qu'elle a déjà.

– Mais ça pourrait mettre du piquant dans votre mariage.

– Notre mariage n'a pas besoin de piquant, dit-il en tendant son équipement à un employé.

– Que dirais-tu d'un ours grizzli ? demandai-je. Avec du sang qui lui dégouline de la gueule.

– Ouais… ma femme détesterait ça.

– Quoi ? m'étonnai-je. Pourquoi ?

– Elle aime les ours. Elle les trouve mignons.

– Mignons ? Elle sait ce qu'est un ours ou…?

– Tu connais les femmes. Tout ce qui porte de la fourrure est mignon.

Il est descendu du ring et retourné au banc où étaient nos bouteilles d'eau.

– Alors, quoi de neuf ? demanda-t-il.

La cata avec Skye et Cayson.

– Oh, pas grand-chose.

– Pas grand-chose ? Tu passes beaucoup de temps avec Cayson ?

C'est une question zarb…

– Comme d'hab. Il est tout le temps avec Skye et j'essaie de mettre Trinity en cloque…

Mike a lâché sa bouteille.

– Qu'est-ce que t'as dit ?

Merde, je devais vraiment faire attention à ce que je disais quand j'étais avec lui. Parfois, je laissais échapper des trucs déplacés sur sa fille. Il me fallait un filtre — un filtre super puissant.

– Désolé... je ne réfléchis pas avant de parler.

– Non, je... vous essayez d'avoir un bébé ? demanda-t-il les yeux écarquillés et les épaules tendues.

Merde, j'étais censé me la fermer.

– Désolé, c'est sorti tout seul.

– Alors, c'est vrai ?

– Ouais. S'il te plaît, ne dis pas à Trinity que je te l'ai dit. Elle ne voulait pas en parler avant que ce soit officiel.

Mike a esquissé un sourire que je ne voyais que rarement.

– Waouh... c'est super.

Son côté doux est ressorti, côté dont j'avais seulement entendu parler dans les souvenirs de Trinity. Elle disait que son père était tendre et sensible. Je ne la croyais pas avant maintenant.

– Je vais être grand-père.

Il a inspiré profondément, comme transporté par un bonheur inouï.

– Eh ben... c'est pas encore arrivé. On essaie toujours.

Il a soupiré de nouveau, comme perdu dans son propre monde.

– Mon fils va se marier et ma fille va avoir un bébé...

– Comme je l'ai dit, on essaie encore de concevoir. Et Conrad ne se marie pas, il se fiance.

Je détestais être la voix de la raison, mais Mike flottait sur son nuage.

– Je suis tellement heureux pour mes deux enfants.

– Souviens-toi, t'es pas censé le savoir, lui rappelai-je. Tu ne peux rien dire à Cassandra.

La déception a empli son regard.

– Allez, c'est ma femme.

– Non, je n'étais pas censé te le dire du tout.

– Très bien, grogna-t-il. Mais vous avez intérêt à vous dépêcher.

– On y travaille...

Il a semblé se perdre dans une rêverie sur ses futurs petits-enfants.

J'avais l'impression de parler à un homme nouveau. Mike était tellement dur et sévère. Mais j'imagine que les colosses cachent tous un cœur derrière leur façade de pierre.

– Comme Skye et Cayson attendent un bébé, on voulait en avoir un du même âge. Trinity tenait vraiment à ce que nos enfants grandissent ensemble comme Skye et elle.

– C'est une excellente idée, s'enthousiasma Mike. Vos enfants auront toujours des amis avec qui jouer. Et il y a Ward Jr.

– Ouais, ce sera le plus vieux de la bande.

J'ai l'impression de prendre le thé avec une copine.

Mike a descendu son eau, puis essuyé la sueur sur son front.

– Alors, Skye et Cayson sont toujours excités pour le bébé ?

C'est quoi cette question ?

– Bah ouais... pourquoi ils ne le seraient pas ?

– Simple curiosité, dit-il en haussant les épaules. Ils ne se sont pas lassés l'un de l'autre ? Ils sont inséparables depuis que Cayson est rentré ?

Trinity et moi étions inséparables depuis le jour où je suis tombé amoureux d'elle. Mais personne ne me demandait si je m'étais lassé d'elle. Cette conversation était étrange à beaucoup d'égards. Je ne savais même pas de quoi nous parlions. On aurait dit une interrogation subtile.

Puis ça m'a frappé.

Mike sentait que Skye et Cayson avaient des ennuis. De toute évidence, Skye n'avait rien dit, mais il avait dû entendre des rumeurs.

Oh merde.

– Ils sont raides dingues l'un de l'autre, comme d'hab. Rien n'a changé. Quand ils viennent chez moi ils se pelotent sur le canapé. Dégueu.

Mike m'écoutait attentivement.

– On sait qu'ils s'adorent, mais est-ce qu'ils ont besoin de faire étalage de leur amour ? continuai-je sarcastique. Et il y a Trinity qui veut faire des trucs de bébé avec Skye, mais Skye est toujours occupée avec Cayson, alors elles se voient rarement. Ce qui me convient, parce que je n'aime pas partager ma nana.

Il a hoché la tête lentement.

Ouf, on est sortis du bois ? Je m'en suis tiré ?

Je ne savais pas mentir ni jouer la comédie. Trinity lisait en moi avec facilité. Je n'étais tout simplement pas doué pour ça. En fait, ma franchise était si grande que mentir m'était quasiment impossible.

Eh ben, c'est sympa de savoir qu'ils sont heureux.

– Ils nagent dans le bonheur, renchéris-je.

Ma réponse a semblé satisfaire Mike.

– Bon, je rentre. Je dois me doucher et me préparer pour le dîner.

– Moi aussi. Ma nana s'énerve quand je ne suis pas à la maison.

– Trinity, corrigea-t-il.

– Ma nana... peu importe.

– Tu t'es bien amusé avec mon père ? demanda-t-elle quand je suis entré.

– Ouais, j'imagine.

Elle s'est avancée vers moi en me faisant un air tristounet.

– Il y est allé trop fort ?

– Non, m'irritai-je. Plutôt le contraire.

Elle a semblé sceptique.

– Bon, je ne suis peut-être pas aussi balèze que lui, mais je peux lui arranger le portrait avec mon Krav Maga.

Elle a opiné.

– Pas faux.

Je l'ai reculée contre le comptoir et embrassée passionnément.

– T'as passé une bonne journée ?

Elle a levé les yeux au ciel.

– Adam n'osait même pas me regarder en face.

J'étais perdu.

– Qui ?

– Le mec à qui t'as balancé les capotes au supermarché.

– Oh... souris-je, coupable. Oups.

Elle m'a repoussé doucement.

– Je dois préparer le dîner.

Je l'ai empoignée par le coude et attirée vers moi.

– Et si on allait dans la chambre ?

– Le dîner est sur la cuisinière.

Je l'ai serrée contre moi, la sentant fondre immédiatement dans mes bras.

– Et alors ? Je suis vraiment excité en ce moment.

– Parce que t'es allé boxer avec mon père ? s'inquiéta-t-elle.

– Non, parce que je t'ai vue. Je vais avoir besoin d'au moins deux rounds.

– Pourvu que ça me mette en cloque, dit-elle en se dirigeant vers la chambre.

Je me suis déshabillé en la suivant.

– Beaucoup mieux comme ça.

2

BEATRICE

Le bar à vin cartonnait, et il était bondé tous les soirs. Je m'attendais à ce que nous ayons assez de clients pour le faire tourner, mais pas à ce que ça devienne un lieu de rendez-vous si populaire.

Je ne vais pas m'en plaindre.

Il était facile de travailler avec Jared parce qu'il comprenait mieux que moi l'aspect gestion d'un restaurant. J'étais meilleure que lui pour le vin et le contact avec les clients. Certains posaient des questions sur les vins et leur provenance, d'autres s'intéressaient même au processus de fermentation. C'était indéniablement mon domaine d'expertise, pas celui de Jared.

C'était un bar cher, donc nous avions une clientèle haut de gamme. Les gens venaient du monde entier et ils avaient des expériences intéressantes à raconter. Je ne servais pas forcément, mais je faisais le tour des tables et donnais un coup de main. Je portais en général une tenue noire et je me coiffais avec élégance. Il y avait une musique de fond discrète pour ne pas gêner les conversations.

– S'il vous plaît ?

Je me suis retournée au son de la voix. C'était un jeune homme, sans doute un peu plus jeune que moi. Il portait un blazer noir sur une chemise grise. Ses cheveux bruns étaient longs, mais stylés et bien coiffés.

– Oui, monsieur. Vous désirez quelque chose ?

Il était venu seul, ou alors la personne qui l'accompagnait avait quitté la table.

– Vous êtes la propriétaire de l'établissement ?

Il s'exprimait bien et prononçait chaque mot comme s'il était important, mais sans le snobisme de l'aristocratie.

– Oui, c'est moi, dis-je fièrement. J'espère que vous avez autant de plaisir à y venir que j'en ai à le diriger.

Ses lèvres ont esquissé un petit sourire.

– C'est le cas, dit-il en indiquant le siège en face de lui. Asseyez-vous.

– J'aimerais beaucoup, mais je travaille.

– Allez, vous avez du personnel.

Il m'a dit ça en souriant, mais sans arrogance.

– Cinq minutes.

Je me suis assise en face de lui.

– Vous avez ouvert cet endroit toute seule ? Ou il y a quelqu'un d'autre en coulisses ?

Il me regardait fixement dans les yeux.

– Je l'ai ouvert avec un ami, dis-je en regardant par-dessus mon épaule en direction de la caisse enregistreuse où se tenait Jared. Lui.

Il a suivi mon regard.

– Vous êtes tous les deux très jeunes.

– Eh bien, il avait déjà un bar, alors ce n'était pas son premier essai. J'ai pris le train en marche.

Il a hoché la tête comme s'il était impressionné.

– Je m'appelle Jordan. Et toi ?

– Beatrice.

– Très joli prénom.

– Merci. Le tien me fait penser à Michael Jordan, dans le bon sens.

Il a pouffé.

– Peut-être que mes parents m'ont appelé Jordan en son honneur.

– C'est un grand joueur de basket. Et un excellent acteur. Je suis fan de *Space Jam*.

Il a ri plus fort cette fois.

– J'adorais ce film quand j'étais gosse.

– On est deux, alors.

Il m'observait, un sourire flottant sur les lèvres.

– Tu es vraiment charmante. Je comprends mieux pourquoi ce bar est tout le temps plein à craquer.

– Mince, je pensais que c'était grâce aux vins et à la cuisine italienne.

Il a ri.

– La carte est parfaite. Mais la seule chose qui surpasse un bon plat et un bon vin, c'est d'être en charmante compagnie.

Il me fixait toujours sans ciller ni détourner le regard. Ses yeux brillaient d'un éclat intense et plein d'assurance.

– Bon, je vais te laisser continuer ta soirée, dis-je en me levant.

– Comment tu t'y connais autant en vin ? demanda-t-il en ignorant ce que je venais de dire.

– Ma famille possède un vignoble dans le Connecticut. C'est là que j'ai appris mon métier.

Il a opiné.

– Quel vignoble ?

– Le domaine Satini.

Il n'a pas réagi au nom.

– Vous faites du bon vin, dit-il en prenant la bouteille sur la table, puis il l'a fait tourner, sans remuer la lie. Comme on peut le voir…

– Je l'aime bien. J'essaie de ne pas trop boire quand je travaille au domaine.

– Tu y travailles encore ?

– À mi-temps. Mon frère s'occupe de tout, mais j'aime bien l'aider.

– Vos parents ont pris leur retraite ?

– Non, ils sont morts.

Leur décès était encore douloureux, mais mon chagrin diminuait avec le temps.

– Je suis désolé.

Ses yeux brillaient d'émotion et il semblait sincère. Beaucoup de gens disaient cela parce qu'ils ne savaient pas quoi dire d'autre. Pour la première fois, il a baissé les yeux.

– Bon… je dois retourner travailler.

Je me suis levée et j'ai poussé la chaise contre la table.

Il n'a pas protesté cette fois. Il a levé son verre comme s'il portait un toast.

– Félicitations, Beatrice Satini. Ton bar à vin est une belle réussite.

– Merci, Jordan.

Il a hoché la tête en signe de reconnaissance.

Je me suis éloignée et j'ai senti son regard perçant dans mon dos. Je suis arrivée au comptoir où se tenait Jared. Il a raccroché le téléphone avant de se tourner vers moi, son côté protecteur revenant au galop.

– Il t'a emmerdée ?

– Non.

J'ai consulté le cahier des réservations pour m'assurer que tout était en ordre.

– Tu le connais ?

– Non.

– Il t'a invitée à sortir ? demanda Jared sans me quitter des yeux.

Pourquoi il pose toutes ces questions ?

– Non.

Mes sentiments pour Jared n'avaient pas changé, et je n'aimais pas qu'il montre ce côté possessif. Ça me faisait bêtement espérer qu'il soit jaloux. Par moments, il m'envoyait des signaux contradictoires que j'avais du mal à interpréter.

Jared a fini par changer de sujet.

– Plusieurs personnes ont appelé pour réserver, mais on est complet.

– Waouh... on aurait peut-être dû louer un endroit plus grand.

– Je trouve les lieux intimes plus pittoresques. C'est mon expérience, en tout cas. Les clients t'adorent ici, ajouta-t-il en me consacrant toute son attention.

– C'est parce que je m'y connais en vin, jubilai-je.

– Ce bar n'aurait pas autant de succès si je l'avais ouvert seul, dit-il avec gratitude. Quand on aura touché plusieurs paies, on devrait s'offrir un voyage sympa.

– Comme si on pouvait se permettre de s'absenter.

– Oh, le bar tournera très bien sans nous. Je pensais à l'Italie.

J'ai roulé les yeux.

– Ne me tente pas.

– C'est vrai. On pourrait vraiment faire ce voyage.

– J'ai de la famille en Italie, mais je ne les ai jamais rencontrés.

– Et je ne connais personne là-bas. On s'y perdra ensemble.

J'ai tourné les talons pour mettre un terme à cette conversation.

– Je te laisse, j'ai du boulot.

––––––––––

– Le bar à vin cartonne ? s'étonna Jeremy.

– Ouaip. J'ai du mal à y croire aussi.

– Pas moi. Jared et toi, vous avez la passion et le sens des affaires.

– Attends... tu viens de me faire un compliment ? demandai-je surprise en levant les yeux de mon bloc-notes pour le regarder.

Il m'a tapoté l'épaule.

– Savoure. Ça ne se reproduira peut-être jamais.

Il s'est dirigé vers les fûts et s'est mis à les étiqueter pour l'expédition.

J'ai secoué la tête, mais je ne pouvais pas m'empêcher de sourire.

– Alors... du nouveau avec Jared ?

Je savais quelle était sa véritable question. Il essayait de jouer à la fois le père protecteur et la mère inquisitrice.

– Non. On est amis, rien de plus, Jeremy.

Il s'est tourné vers moi.

– Et pourquoi c'est comme ça ?

J'ai levé les yeux au ciel.

– T'es chiant avec ça. Fous-moi la paix.

Il a ri.

– Si je te le demande, c'est que ça m'intéresse vraiment.

J'ai haussé les épaules.

– Notre amitié est trop géniale pour la gâcher.

– Je n'y crois pas. Il y a forcément autre chose.

Je vais vraiment avoir une discussion de nanas avec mon frère ?

– Je... lui ai avoué ce que je ressentais pour lui, et il m'a dit que ce n'était pas réciproque.

– Oh... je suis désolé, soupira-t-il en affichant sa déception.

– C'est pas grave. On est toujours amis.

Heureusement.

– Il a vraiment dit ça ?

Il avait du mal à le croire.

– Oui.

– J'avais pourtant l'impression que... peu importe.

Je savais ce qu'il voulait dire. Parfois, j'avais l'impression d'être plus que sa meilleure amie. Mais je suppose que j'interprétais mal ses gestes, et mon frère aussi.

– Il y a d'autres poissons dans l'océan, Jeremy.

– Alors tu ferais bien de partir à la pêche avant d'être trop vieille pour avoir des enfants.

Je lui ai donné un petit coup de pied.

Il a ri.

– Je ne plaisante qu'à moitié.

– Je sais, dis-je en le frappant de nouveau.

Il a fini d'étiqueter les fûts, puis il les a emportés sur la plateforme de chargement réservée aux camions.

– Cette expédition est bouclée. Il te faut plus de bouteilles pour ton bar ?

– En fait, beaucoup plus. On a presque tout vendu.

– Je vais devoir commencer à te faire payer, plaisanta-t-il.

– Hé, je travaille gratis ici. Alors ce vin, je l'ai gagné.

Nous sommes retournés vers l'entrepôt, en passant par le hall d'entrée.

– Jeremy ? appela Vanessa de la réception.

– Oui ?

– Il y a un client qui veut te voir. Il souhaiterait commander une grande quantité de vin. Il a demandé Beatrice, mais j'ai pensé que vous voudriez le recevoir ensemble.

– Bien sûr, dit Jeremy. Où est-il ?

– Il attend dans ton bureau.

– Merci.

Jeremy et moi avons pris le couloir menant au bureau.

– Si les gens continuent d'acheter notre vin comme ça, il n'en restera plus pour nous, dis-je en riant.

– Ça ne me gênerait pas de fermer jusqu'aux prochaines vendanges. Je passerais plus de temps avec Raisin.

– Et je pourrais être l'esclave du bar à vin.

Nous sommes entrés dans la pièce, et j'ai failli pousser un petit cri en voyant Jordan assis dans le fauteuil face au bureau.

Jeremy a surpris ma réaction, mais il ne m'a pas posé de questions devant lui.

– Enchanté, je suis Jeremy, dit-il en tendant le bras.

Jordan s'est levé et lui a serré la main.

– Enchanté.

Il portait un jean foncé qui lui allait parfaitement, un t-shirt noir et une veste en cuir marron. Des lunettes de soleil aviateur étaient suspendues à la poche avant. Il s'est tourné vers moi, ne semblant pas du tout surpris de me voir.

– Beatrice, comme on se retrouve, dit-il.

Je lui ai serré la main, reprenant une attitude professionnelle.

– En effet.

Sa main était bien plus grande que la mienne, et nettement plus chaude. Je l'ai lâchée et je me suis cramponnée à mon bloc-notes. Ce n'était pas un hasard. Il était venu ici parce que je lui avais dit que j'y travaillais. C'était flippant, non ? Ou alors pas du tout flippant parce qu'il était canon ?

– Alors, vous voulez acheter du vin ? s'enquit Jeremy.

Jordan a tourné son attention vers mon frère.

– Oui. En grande quantité. Je possède plusieurs lieux de réception dans la région que je loue pour des mariages et des événements. Le vin y coule à flots.

Ça ne m'a pas surprise qu'il soit riche.

– Vous êtes au bon endroit, dit Jeremy. Je vais vous faire visiter le domaine.

– En fait, j'espérais que Beatrice me montre les lieux, dit-il en se tournant vers moi. C'est une experte en vin, comme elle l'a prouvé hier soir.

Jeremy le toisa froidement, endossant le rôle de grand frère protecteur.

– On s'est rencontrés au bar à vin, expliquai-je. C'est un client.

– Et un client fidèle, précisa Jordan.

– C'est bon, Jeremy, répondis-je à la question qu'il ne me posait pas.

Jordan et moi sommes sortis du bureau ensemble pour nous diriger vers les vignes.

– C'est ici que la magie se produit.

Il a contemplé le vignoble et les collines au loin. Le soleil brillait haut dans le ciel, et les feuilles de vigne s'agitaient dans la brise légère.

– C'est magnifique.

– J'ai cette vue de mon bureau. Ça me déconcentre.

– J'imagine.

Il se tenait près de moi, mais ne me touchait pas.

Je l'ai accompagné dans les rangs de vigne et je lui ai décrit les différents types de raisins que nous faisions pousser. Puis je lui ai montré la cave où nous stockions les fûts. Il observait tout d'un air admiratif.

– C'est impressionnant.

– Combien veux-tu en commander ?

– Bien que les fûts soient magnifiques, je pense que les bouteilles sont plus pratiques pour mon activité.

– Probablement.

Je l'ai emmené dans la réserve où nous stockions les bouteilles.

Il a examiné les alignements de casiers et les caisses.

– Ça en fait du vin.

– Je viens ici pendant ma pause et en général, je bois un verre.

– T'as une vie de rêve, plaisanta-t-il.

J'ai pris plusieurs bouteilles ainsi que des verres. Puis je les ai posés sur une table avec un morceau de brie. Il s'est assis en face de moi, sans jamais me quitter des yeux. J'ai servi un premier verre et je l'ai poussé vers lui.

– C'est un bon vin rouge. Il a une légère amertume, mais elle fait ressortir la saveur de certains plats.

Il a humé le vin avant de le goûter. Il l'a dégusté, puis hoché la tête.

– Il est bon.

J'ai ouvert une autre bouteille, puis je lui ai montré l'étiquette.

– C'est un vin blanc. Il est un peu sucré pour un vin sec. Mais il est bon. Le procédé de fermentation est plus long, donc il a plus de sucre.

Il a bu une gorgée.

– Je l'aime beaucoup. Je l'imagine bien dans tous mes lieux de réception.

– Je le garde en tête alors.

J'ai continué la dégustation des différents vins.

– Je ne suis pas venu pour le vin, déclara-t-il de but en blanc, d'un ton assuré. Mais j'ai l'intention d'acheter vos produits.

– Alors tu es venu me draguer sans me faire perdre mon temps ? dis-je d'un ton badin pour ne pas paraître impolie.

Il fallait beaucoup de courage pour entamer une conservation avec une personne inconnue et l'inviter à sortir.

Il a souri.

– Exactement.

– Eh bien, choisissons d'abord le vin avant de passer à la deuxième partie.

Il a gloussé.

– Bien sûr.

Il a commandé plusieurs centaines de bouteilles de différents vins. Il n'en avait pas besoin tout de suite, ce qui nous laissait le temps de les mettre en bouteille.

– Comment as-tu monté ton affaire ? demandai-je.

– J'en ai hérité. C'est un travail accaparant, mais il me plaît. Les gens ont souvent leurs plus beaux souvenirs sur mes propriétés. Ça fait plaisir.

Au moins, il était humble à ce sujet.

– C'est plutôt sympa.

Il a posé les coudes sur la table et s'est penché en avant, s'enhardissant, comme s'il était là pour réclamer son dû.

– Bon. Tu m'as totalement conquis hier soir. Tu es belle, classe, et comme je l'ai déjà dit, charmante. J'aimerais t'inviter à dîner.

Mes joues se sont empourprées.

– C'est très gentil.

– Je n'ai jamais fait ça avant.

– Hein ? T'as jamais invité une fille à dîner ?

– Non, s'esclaffa-t-il. J'ai roulé jusqu'ici pour te revoir.

J'ai rougi encore plus.

– Oh... je suis flattée.

– On dîne ensemble demain soir ?

J'avais des sentiments pour Jared, mais je savais que ça n'allait nulle part. Des feux d'artifice incendiaires avaient explosé derrière mes paupières lorsque nous nous étions embrassés. Mais il prétendait ne voir en moi qu'une amie et je n'allais pas attendre indéfiniment qu'il change d'avis.

– J'adorerais. Mais... tu dois d'abord savoir quelque chose.

– Je suis tout ouïe.

– Ce gars avec qui je travaille au bar... j'ai des sentiments pour lui. Je lui ai dit, mais il m'a repoussée.

Au lieu d'avoir l'air jaloux ou déçu, il a semblé dépité.

– Il est gay ? demanda-t-il d'un ton très sérieux.

– Non. Il ne ressent pas la même chose pour moi, c'est tout. Bref, je voulais que tu le saches. Et je comprendrais que tu ne veuilles plus dîner avec moi.

Il a secoué la tête.

– Ça ne me dérange pas le moins du monde.

– Oh...

Je ne m'attendais pas à cette réponse.

Il a bu une autre gorgée de vin.

– Je vais te le faire oublier, déclara-t-il avec assurance, mais sans arrogance — le juste milieu. Et je pense vraiment qu'il est gay.

– Tu ne le connais même pas.

– Il a une petite amie ?

– Non.

– Et il t'a repoussée ?

Pourquoi est-ce si difficile à comprendre ?

– Oui.

– Il n'y a pas d'autre explication. Il est impossible qu'un mec te dise non.

– Je suis flattée par le compliment, mais je n'ai rien de spécial.

– Je ne suis pas d'accord, protesta-t-il en posant le verre de vin. Alors, que dis-tu d'un restau italien ? Je parie que c'est un bon choix avec toi.

– Exact, pouffai-je.

– Je passe te prendre à dix-neuf heures.

Il a noté mon adresse dans son téléphone.

– J'ai hâte, Beatrice.

– Moi aussi.

J'AI PRIS MON SAC ET J'AI QUITTÉ LE BUREAU. JE NE DEVAIS PAS travailler au bar ce soir, alors j'avais prévu une soirée détente en pyjama chez moi. J'étais censée travailler demain soir, mais Jared me donnerait ma soirée sans problème. Ce n'était pas comme si je sortais et m'amusais tous les soirs.

Jeremy m'a rejointe dans le couloir.

– Alors... ce Jordan a l'air d'être un type sympa.

J'ai levé les yeux au plafond parce que j'avais deviné sa prochaine question.

– On sort ensemble demain.

Mon frère a souri.

– Super. Tant mieux pour toi, Beatrice.

J'ai l'impression d'être un cas social.

– On va dîner. Ça sera sûrement sympa.

– J'en suis sûr. Tu me raconteras.

Comme si j'allais lui raconter quoi que ce soit.

J'AI APPELÉ JARED QUELQUES HEURES AVANT MON RENCARD. JE n'avais pas encore choisi ma tenue, et je passais les vêtements en revue dans mon placard en essayant de me décider, le téléphone collé à l'oreille.

– Yo, dit-il en décrochant. Quoi de neuf, B ?

– J'ai besoin de prendre ma soirée. C'est bon ?

– Pourquoi ? Tu es malade ?

– Non. J'ai des projets.

J'ai jeté mon dévolu sur une robe noire. Elle descendait à mi-cuisse, quasiment un dos nu à l'exception de deux fines bretelles.

– Des projets ? répéta-t-il avec incrédulité. Quel genre de projets ?

J'ai jeté la robe sur le lit et cherché ma paire de talons hauts.

– Un rencard.

Jared s'est tu à l'autre bout de la ligne.

– Je serai dispo tous les autres soirs, ajoutai-je. T'inquiète pas, te prévenir au dernier moment ne deviendra pas une habitude.

Jared a retrouvé la voix, mais son ton avait changé.

– Avec qui ?

– Un mec que j'ai rencontré au bar.

– Quel mec ?

– Celui que tu soupçonnais de m'embêter.

– Quand est-ce qu'il t'a invitée à dîner ?

Jared ne semblait pas être lui-même.

– Il est venu au domaine hier pour commander du vin. On a discuté un peu et il m'a invitée à ce moment-là.

J'ai déniché les chaussures au fond du placard et je les ai lancées sur le lit.

– Il est venu jusqu'au domaine juste pour te voir ? Ce type est flippant.

Son côté protecteur a ressurgi. J'imaginais ses narines s'évaser.

– Tu fais la même chose.

– C'est différent, argua-t-il. Je ne te harcèle pas.

– Il a l'air très sympa, et Jeremy l'aime beaucoup.

– Vraiment ? s'étonna-t-il.

– Ouaip. Alors, c'est bon si je prends ma soirée ?

– Euh... ça va probablement être bondé.

– C'est toujours bondé. Entre le vignoble et le bar, je n'ai pas vraiment de vie. J'ai besoin de m'échapper de temps en temps.

– Mais tu es la star du bar.

– Jared, le bar survivra sans moi pendant une soirée.

Il a soupiré comme s'il était contrarié.

– Très bien.

– Pourquoi es-tu si aigri en ce moment ?

– J'ai... mal au crâne.

– Bon, je te laisse. Je dois me préparer.

– Mets un pantalon.

– Quoi ?

– Ça caille ce soir. Mets un pantalon.

Jared disait beaucoup de loufoqueries, mais c'était la plus bizarre de toutes.

– Merci pour le conseil...

J'ai raccroché et lancé le téléphone sur le lit.

———

Jordan est passé me chercher à dix-neuf heures pile.

– Tu es très jolie.

– Merci, dis-je en serrant ma pochette. Toi aussi.

Il portait un jean foncé et une chemise à col. Elle épousait les muscles de ses épaules.

– Eh bien, merci, s'esclaffa-t-il. D'habitude, mes cavalières ne me font pas ce genre de compliment.

– Je suis sûre qu'elles le pensent si ça peut te réconforter.

Il m'a souri avec affection.

– T'es prête ?

– Je meurs de faim.

– Super.

Nous sommes descendus ensemble dans la rue.

– Tu peux marcher sur ces talons ? demanda-t-il.

– Ils sont assez confortables en réalité.

– Une des raisons pour lesquelles j'aime être un homme, c'est que je ne suis jamais obligé de marcher avec des talons.

– Il y a des hommes qui en portent.

Il a souri.

– Tu m'as eu, là.

Nous sommes entrés dans le restaurant et assis à table.

– Je te laisse choisir le vin, dit-il en me tendant la carte des boissons. Je suis sûr que ton choix sera meilleur que le mien.

Je lui ai pris la carte des mains et j'ai jeté un coup d'œil.

– Eh bien, ça dépend de ce que tu aimes.

– Le rouge.

– Il y a beaucoup de bons vins ici...

– Prends ton temps, plaisanta-t-il. C'est une décision importante.

La serveuse est arrivée et a pris notre commande de vin et de plats. Je savais déjà ce que je voulais, et lui aussi. Quand elle s'est éloignée, nous nous sommes retrouvés de nouveau en face à face.

– Parle-moi de toi, Beatrice.

– Je n'ai pas grand-chose à dire.

– Je ne m'attends pas à ce que tu sois un agent de la CIA à la retraite, mais le bar ne me suffit pas, dit-il sur le ton de la plaisanterie.

– Eh bien... j'adore le baseball. Je regarde tous les matchs des Yankees pendant la saison.

– C'est cool. J'aime aussi le baseball.

– Je vis à New York depuis quelques années. Avant, j'étais à Cambridge. Et encore avant, dans le Connecticut.

– Qu'y avait-il à Cambridge ?

– L'université.

– Où es-tu allée ?

– Harvard.

Il a opiné comme s'il était impressionné.

– Tu marques des points, Beatrice.

J'ai essayé de ne pas rougir.

– J'ai étudié le droit, mais j'ai abandonné après ma deuxième année.

– Pourquoi ? Tu avais presque fini.

– Mon père est décédé.

– Oh... je comprends.

– J'ai décidé de reprendre l'entreprise familiale avec mon frère. Mes deux parents tenaient au vignoble et je m'y sens proche d'eux. Et puis, j'ai fait du droit pour de mauvaises raisons.

– Lesquelles ?

C'était un sujet difficile à aborder, alors autant en finir.

– Ma mère a été assassinée et le coupable a été libéré. Je voulais consacrer ma vie à mettre les criminels derrière les barreaux. Mais j'ai réalisé que ça ne la ramènerait jamais. Alors, j'ai arrêté de courir après son fantôme et j'ai décidé d'être heureuse.

Jordan a soutenu mon regard, mais il n'a pas réagi du tout. Il réfléchissait à sa réponse. C'est un sujet délicat et je ne lui en voulais pas.

– Je suis navré de l'apprendre.

– C'était il y a plusieurs années. Je m'en suis remise.

– Je suis content que tu sois heureuse maintenant. Le bonheur est une chose à laquelle il est difficile de s'accrocher. Il vous glisse entre les doigts parfois et on ne sait pas quand il reviendra. L'attente est la partie la plus pénible.

Il comprenait bien.

– C'est une bonne façon de le dire.

– Ma mère est morte d'un cancer. C'était il y a deux ans. On était très proches et sa disparition m'a filé un gros coup.

– Oh, je suis désolée.

Nous étions vraiment dans le même bateau.

– Quand elle a été diagnostiquée, c'était déjà un stade 4. Elle est partie en deux mois. C'est arrivé très vite. Tant mieux, dans un sens. Elle a souffert moins longtemps.

– Ouais... opinai-je.

Il a regardé le pain au centre de la table.

– Ça devient déprimant... Parlons d'autre chose.

– Bonne idée.

– Comment tu connais Jared ?

Oh, c'est une longue histoire.

– C'est compliqué.

– On a le temps.

– La petite amie actuelle de mon ex était mariée avec lui. On a commencé à traîner ensemble pour se consoler.

Il a débrouillé l'information mentalement.

– Jared est l'ex-mari de la copine de ton ex ?

– Je t'ai dit que c'était compliqué.

– Et vous êtes amis.

– Ouaip. Notre amitié a commencé bizarrement, mais on est devenus des grands potes depuis. En fait, c'est mon meilleur ami. C'est sans doute pour ça qu'il n'a pas de sentiments amoureux pour moi. Il me considère comme sa petite sœur.

– On dit que les amis font les meilleurs amants.

– Ouais... et toi ?

– Laisse-moi réfléchir... dit-il en se penchant en arrière sur sa chaise. J'habite à New York et j'y ai vécu toute ma vie. J'ai une sœur, mais on ne se parle pas beaucoup. Je gère les différents lieux de réception depuis que j'ai dix-huit ans. J'aime mon travail, même s'il m'oblige souvent à bosser le week-end. Ma dernière relation a duré trois ans. On s'est séparés il y a environ un an. Et j'adore le sport, surtout le foot.

– Joli CV.

– Merci.

– Pourquoi vous avez rompu ?

– Elle a couché avec mon meilleur ami, dit-il comme si ce n'était pas grave. Je ne sais pas auquel des deux j'en voulais le plus. Ils ont prétendu qu'ils étaient bourrés, mais je ne suis pas du genre à pardonner ces choses-là.

J'ai opiné.

– Assez d'accord.

– Et toi ? demanda-t-il.

J'ai réfléchi à la meilleure façon de décrire ma rupture.

– Eh bien... je l'ai repoussé. Je ne voulais pas d'une relation sérieuse, mais Conrad ne m'a pas laissé le choix. Je suis tombée amoureuse de lui, puis on a eu des différends. Il m'a menti une fois et je n'ai pas pu lui pardonner. Quand j'ai réalisé à quel point c'était mesquin, j'ai essayé de le récupérer, mais c'était trop tard. On est toujours amis, mais on ne se voit presque jamais.

– Désolé de l'apprendre. Et en même temps, je ne suis pas désolé.

J'ai souri.

– Je vois ce que tu veux dire.

Nos plats sont arrivés et nous avons mangé en silence. Jordan mangeait lentement, pas comme Jared. Il prenait son temps et avalait des petites bouchées. Jared aspirait sa nourriture comme s'il voulait la boire au lieu de la mâcher.

Mon téléphone a bipé dans ma pochette, indiquant la réception d'un texto. Ne voulant pas être impolie, je l'ai ignoré. Jordan n'a apparemment rien entendu. Quelques instants plus tard, il a de nouveau bipé.

– Je crois que quelqu'un essaie de te joindre, dit-il avant de boire du vin.

– Excuse-moi... dis-je en ouvrant ma pochette.

– C'est bon. Je ne suis pas un maniaque des bonnes manières.

J'avais reçu plusieurs messages de Jared.

Il est flippant ?

Tout va bien ?

T'as mis un pantalon ?

T'as intérêt à porter un pantalon.

Qu'est-ce qui lui prenait ? Pourquoi était-il si bizarre en ce moment ?

Non, il n'est pas flippant. On s'amuse bien. Et non, je ne porte pas de pantalon. Ne m'envoie plus de textos.

J'ai remis le téléphone dans ma pochette.

– Quel relou...

– Qui ? demanda Jordan.

– Jared voulait vérifier que j'allais bien et que tu n'étais pas un mec flippant.

– Flippant, hein ? répéta-t-il en souriant. Je suis flippant ?

– Non, bien sûr que non. Il pense que tous les hommes sont des porcs.

– La plupart d'entre eux le sont.

– Tu ne m'as pas l'air d'être un porc.

– Je fais partie des gentils, dit-il en me faisant un clin d'œil. Et je pense que Jared est un gros menteur.

– Pardon ?

– Pourquoi ferait-il biper sans arrêt ton téléphone alors qu'il sait que tu as un rencard ?

J'ai haussé les épaules.

– J'ai arrêté d'essayer de le comprendre depuis longtemps.

– Ça semble juste... un peu excessif.

– Qu'est-ce que tu insinues ?

– Il a des sentiments pour toi.

Ça me faciliterait carrément la vie si c'était vrai.

– Non. S'il en avait, il me l'aurait dit.

– Peut-être qu'il ne veut pas risquer de perdre ton amitié.

– Non, il m'a dit qu'il ne ressentait rien.

John a haussé les épaules avant de continuer à manger.

– Je me trompe peut-être.

– Je pense que oui.

Après le dîner, il m'a raccompagnée à mon appartement.

– J'ai passé une très bonne soirée.

Il marchait à côté de moi, son épaule frôlant la mienne.

– Moi aussi.

– On recommencera ?

J'ai souri.

– Avec plaisir.

– Cool.

Une fois arrivés devant ma porte, nous nous sommes arrêtés. C'était le moment fatidique où je devais décider si je le laissais entrer ou non. Ça semblait un peu rapide. J'étais une fille lente.

Il s'est approché de moi.

– Je peux t'embrasser ?

La question m'a fait penser à Jared et à notre baiser enflammé. Ça s'était passé exactement au même endroit, devant ma porte. C'était sensuel, passionné, et j'en avais eu des frissons de plaisir.

Mais je ne pouvais pas penser à lui.

– Laisse-moi répondre à ta question.

Je me suis penché et j'ai pressé les lèvres contre les siennes.

J'ai senti sa poitrine gonfler au moment où il inspirait profondément. Il m'a embrassée sur la bouche d'une manière envoûtante. Jordan était aussi expérimenté que Jared. Je le devinais à son baiser. Il m'a donné un petit bout de langue et m'a empoigné les hanches avant de s'écarter.

– Je ferais mieux d'arrêter avant d'oublier mes manières de gentleman.

Il a glissé les mains dans ses poches en reculant.

– T'es libre à dîner mardi ? ajouta-t-il.

– Oui.

– Alors à mardi, Beatrice.

Il a attendu que je rentre chez moi.

J'ai franchi le seuil et refermé lentement la porte. J'ai entendu ses pas s'éloigner dans le couloir. J'étais soulagée qu'il n'ait pas essayé d'entrer. Ça m'a fait l'apprécier davantage. Je pourrais peut-être oublier Jared et tourner la page.

J'ai un bon pressentiment.

3

SEAN

– T'es sûr que c'est ce qu'elle a dit ? demanda Scarlet.

Elle était assise sur le canapé à me regarder faire les cent pas.

– Oui, je sais ce que j'ai entendu.

J'avais les mains sur les hanches et j'arpentais le salon. La télé était allumée, mais le son était coupé.

– T'as peut-être mal entendu.

– Non.

Leur dispute repassait en boucle dans mon esprit. Je n'avais jamais vu Skye aussi fâchée de toute ma vie.

– Elle l'a giflé.

– Cayson ? s'étonna Scarlet.

– De toutes ses forces. Elle ne plaisantait pas.

– Mais tout semblait normal au dîner.

– C'est justement pour ça que je m'inquiète. Ils font bonne figure devant nous, et j'arrive pas à comprendre pourquoi.

Scarlet s'est tue, sourcils froncés.

Je tournais toujours en rond.

– Sean, même s'ils ont des problèmes, ça ne nous regarde pas. Il faut qu'on les laisse les régler eux-mêmes.

– Je suis bien d'accord. Mais on n'aurait pas dit qu'ils

avaient des problèmes. C'était... Je ne les reconnaissais même plus. Et Skye a dit quelque chose comme quoi elle ne manquait pas à Cayson pendant son absence... ou un truc du genre.

– Ça s'est passé très vite. Tu as peut-être manqué quelque chose.

– Peut-être. Peut-être pas. Mais quelque chose ne tourne pas rond.

– Sean, les couples mariés se disputent.

– Ouais, je sais bien. Mais c'était différent.

Scarlet était beaucoup plus calme que moi.

– Skye est enceinte. C'est normal qu'elle soit émotive. Elle a peut-être mal au dos. J'avais mal au dos quand j'étais enceinte d'elle.

– Je ne pense pas...

– Quoi que ce soit, je ne suis pas à l'aise à l'idée de fouiner dans leurs affaires. S'ils veulent nous en parler, ils le feront. C'est sans doute sans importance. Un jeune couple inexpérimenté. Peut-être que Cayson se réadapte mal à la vie en ville, et Skye gère mal sa grossesse. C'était un accident, après tout.

Mon instinct me disait d'aider ma fille lorsqu'elle en avait besoin. Peut-être avait-elle des ennuis, mais qu'elle n'osait pas m'en parler. Peut-être avait-elle besoin de conseils. Je devrais me mêler de mes oignons, mais je n'y arrivais pas.

– Sean, oublie.

Ma femme savait lire dans mes pensées.

– Tu me connais.

– Donne-lui de l'espace. Si elle veut en parler, elle le fera.

Je ne pourrais jamais le garder pour moi. Ce n'était tout simplement pas dans ma nature.

– Ouais... peut-être bien.

MAINTENANT QUE MES SOUPÇONS ÉTAIENT ÉVEILLÉS, J'AI remarqué que Cayson ne passait plus au bureau pour déjeuner avec Skye. En fait, il ne venait plus la chercher après le boulot non plus. Peut-être tirais-je des conclusions hâtives, mais il semblait que quelque chose clochait sérieusement.

Je voulais parler à Skye, mais j'ignorais comment m'y prendre. Je voulais lui faire comprendre qu'elle avait mon soutien. Elle pouvait me parler de tout, même de son mariage. J'étais là pour ça. Les malentendus prenaient parfois des proportions démesurées. Était-ce ce qui se passait ?

J'en ai aucune idée.

Après le déjeuner, je suis entré dans son bureau.

– Salut, ma puce. T'es occupée ?

– Toujours, dit-elle en tapant sur son clavier. Mais comme t'es mon patron, je ne suis pas trop occupée pour toi. Qu'est-ce qu'il y a ?

Elle a fini de taper avant de se tourner vers moi.

Je me suis assis dans le fauteuil devant son bureau et j'ai ajusté ma cravate.

– Je voulais seulement savoir comment tu vas.

Ses joues ont perdu leur couleur et la peur a traversé son regard. L'émotion a disparu tellement vite que je n'étais pas sûr de l'avoir aperçue. Skye a vite retrouvé sa contenance, faisant comme si de rien n'était.

– Tout baigne. La chambre du bébé aura bientôt un berceau et une commode. Puis on préparera la maison pour le bébé, tu sais, sécuriser les prises électriques et tout le tralala...

Elle semblait normale, hormis sa voix étrangement aiguë. Skye ne parlait pas comme ça d'habitude.

– C'est bien. As-tu besoin d'aide ?

– Non, répondit-elle prestement. Cayson et moi on veut le faire nous-mêmes. Même si ça nous prend une éternité.

J'ai hoché la tête.

– Je me rappelle quand ta mère et moi on a décoré ta chambre de bébé... rose avec des licornes.

– Vous avez fait de l'excellent boulot. J'ai adoré cette chambre jusqu'à la fin.

– Ta mère a suggéré de décorer notre chambre comme ça aussi, pouffai-je.

– Tu m'étonnes.

Elle a enfin souri.

– Alors… tout va bien avec Cayson ?

La peur a traversé son regard de nouveau.

– Super bien. Mieux que jamais.

J'avais la nette impression qu'elle me mentait.

– Parce que quand je t'ai rendu ton sac à main, je…

Comme un volcan qui dormait depuis des siècles, elle est entrée en éruption. La fumée lui sortait presque par les oreilles.

– Ne te mêle pas de mes affaires, rugit-elle en se levant et posant les mains sur son bureau. Je ne fouine pas dans ta relation avec maman, alors comment oses-tu fouiner dans la mienne ? Je suis une adulte — pas une enfant. Une adulte, bordel !

Je me suis figé à sa crise.

– Ce que tu as vu, ou crois avoir vu, ne te regarde pas. Ne saute pas à des conclusions sur mon mariage et ne me pose pas de questions à ce sujet. J'en ai marre que tu te comportes comme le nombril du monde parce que t'es le patron ici, et en passant, j'ai hâte que tu prennes ta retraite. Maintenant, ne fourre plus ton nez là où tu ne devrais pas. Combien de fois je t'ai posé des questions et tu m'as dit de me mêler de mes affaires ? Eh ben, à mon tour de te rendre la pareille. Mêle. Toi. De. Tes. Maudites. Affaires.

Elle a pointé la porte, me congédiant sèchement.

Elle m'avait manqué de respect sur toute la ligne. Elle m'avait engueulé, moi, son père, et m'avait envoyé au diable. Mais je savais qu'elle avait raison cette fois. Je me suis lentement levé, abattu.

– Je voulais seulement…

– Sors, dit-elle en pointant toujours la porte. Je ne veux plus te voir de la journée.

Je savais qu'elle était sérieuse.

– Je suis désolé...

– Je ne veux plus t'entendre non plus.

J'ai baissé la tête et je suis sorti, penaud, sachant qu'il était vain de lui parler tant qu'elle serait aussi furieuse.

———

MIKE M'A TENDU UN SCOTCH.

– T'es sûr ?

– Certain.

J'ai pris une grande lampée. Skye ne m'a pas donné de détails, mais la façon dont elle m'a foutu à la porte de son bureau me disait tout ce que je voulais savoir. Elle et Cayson avaient des problèmes, et la situation semblait vraiment grave. Sinon, elle m'aurait parlé.

Mike était assis derrière son bureau, les bras croisés.

– Les couples se chamaillent. C'est normal.

– C'est plus qu'une simple dispute.

– Même si c'était le cas, tu n'y peux rien. J'ai appris à la dure de ne pas fouiner dans la vie amoureuse de ma fille. Ne fais pas les mêmes erreurs que moi. Ça ne fera que t'entraver.

– Je sais que ça ne me regarde pas. Si ma mère me harcelait sur ma vie privée, je ne lui dirais rien. Mais je suis très proche de Skye. Ce n'est pas seulement ma fille, mais aussi mon amie. Je veux qu'elle puisse me parler si elle a des ennuis.

– Peut-être qu'elle n'est pas prête.

– J'aurais aimé savoir ce que je sais maintenant il y a vingt ans.

– T'aurais rien écouté de toute façon. T'es une vraie tête de mule.

J'ai souri de toutes mes dents avant de boire une gorgée.

– Ne t'en mêle pas, Sean, insista-t-il.

– Je sais... mais c'est dur. J'ai l'impression que quelque chose cloche grave.

– Je peux parler à Slade.

– Pourquoi pas à Trinity ?

– Trinity est trop loyale envers Skye — et trop futée. Slade dit ce qui lui passe par la tête sans réfléchir.

– Pas faux.

– J'allais l'inviter à boxer de toute façon. Je tâterai le terrain à ce moment-là. S'il se passe quelque chose, Cayson lui aura dit.

– Ouais…

– Je te tiens au courant.

– Merci, mon pote.

– T'as fait quoi ?

Scarlet me poignardait du regard.

– Je sais que je n'aurais rien dû dire…

Elle s'est mise à parler avec les mains, ce qu'elle faisait habituellement quand elle était furax.

– Je t'ai expressément interdit de le faire, Sean. Pour une fois dans ta vie, tu ne peux pas lâcher prise ?

– Je sais…

J'ai desserré ma cravate, puis je me suis frotté les tempes.

– Je ne lui en veux pas d'être fâchée contre toi.

– C'est pour ça que je suis sagement sorti de son bureau.

– T'as de la chance, parce que je t'aurais fait subir bien pire.

Son regard était lourd de menaces.

Je me suis servi un whisky même si je venais de rentrer.

– Mais ça confirme mes soupçons. Quelque chose ne tourne pas rond.

– Ça ne confirme rien du tout. Peut-être que Skye passait une sale journée et que tu as remué la merde. Peut-être qu'elle a des crampes ou des maux de dos. T'as aucune idée de ce qui se passe dans sa tête.

– Mais elle était tellement sur la défensive.

– Si quelqu'un se mêlait de ma vie privée, je le serais aussi.

Maintenant, ma femme et ma fille étaient toutes les deux contre moi.

– Scarlet, quelque chose cloche sérieusement. J'en suis sûr.

– Laisse tomber.

– Mais...

– Ça suffit, dit-elle en me plantant l'index dans le torse. Skye est une adulte et elle est mariée. Quels que soient ses problèmes avec Cayson, ça ne nous regarde pas. Elle sait qu'elle peut se tourner vers nous. Elle viendra nous demander conseil si elle en a besoin.

J'avais tellement de difficulté à rester en dehors des affaires des autres.

– Sean, dit-elle en posant une main sur sa hanche. Tu m'as comprise ?

J'ai besoin d'un autre whisky.

– Sean, insista Scarlet.

– Oui, répondis-je dans ma barbe.

– Tu vas laisser tomber ?

J'avais déjà demandé à Mike de parler à Slade, je ne pouvais pas faire marche arrière là-dessus.

– Oui.

Ma parole lui suffisait.

– Maintenant, va prendre une douce et descends dîner.

– Et si tu venais dans la douche avec moi ?

Elle m'a lancé un regard noir.

– Non. Tu as été vilain aujourd'hui — et pas dans le bon sens.

Dès que je suis arrivé au boulot le lendemain matin, je suis allé dans le bureau de Mike.

– Il a dit quoi ? demandai-je.

Mike, qui portait son café à ses lèvres, a baissé le bras.

– Je viens juste d'arriver, Sean.

– D'accord. Il a dit quoi ?

Je me suis avancé, les mains dans les poches.

– Tu ne peux pas me laisser savourer mon café avant de m'interroger ?

– Je suis à deux doigts de le jeter dans la poubelle.

Mike a soupiré et posé sa tasse.

– Slade a dit que rien ne clochait. Que Skye et Cayson nagent dans le bonheur, et qu'ils s'embrassent tout le temps quand ils sortent ensemble tous les quatre. Je ne crois pas qu'il y ait anguille sous roche.

– T'es sûr ? Il avait l'air de mentir ?

– Slade n'est pas du genre à mentir.

Je me suis frotté le menton.

– Peut-être qu'ils ne lui ont rien dit.

– Ou peut-être que rien ne cloche...

– Je sais ce que j'ai vu.

Mike a enfin bu une gorgée de café.

– La vache, c'est bon, soupira-t-il. Maintenant, tu permets ? Je veux boire mon café en paix.

Ses informations n'avaient pas dissipé mes doutes. Je me suis frotté la nuque, sentant le métal frais de ma montre contre ma peau chaude.

– Sean, détends-toi. Tout va bien.

– Je l'espère.

– Et sinon... on finira bien par l'apprendre.

J'espère seulement qu'il ne sera pas trop tard.

4

SKYE

J'ai appelé Cayson quand je suis arrivée à la maison.

– Il faut qu'on parle.

– Je t'écoute, dit-il d'une voix blasée.

– Tu peux venir ici ?

– Et si je venais et que je ne repartais plus ? C'est chez moi.

– Ce n'est plus chez toi, connard.

J'étais encore tellement furax contre lui de m'avoir embrassée. Après ce qu'il m'a fait, il n'avait aucun droit de me toucher. Le fait d'avoir osé ce geste alors que je ne pouvais pas me défendre était lâche de sa part.

– Ne m'appelle pas comme ça, aboya-t-il.

– T'as couché avec une traînée, alors je t'appelle comme je veux.

Il a beuglé à l'autre bout du fil.

– Je n'ai pas couché avec elle !

– Ferme-la et ramène-toi.

J'ai raccroché pour ne plus avoir à l'entendre. Puis je me suis mise à faire les cent pas dans l'entrée en me rongeant les ongles. Mon père m'avait coincée au boulot parce qu'il avait des soupçons. Même si je l'avais rembarré, il savait que quelque chose n'allait pas.

Une demi-heure plus tard, Cayson est entré sans frapper. Il semblait énervé, comme s'il me détestait autant que je le détestais.

– Frappe avant d'entrer. Tu ne peux pas aller et venir à ta guise.

– Je peux faire ce qui me chante.

Au début, il était distant et silencieux en ma présence, sachant exactement ce qu'il avait fait pour mériter ma colère. Mais maintenant, il ripostait à tous les coups.

– Alors, je changerai les serrures.

– Tu pourrais commencer par verrouiller la porte, répliqua-t-il. Et c'est toi qui m'as convoqué ici, alors ce n'est pas comme si tu ne m'attendais pas.

– Ben, j'aurais pu avoir un invité. Alors, frappe la prochaine fois.

Il a déchaîné sa furie sur moi. On aurait dit qu'il voulait m'étrangler, voire me buter.

– Tu m'appartiens, rugit-il en brandissant sa bague. Si un type franchit cette porte, je lui brise la nuque.

– Alors je peux briser la nuque de Laura ? rétorquai-je. J'ai ta permission ?

– Jette son cadavre aux vautours, j'en ai rien à foutre, dit-il en s'approchant, les joues rouges de colère. Je hais cette salope de m'avoir fait ça. Je la tuerais moi-même si je pouvais.

– T'avoir fait ça ? répétai-je incrédule. T'as pas fait exprès de lui foutre ta bite dans la chatte ?

– Je n'ai pas...

– Je ne suis pas là pour me disputer avec toi, le coupai-je en levant une main.

– Alors qu'est-ce que je fous ici ? s'énerva-t-il. Parce que t'as pas arrêté d'être chiante depuis que je suis arrivé.

J'ai ignoré l'insulte.

– Mon père se doute de quelque chose.

Cayson s'est calmé légèrement.

– Qu'est-ce qui te fait croire ça ?

– Il m'a posé des questions au boulot.

– Et qu'est-ce que t'as dit ?

– Que tout allait bien, répondis-je. Mais je connais mon père. Il va fourrer son nez dans nos affaires jusqu'à ce qu'il trouve quelque chose.

– Ben, je peux continuer à faire semblant qu'on est heureux, dit-il en secouant la tête comme s'il était l'homme le plus malheureux du monde.

– J'aimerais qu'ils ne soient pas nos voisins...

– Ça me semblait un prérequis quand on a acheté la maison, s'énerva-t-il.

– J'ai seulement peur qu'ils surveillent la maison et qu'ils se rendent compte que tu ne pars pas travailler tous les matins ni que tu rentres le soir. Ou bien ils pourraient débarquer à l'improviste et voir que tu n'es pas là.

Il a soupiré d'irritation.

– On se fout de ce qu'ils pensent. C'est nos affaires, pas les leurs.

– Je veux que tu reviennes à la maison pour une semaine.

Il s'est tu.

– Quand la poussière sera retombée, tu pourras retourner où tu crèches en ce moment, sans doute dans un bordel.

Il n'a pas répondu à mon dernier commentaire.

– Si je reviens, je ne repartirai plus. C'est ma maison ici, et tu es ma femme. Tu ne pourras pas te débarrasser de moi. T'as eu amplement le temps de t'en remettre.

– M'en remettre ? renâclai-je. M'en remettre ? J'ai eu amplement le temps de me remettre du fait que t'as baisé une traînée dans un sac de couchage pendant trois mois ? Je ne me remettrai jamais de ton infidélité.

Cayson s'est emparé d'une lampe et l'a fracassée par terre.

– Je ne t'ai pas trompée. Je ne l'ai pas touchée. Je te suis fidèle depuis le jour où tu m'as remarqué. Au cas où t'aies oublié, c'est toi qui m'as menti et qui as fait semblant de me tromper pour me faire fuir à l'autre bout du pays. Et pourtant, je t'ai pardonné. Et si tu veux mon avis, c'est une offense bien pire.

– Mais je ne t'ai pas trompé.

– Moi non plus, dit-il sans ciller.

J'ai soutenu son regard.

– Si tu veux que je revienne vivre ici, alors je ne repartirai plus, continua-t-il. Tu vas devoir me jeter à la rue toi-même, et je te promets que tu ne pourras pas me faire bouger d'un poil. Tu peux appeler les flics, mais mon nom est sur l'acte de vente, alors tu ne peux pas me foutre à la porte de ma propre maison. Bonne chance.

Je me suis mordillé l'intérieur de la joue en réfléchissant.

– La meilleure solution, c'est que je revienne vivre ici. Comment on est censés sauver notre mariage si on vit séparément ? Je dois être là pour toi et le bébé. C'est mon devoir. Tu crois que j'aime te savoir seule ici tous les soirs ? Ça me fait flipper, Skye. Je devrais être là. Vous êtes ma famille.

J'ai eu un moment de faiblesse. Pendant un instant, j'ai souhaité que Cayson revienne définitivement. Je voulais dormir à ses côtés et sentir sa chaleur corporelle. Le voir se promener torse nu dans la maison avant le boulot. M'asseoir sur le canapé avec lui le soir et regarder la télé avant de nous mettre au lit. Mon meilleur ami me manquait. Mes hormones prenaient le dessus, et mes émotions aussi. Je me moquais de Laura et de ce qu'ils avaient fait ensemble. Je voulais retrouver mon mari.

Puis je me suis rappelé que notre mariage était mort. Cayson n'existait plus. Et moi non plus.

– Alors ? demanda-t-il perplexe.

– T'as raison. Tu ne devrais pas revenir. Reste où tu es.

Le désespoir a empli son regard.

– Pour l'instant... entretenons l'illusion, dis-je. Faisons comme si tout allait bien.

– Et si on arrangeait les choses au lieu de mentir ?

– Comment ? demandai-je alors que les larmes me

brûlaient les yeux. Tu m'as trompée, Cayson. Comment on est censés arranger les choses ? Je n'ai pas de machine à remonter dans le temps. Toi ?

Les larmes ont coulé sur mes joues.

Il m'étudiait, l'air dévasté.

– Je ne t'ai pas trompée. Je te le jure.

– Tu me fais encore plus mal chaque fois que tu mens.

– Je ne mens pas.

– Ça me fait remettre en question toute notre relation. Si tu avais reconnu tes fautes dès le début, je ne te détesterais pas autant. Mais tu tiens si peu à moi que tu refuses d'être honnête. Tu t'entêtes à mentir dans l'espoir que je gobe tes histoires. On fait tous des erreurs, mais... mentir n'est pas une erreur. C'est mal, et délibéré.

Il m'a pris les mains et les a posées sur sa poitrine. J'ai senti son cœur battre la chamade.

– Skye... je ne mens pas. Je ne te mentirais jamais. Je suis perdu sans toi... j'ai l'impression d'être à l'article de la mort. Je t'en prie, crois-moi.

Je voulais le croire, mais je ne pourrais jamais. Je me suis écartée.

– Va-t'en, Cayson.

Ses yeux se sont embués.

– Skye, je t'en supplie.

– Va-t'en.

– Je ne t'ai pas trompée, et je ne mens pas pour me défiler.

J'ai secoué la tête en reculant.

– J'étais mariée à un homme merveilleux qui me rendait plus heureuse que je le croyais possible. Mais cet homme n'existe plus. Il a été remplacé par un inconnu, qui lui ressemble comme deux gouttes d'eau. Il ne m'aime plus comme mon Cayson m'aimait. Et il n'est plus mon meilleur ami...

– Ne me dis pas ça... murmura-t-il.

– Va-t'en, dis-je en me reculant davantage. Je suis sérieuse.

Il a baissé la tête, anéanti.

– Alors, on fait quoi maintenant ? demanda-t-il implorant. Tu ne me croiras jamais ? Tu douteras toujours de moi, même si tu as la vérité en pleine face ?

J'ignorais ce que l'avenir nous réservait. Je ne savais même pas ce que je faisais. Je n'avais jamais été dans cette situation, et je ne l'avais certainement pas anticipée avec Cayson. Nous étions de jeunes mariés avec un bébé en route. Devrais-je prendre sur moi et lui pardonner à cause de notre situation ? Ou bien le quitter et ne jamais regarder derrière ? Une partie de moi voulait rester, pas seulement pour notre enfant, mais aussi pour Cayson, l'homme dont j'étais tombée profondément amoureuse. Il ne répéterait plus ses erreurs. Il n'avait pas besoin de me le dire. Je le savais déjà. Mais ça ne changeait rien au passé. Rongé par la solitude et la tristesse à l'autre bout du monde, il avait commis l'impensable. Mais était-ce une justification valable ? Notre relation ne serait-elle plus jamais la même ? Lui en voudrais-je toute ma vie ? Devrais-je m'en aller maintenant, et peut-être même demander l'annulation de notre mariage puisqu'il avait été aussi court ? J'étais désemparée. Mon cœur était brisé, mais à la fois déchiré.

– Va-t'en, s'il te plaît.

TANT D'ÉMOTIONS ME PARCOURAIENT LE CORPS. C'ÉTAIT LE chaos en moi. Je pleurais tous les jours, et j'étais malheureuse depuis si longtemps que je craignais de ne plus jamais retrouver la joie.

Quelques jours s'étaient écoulés depuis que papa et moi nous étions parlé. Je l'avais engueulé sans retenue. À ma grande surprise, il s'était tu, puis il était sorti de mon bureau. Quand je suis arrivée au boulot ce matin, nous nous sommes croisés.

Il a parlé comme si de rien n'était.

– T'as passé une bonne soirée hier ?

– Ouais… j'ai regardé la télé en pyjama.

– Excellent. C'est exactement ce qu'une femme enceinte doit faire.

Il m'a souri avant de poursuivre son chemin.

Au moins, il ne m'avait pas fait culpabiliser pour mon comportement agressif. Et il semblait avoir appris la leçon quant à son indiscrétion sur ma vie conjugale. Ça me faisait un problème de moins à régler.

En sortant du bureau, j'ai marché jusqu'à ma voiture et je suis montée à bord. Je suis restée assise dans le parking sans démarrer, pensant au fait que personne ne m'attendait à la maison. En fait, l'endroit me rappelait Cayson. Son parfum y flottait encore, et j'avais parfois l'impression d'entendre sa voix dans le couloir. Je pensais à vendre la maison pour ne pas avoir à penser à lui constamment, mais je ne pouvais pas le faire sans éveiller les soupçons. Et je ne pouvais pas faire ça à mon fils. C'était l'endroit idéal où grandir, à côté de ses grands-parents. J'espérais que le souvenir de Cayson s'estomperait avec le temps, ainsi que la douleur qui l'accompagnait.

J'avais l'intention de meubler la chambre du bébé ce soir, et je savais que je devais convier Cayson. Je ne reviendrais pas sur mes paroles, car ça blesserait notre fils plus que lui. Et Cayson ne parlait pas de notre relation lorsque nous préparions la chambre. C'est surtout pourquoi j'ai passé l'appel.

Il a répondu à la première sonnerie, comme d'habitude.

– Salut.

– Salut.

C'était toujours gênant de lui parler. Tendu et forcé.

– T'as quelque chose de prévu ce soir ?

– Skye, je fais la même chose chaque jour en rentrant du taf : je retourne dans mon appart minable et je réfléchis à des moyens de te convaincre de mon innocence.

J'ai inspiré profondément, endiguant des larmes imminentes.

– J'allais aménager la chambre du bébé... si tu veux bien m'aider.

Son attitude a changé lorsqu'il a compris la raison de mon appel.

– J'adorerais. Tu veux t'y mettre tout de suite ?

– En rentrant à la maison. Je pensais d'abord aller au magasin pour choisir la déco et les meubles.

Il a parlé d'un ton léger et professionnel.

– Mon pick-up fera parfaitement l'affaire pour ça. On se rejoint là-bas.

– D'accord.

– À bientôt, dit-il avant de raccrocher.

Faire des activités pour le bébé était la seule façon d'être en sa présence sans pleurer. Il ne franchissait pas de limites, car il n'était pas idiot. Jamais il ne risquerait de me faire limiter son temps avec notre fils. Il était à ma merci.

JE VENAIS DE ME CHANGER ET ME REPOUDRER LE NEZ QUAND Cayson est arrivé. Il a frappé, comme il était censé le faire.

– Salut... dis-je en ouvrant.

J'ai accroché mon sac à main sur mon épaule, évitant son regard.

– Salut. T'es prête ?

– Ouais.

Je portais un jean et un haut ample pour ne pas comprimer mon ventre.

– Tu es jolie, remarqua-t-il.

Son regard n'est pas resté sur moi trop longtemps. J'ai fermé la porte derrière nous, puis j'ai verrouillé.

Nous n'avons pas parlé en chemin, laissant la radio emplir l'habitacle. Cayson avait une main sur le volant et l'autre sur le levier de vitesse. En temps normal, il me tenait la main en conduisant, me caressant les phalanges du pouce. Après que je sois tombée enceinte, il s'est mis à poser la main sur mon ventre. Mais il ne faisait rien de tout ça en ce moment.

Arrivés au magasin, nous nous sommes garés, puis nous sommes entrés.

– On commence où ? demanda-t-il en prenant un caddie.

– Eh bien, on s'est entendus pour des fusées spatiales, alors cherchons ça.

– D'accord.

Nous nous sommes engagés dans le labyrinthe de la salle d'exposition.

J'ai trouvé une lampe qui brillait dans l'obscurité, avec des fusées qui filaient sur l'abat-jour.

– C'est tellement mignon.

Cayson était à côté de moi et son épaule frôlait la mienne.

– Ça me plaît. Ça peut servir de veilleuse s'il a peur du noir.

– Mais on ne veut pas qu'il en dépende non plus.

– Hmm… fit-il en observant la lampe. Je crois que ça ira. Même s'il a besoin d'une veilleuse, il finira bien par grandir et s'en défaire. Prenons-en deux, une pour chaque table de chevet.

– Mais il n'aura pas besoin de ça tout de suite.

– Les enfants grandissent vite. Regarde Ward Jr.

– Ouais, t'as raison.

Il a posé les boîtes dans le caddie.

– Maintenant, allons voir les berceaux, dis-je en me dirigeant vers le rayon.

Je l'ai regardé inspecter chaque modèle et tester leur solidité. Ses muscles dorsaux ondulaient sous son t-shirt alors qu'il bougeait. Il était aussi baraqué qu'à son retour de voyage. Ses avant-bras ciselés étaient zébrés de veines. Il s'est arrêté devant un berceau en acajou.

– J'aime bien celui-ci. Il est solide, et on peut le réutiliser si on a une fille plus tard.

Mon cœur a chaviré.

Cayson n'a pas semblé remarquer ce qu'il a dit. Il a

empoigné les barreaux, s'assurant de leur solidité, puis il a consulté l'étiquette.

Croyait-il que nous reviendrions ensemble ? Que j'aurais un autre enfant avec lui ? Était-il aussi convaincu que je lui pardonnerais ses offenses ? Il avait intérêt à se détromper, car ça n'arriverait pas. Mais je ne lui ai pas dit tout de suite, car ce n'était pas le moment. Nous étions ici pour notre fils, et d'après son air concentré, Cayson n'avait pas réalisé son erreur.

– Il me plaît aussi.

– Alors, on le prend.

Il a pris une photo du numéro de série sur l'étiquette.

– Ça ne rentrera pas dans le caddie, alors on enverra un employé le chercher en passant à la caisse.

– Ouais. Bonne idée.

Nous avons poursuivi notre shopping.

– Est-ce qu'on achète des décorations murales ? demanda-t-il. Une lune et des étoiles, peut-être ?

– Ça serait sympa.

– Je trouve aussi. Il existe des autocollants qui n'arrachent pas la peinture. Ils se décollent facilement quand on n'en a plus besoin.

– C'est parfait.

Nous avons trouvé le rayon en question et examiné les différents choix d'autocollants. Cayson en a pris quelques-uns et les a mis dans le caddie. J'ai imaginé que je regardais dans le berceau et que je voyais mon fils gazouiller en remuant les bras. L'image a évoqué tellement d'émotions en moi que les larmes me sont montées aux yeux.

Cayson l'a remarqué.

– Tout va bien ?

J'ai vite cligné.

– J'ai hâte qu'il naisse, c'est tout.

Je l'ai vu sourire pour la première fois depuis longtemps. Ses lèvres se sont retroussées et son regard s'est attendri.

– Moi aussi.

Soudain, il m'a prise par la taille et m'a serrée contre lui, appuyant le menton sur ma tête.

Je n'ai pas réalisé ce qui se passait avant que le mal soit fait. Cayson me tenait dans ses bras. Et le pire était que... j'aimais ça. Son contact me manquait. Son odeur et sa chaleur aussi. Trop faible pour résister, j'ai laissé l'étreinte durer.

Cayson ne m'a pas lâchée.

J'ai enfin reculé, trop blessée à l'idée que ses mains avaient touché une autre femme. Même si elles me procuraient bonheur et sécurité. C'était déconcertant.

– Que dis-tu de ceux-là ? demandai-je de but en blanc.

Je voulais détourner le cours de nos pensées. Nous songions tous les deux à la même chose, je le sentais. Je tenais deux paquets d'autocollants. L'un représentait un astronaute sur la lune, l'autre une station spatiale.

Cayson les a examinés.

– Ils sont super.

– Prenons-les, alors.

Je les ai balancés dans le caddie en me remettant en marche.

Il a gardé ses distances et n'a pas exigé plus d'affection. Il avait promis de ne pas insister sur notre relation lorsque nous faisions des activités pour notre fils, et il tenait parole. La situation changerait-elle après la naissance du bébé ? Serions-nous capables d'être aussi matures et rationnels en présence l'un de l'autre ? Capables de maintenir une amitié distante, mais respectueuse ? Ou est-ce que nous échouerions et recommencerions à nous engueuler ? Je ne voulais pas crier devant notre fils. Mes parents ne se disputaient presque jamais devant Roland et moi, et je voulais offrir la même chose à mes futurs enfants.

Quand nous sommes arrivés à la fin du labyrinthe, le caddie était plein.

Cayson a zyeuté le contenu.

– Ça fait beaucoup de meubles à monter...

– J'espère que t'as tes outils, raillai-je.

– Ils sont dans le garage, dit-il en lisant l'arrière des boîtes pour voir s'il avait besoin d'outils spéciaux. Ça va me prendre un bail.

– Je ne m'attends pas à ce que ce soit fait du jour au lendemain, dis-je en me tapotant le bidon. On a encore quelques mois.

Il a lorgné mon ventre, un sourire en coin aux lèvres.

– Ça passera en un clin d'œil.

Nous avons payé à la caisse, puis avons chargé la benne du pick-up. Alors que nous roulions vers la maison, la radio était allumée. Cayson n'a pas pris ma main ni fait de geste déplacé.

– Comment ça va au boulot ? demandai-je.

– Bien.

Il n'a pas développé.

– C'est tout ?

Il a haussé les épaules.

– Mon job est plutôt ennuyeux d'un point de vue extérieur.

– Je n'ai jamais trouvé ça ennuyeux.

– Eh ben, ça va. La transition a été difficile étant donné... ce qui se passe entre nous. Mais j'arrive à gérer. Il y a eu une épidémie de SRAS en Californie. On fait tout notre possible pour l'éradiquer.

– Et qui distribue tes dispositifs d'épuration d'eau ?

Je n'aimais pas en parler, car ils me rappelaient son voyage horrible.

– J'ai mis sur pied une caravane. Tous les trois mois, une nouvelle équipe part et suit le même trajet. La plupart des gens sont bénévoles.

– C'est merveilleux.

– J'aime bien être le patron. Je prends les décisions finales sur presque tout.

– T'es déçu de ne pas pouvoir monter plus haut ?

– Non. J'adore mon travail. Au lieu d'aider une personne à

la fois, j'en aide des milliers, même si je n'interagis pas directement avec eux.

J'ai hoché la tête.

– Ce que tu fais est exceptionnel, Cayson.

Ma colère envers lui ne diminuait pas ses bonnes qualités à mes yeux. Il avait beau avoir rompu ses vœux de mariage, il restait quelqu'un de fondamentalement bon. Je l'admirerai toujours.

– Notre fils aura de quoi être fier. On est un couple du tonnerre.

Je l'ai fusillé du regard.

– Tu sais ce que j'ai voulu dire, dit-il prestement. La codirectrice d'une grosse boîte de logiciels et le directeur du CDC… j'espère vraiment que ça ne lui mettra pas trop la pression. Tu imagines s'il devenait junkie ?

Il a ri de sa propre blague.

– Notre fils sera remarquable quoi qu'il décide de faire de sa vie.

Il a souri.

– T'as l'instinct maternel dans le sang.

Quand on est arrivés à la maison, Cayson a déchargé la benne, puis a porté les cartons dans la chambre du bébé. Il y avait un berceau, une commode et quelques autres meubles, en plus des décorations.

– Tu vas devoir me nourrir si tu veux que je fasse tout ça, dit-il en posant ses outils par terre.

– Ça peut s'arranger. De quoi as-tu envie ?

– N'importe quoi, bébé. J'aime tout ce que tu cuisines.

Je lui ai lancé un regard noir.

Cayson a réalisé son erreur.

– Désolé… vieille habitude.

Évitant mon regard, il a ouvert la première boîte.

Je suis descendue à la cuisine et j'ai mis en route un gratin de pâtes. C'était facile à faire et ça ne demandait pas beaucoup de préparation. Une fois le plat sorti du four, j'ai servi deux assiettes, que j'ai posées sur la table.

– Le dîner est prêt, hélai-je.

J'ai réalisé que je me comportais comme lorsque nous étions un couple marié, du moins, avant que la merde éclate. Mais le mal était fait, et je devais vivre avec.

– Super, dit Cayson en descendant l'escalier. J'étais sur le point de manger le berceau.

Quand il a tourné le coin, j'ai vu qu'il était torse nu. J'étais face à face avec son physique parfait, légèrement humide de sueur.

Ne le regarde pas.

Il s'est assis et s'est immédiatement attaqué à sa nourriture.

Je me suis assise en face de lui, plongeant les yeux dans mon assiette.

– C'est trop bon, dit-il la bouche pleine. Merci.

Tu peux me lécher le cul tant que tu veux, ça ne changera rien.

– Je t'en prie.

Il m'a étudiée de l'autre côté de la table.

J'étais mal à l'aise, mais je ne l'ai pas exprimé. Il ne ferait que me fixer encore plus intensément.

– Je pensais à... commença-t-il.

– Quoi ?

– Installer un système d'alarme ici.

– Tu crois vraiment que c'est nécessaire ?

– Tant que je ne suis pas là, oui, dit-il en baissant les yeux. Slade a dit qu'être seul dans cette maison était glauque parfois. Je sais que tes parents sont juste à côté, mais c'est quand même la campagne. Des voleurs pourraient arriver par la côte s'ils le voulaient vraiment.

– T'es parano comme mon père.

– Eh ben, maintenant que j'ai une femme et un enfant, je le comprends mieux. J'appellerai demain pour le faire installer.

– Cayson, il va bientôt y avoir un bébé qui court partout dans la maison. Il va déclencher l'alarme constamment.

Il a haussé les épaules.

– Mieux vaut prévenir que guérir, non ?

Je trouvais l'idée excessive.

– Ou bien, tu pourrais me laisser revenir, continua-t-il en relevant les yeux. Je pourrai vous protéger, être là si vous avez besoin de quoi que ce soit, m'occuper du jardin... je peux tout faire.

Quand il était aussi gentil et sexy, j'avais du mal à résister. J'ai dû me rappeler qu'il m'avait trompée avec Laura alors que j'étais seule à la maison, et enceinte par-dessus le marché.

– Appelle l'installateur de systèmes d'alarme demain.

La déception a empli son regard.

J'ai baissé les yeux pour ne pas voir sa réaction.

Après le dîner, Cayson s'est remis au travail. Je suis restée dans le salon pour ne pas le voir torse nu. Ça me déconcentrait, voire m'allumait. Un rien m'excitait, car j'étais en manque de sexe, et mes hormones n'aidaient pas. Il valait mieux l'éviter le plus possible.

Vers vingt-deux heures, il est redescendu. À mon grand soulagement, il avait remis son t-shirt.

– J'ai bossé dur, mais il me reste encore beaucoup à faire.

– Ça va, Cayson. Je ne m'attends pas à ce que tu crées un chef-d'œuvre en une journée.

– Bah, je l'ai déjà fait, dit-il en s'approchant et louchant sur mon ventre.

J'ai instinctivement posé la main dessus.

Il s'est agenouillé, mais ne m'a pas touchée.

– Je peux ?

Je savais ce qu'il demandait. Je voulais dire non, mais ce n'était pas juste. J'ai retroussé mon t-shirt, exposant ma peau.

Il a posé la main dessus, couvrant presque entièrement ma petite bosse. Il l'a fixée comme s'il essayait de déchiffrer quelque chose que lui seul voyait. Il m'a tâtée, comme s'il espérait sentir un mouvement, puis il a collé l'oreille sur mon nombril.

– Je pense que j'entends son battement de cœur...
vaguement.

– Sans doute.

Je le fixais en sentant l'émotion me monter à la gorge. Nous
aurions dû passer toutes nos soirées ainsi, mais Cayson avait
décidé de tout foutre en l'air.

Il a posé un baiser sur mon ventre avant de le prendre à
deux mains.

– J'arrive pas à croire qu'on a fait ça ensemble... dit-il en
secouant la tête. Une conception qui défie les lois de la contra-
ception.

– Ouais...

– J'ai tellement hâte qu'il naisse. Je vais lui enseigner tout ce
que je sais, jouer à la balle avec lui, l'emmener au cinoche...

– Ça serait sympa.

Bien que je sois impatiente de rencontrer notre fils, j'étais
déprimée. Allions-nous l'élever séparément ? Ferait-il l'aller-
retour entre nos maisons d'une semaine à l'autre ? Je ne
connaissais personne ayant des parents divorcés. Comment
était-ce ?

Cayson a baissé mon t-shirt. Puis il a poussé un soupir de
souffrance.

– Bon, je vais y aller.

– Ouais...

– T'es sûre de vouloir dormir toute seule ce soir ? Je peux
prendre un des canapés ou une chambre d'amis.

Je ne pouvais pas laisser Cayson rester. J'avais trop peur de
succomber à mes désirs charnels. Ça ne ferait que compliquer
les choses entre nous. Il portait toujours sa bague et moi aussi.
Mais ces alliances ne représentaient plus notre relation. Je ne
savais même pas ce que nous étions.

– Ça va aller, Cayson.

– Slade et Trinity reviendraient vivre ici volontiers si je leur
demandais.

– Non, ça va.

Je n'allais pas soumettre leur mariage à nos drames. Ils emménageaient dans un nouvel appart et ils essayaient de faire un bébé. J'étais une épave, mais ils n'avaient pas à s'occuper de moi pour autant.

– Je t'ai déjà donné l'impression que j'étais une demoiselle en détresse qui ne pouvait pas se débrouiller seule ?

– Jamais, murmura-t-il.

– Alors, arrête de me traiter comme si j'en étais une.

Je me suis levée et dirigée vers la porte.

Cayson a soupiré avant de se lever à son tour et me suivre.

– À plus tard.

J'ai ouvert la porte et attendu qu'il sorte.

Il m'a fixée comme s'il voulait dire quelque chose.

– Bonne nuit.

J'avais besoin qu'il parte, car je ne supportais plus de le voir devant moi.

De toute évidence, il voulait dire quelque chose qu'il avait déjà dit, aborder le sujet de notre relation et me supplier de régler nos problèmes. Mais il a tenu parole et n'a rien dit. Il a laissé les mots mourir sur sa langue sans les prononcer.

– Appelle-moi si t'as besoin de quelque chose.

– D'accord.

– Bonne nuit.

Il est sorti sans me regarder. Ses épaules se sont voûtées, semblant s'alourdir. Elles portaient le poids de son erreur et de sa souffrance. Il ne s'est pas retourné une seule fois, pas même pour me faire au revoir de la main en sortant de l'allée.

5

LEXIE

La voix de ma secrétaire a parlé dans l'interphone.

– Un apollon demande à te voir.

J'ai souri malgré moi.

– Est-ce qu'il s'appelle Conrad ?

La voix de Conrad a résonné ensuite.

– Il s'appelle ton mec.

J'ai levé les yeux au ciel même si je le trouvais mignon.

– Entre.

La porte s'est ouverte et il est entré, beau comme un dieu dans son complet griffé. Avec sa grande taille et son physique sculpté, il était le fantasme de toutes les femmes. J'ai instinctivement serré les cuisses en le voyant. Aucun homme ne m'avait autant aguichée de toute ma vie.

– Quelle belle surprise.

– Bonjour, gente dame.

Il s'est penché sur mon bureau et m'a embrassée lascivement. Sa langue s'est glissée dans ma bouche et a dansé avec la mienne. Je commençais à mouiller quand il a reculé.

– Desserre les cuisses. Tu vas attraper une crampe.

Je lui ai lancé un regard espiègle.

– Tu veux recevoir des photos sexy en pleine réunion ?

– J'ai eu ma leçon, et je ne regarderai plus jamais mon portable.

– Si tu le dis...

J'ai battu des cils.

Il restait penché vers moi, les mains sur mon bureau.

– T'as quelque chose de prévu pour le déjeuner ?

– Peut-être... peut-être pas.

– Eh ben, j'ai prévu quelque chose pour toi. Viens.

– On va où ?

Je me suis levée en prenant mon sac à main.

– Tu verras, bébé.

J'ai roulé les yeux.

– Tu m'emmènes dans un hôtel pour baiser ?

Un regard coupable lui a traversé le visage.

– Peut-être... peut-être pas.

– T'es ridicule, tu le sais ?

– C'est toi qui salives déjà à l'idée que je te défonce.

Mes joues se sont empourprées.

– Maintenant, la ferme et allons-y.

Comme je m'en doutais, Conrad avait réservé une chambre au Plaza. Lorsque nous sommes entrés, un déjeuner nous attendait sur un chariot près de la table, avec une bouteille de vin et deux verres.

– La vache... c'est chic.

Il s'est approché par-derrière et il a enroulé les bras autour de ma taille.

– On fait l'amour maintenant ou après ?

Il m'a embrassée dans le cou, ouvrant mon chemisier pour exposer ma peau. Ses lèvres se sont éternisées sur mon épaule nue.

J'adorais sentir sa bouche chaude sur moi.

– Je connais déjà ta réponse.

– Mais quelle est la tienne ?

Sa main a serpenté jusqu'à mon pantalon, puis s'est glissée dans ma culotte. Il a frictionné mon clito avec aisance. Mes pensées se sont envolées alors que mon côté animal ressortait.

– Mmm...

– Ce n'est pas vraiment une réponse, mais j'ai compris.

Il a déboutonné mon pantalon et mon chemisier. Il m'a ensuite guidée vers le lit et penchée au bord du matelas. Il s'est rapidement déshabillé avant de m'ôter mes sous-vêtements. Il n'a pas touché à mes talons hauts, car ils l'excitaient. Puis il s'est inséré en moi vigoureusement en m'empoignant par la nuque.

Putain ce qu'il est bon.

Il m'a pénétrée jusqu'à la garde, m'étirant les chairs, puis il a porté les lèvres à mon oreille en soufflant pour me laisser entendre à quel point il prenait son pied. Sans me lâcher la nuque, il s'est mis à tanguer en moi.

J'aime cet homme.

Il m'a pilonnée en ahanant, m'écrasant contre le matelas. Bientôt, j'ai senti la brûlure naître au creux de mes cuisses.

– Jouis pour moi, me susurra-t-il à l'oreille.

Je me suis abandonnée à la vague de l'orgasme en hurlant son nom, sachant que ça l'excitait à mort. Ma chatte s'est resserrée autour de lui tandis que ma cyprine lui enduisait le manche.

– J'adore t'entendre jouir.

Il s'est retiré, puis m'a roulée sur le dos et appuyé la tête sur l'oreiller. Il s'est inséré entre mes cuisses de nouveau, plongeant le regard dans le mien en reprenant ses coups de reins, lentement cette fois.

J'ai promené les mains sur sa poitrine de marbre et senti les muscles onduler sous sa peau. Une fois arrivée à ses épaules, j'y ai planté les ongles.

Conrad m'a empoigné les cheveux en m'embrassant. Son baiser était sensuel, ponctué de halètements dans ma bouche.

– Je suis fou amoureux de toi.

Je me suis pendue à son cou.

– Je t'aime aussi.

Il a soutenu mon regard en giclant en moi, m'emplissant de sa semence.

– Mmm...

Son orgasme a duré plus longtemps que d'habitude, et je sentais son souffle chaud contre ma peau. Lorsqu'il a eu fini, il est resté sur moi.

– Tu es ravissante.

Il m'a embrassée dans le cou, puis entre les seins.

Fatiguée et satisfaite, je ne voulais plus bouger.

Conrad s'est écarté et a remis son caleçon. Sans enfiler un autre vêtement, il s'est assis à la table, puis il a soulevé les cloches. Il était presque trop grand pour sa chaise. On aurait dit un colosse.

– À table, bébé.

J'ai soupiré, puis je me suis levée et j'ai enfilé sa chemise. Je flottais dedans et elle me descendait jusqu'aux genoux, mais elle était confortable. J'avais l'impression d'être enveloppée dans un nuage de son parfum.

Il a mangé sans me quitter du regard.

– C'est romantique, dis-je en tirant mon assiette vers moi.

– Je fais toujours des trucs romantiques pour toi.

– C'est vrai.

Conrad était romantique, mais sans en faire des tonnes. Il ne forçait pas la note avec les trucs sentimentaux, au risque de perdre son côté viril, mais il n'avait pas un cœur de glace non plus. C'était un vrai mâle, et c'est ce que j'aimais.

Il a bu son vin, le regard toujours posé sur moi.

– Quoi ?

– Je me demande comment te prendre avant de partir.

J'ai eu une bouffée de chaleur.

– J'ai mon mot à dire là-dessus ?

– Ça dépend...

– Et si je te chevauchais ?

Il m'a lancé un regard sulfureux.

– J'adore quand tu me chevauches. Tes nichons sont bandants, et tu me fais penser à une cowgirl sexy.

– Alors, la décision est prise.

Il a fini son verre de vin, puis s'est remis à manger son steak.

– Tu ne seras pas en retard au boulot ? demandai-je.

Il s'est essuyé la lèvre avec sa serviette.

– Je fais ce que je veux. C'est moi le boss, alors personne ne me dit quoi faire — pas même mon paternel.

– Tu n'es pas officiellement président.

– Sur le papier, si.

Conrad était un rêve devenu réalité. Je me fichais de sa fortune, mais j'aimais son pouvoir. Bientôt, il serait l'un des meilleurs partis du pays, sinon du monde. Il pouvait déplacer des montagnes avec son influence. Sa confiance en lui frôlait l'arrogance, mais à juste titre. Il avait les qualités d'un don Juan tout en étant dévoué à moi — du moins, pour l'instant. Je lui faisais confiance comme à un meilleur ami. Un jour, il appartiendrait à une autre femme, mais pour l'instant, il était à moi. Et je chérirai ces moments pour toujours.

– À quoi tu songes ? demanda-t-il.

Je n'avais pas réalisé que je le matais.

– À combien je t'aime.

Son regard s'est attendri, mais il n'a rien dit.

Je me suis remise à manger, essayant de me dépêcher. J'étais impatiente de l'enfourcher comme une monture.

Hi-han !

MA MÈRE M'AVAIT DEMANDÉ DE PASSER CHEZ ELLE APRÈS LE boulot, et bien sûr, je ne pouvais pas lui refuser, même si j'avais seulement envie d'être dans les bras de mon mec. Elle était seule, et je me sentais mal pour elle. Macy était là, mais je doutais qu'elle puisse réellement la réconforter.

Je suis entrée.

– Maman, je suis là.

La voix de Macy m'est parvenue aux oreilles.

– On est dans la salle à manger.

J'ai posé mon sac à main sur la console dans l'entrée, puis je les ai rejointes. Maman et Macy prenaient le thé. Des sandwiches au concombre étaient devant elles, et elles souriaient béatement.

– Quoi...?

C'est le truc le plus étrange que j'ai jamais vu.

– Rien, dit maman en se levant et m'embrassant. Tu es si jolie.

– Merci... je pense.

Macy m'a serrée ensuite.

Je rêve ? Macy qui me fait un câlin ?

J'étais tellement prise de court que je suis restée figée.

– Veux-tu du thé, ma chérie ? demanda maman.

Pour une femme nouvellement divorcée, elle était plutôt joyeuse.

– D'accord.

Maman m'a servie et nous nous sommes assises.

Elles me fixaient en souriant.

– Euh, vous me faites flipper, là. Pourquoi vous me dévisagez ?

Maman a haussé les épaules.

– On attend que tu goûtes au thé, c'est tout.

J'ai bu une gorgée.

– Il est bon, comme toujours.

Macy se tortillait sur place.

Trop zarb.

– Et toi, comment ça va ? demanda maman.

– Bien. Je suis occupée avec mon travail.

– Comment va Conrad ? s'enquit Macy.

– Bien. Toujours aussi arrogant.

– C'est un chic type, dit maman. Je l'aime beaucoup.

– Moi aussi, dit Macy.

J'ai pris un sandwich et je l'ai englouti.

Maman a parlé de son cours de tricot, et Macy de son audition de mannequin. Comme les choses rentraient dans l'ordre, je me suis calmée. À mon arrivée, on aurait dit que ça ne tournait pas rond ici.

Maman s'est tournée vers moi.

– J'ai quelque chose pour toi.

– Pour moi ?

Ce n'était pourtant pas ma fête ni Noël.

Elle a sorti une longue boîte de sous la table et l'a posée devant moi. Elle était argentée, décorée d'une grosse boucle rose. L'inscription Saks Fifth Avenue ornait le côté. C'était sans doute une robe.

– C'est pourquoi ?

– Je voulais seulement que tu aies un truc à te mettre la prochaine fois que tu sors dîner... ou que tu vas à une fête. Peu importe.

J'ai défait le ruban et ouvert la boîte. À l'intérieur se trouvait une robe noire. Elle était sans bretelles, mais de la dentelle noire remontait le long des épaules. Elle avait une taille cintrée qui s'évasait avant de s'arrêter au-dessus du genou.

– Elle est ravissante.

Je l'ai sortie de la boîte, passant les doigts sur le tissu.

– Elle t'ira à ravir, s'enthousiasma Macy. Je l'ai essayée pour m'en assurer.

Je l'ai retournée pour examiner le dos.

– Maman, tu n'aurais pas dû...

– Ça me fait plaisir. Porte-la la prochaine fois que tu sors.

– Je ne sors jamais dans des endroits assez chics pour ça.

– Eh bien, porte-la la prochaine fois que Conrad t'invitera à dîner. Tu lui feras tourner la tête, ma chérie.

Je lui fais déjà tourner la tête.

– Merci, maman. C'est vraiment gentil de ta part.

J'ai doucement reposé la robe dans la boîte, repliant le papier de soie dessus.

– Attends, ce n'est pas tout, dit Macy en me tendant un petit sac.

– Sérieux, qu'est-ce que j'ai fait pour mériter ça ? demandai-je en découvrant une paire d'escarpins noirs Armani. Ça a dû coûter une petite fortune.

– Je les ai eus au rabais, expliqua-t-elle. J'ai un contact.

Je les ai sortis du sac et soulevés.

– Waouh… ils sont magnifiques.

– Ils iront bien avec la robe, dit maman.

– Cet ensemble est le truc le plus cher que je possède, dis-je stupéfaite.

– Rien de trop beau pour une femme aussi classe que toi, répliqua maman en me tapotant la main.

J'ai remis les escarpins dans le sac.

– Je ne sais pas quoi dire…

– Ne dis rien. On aime te voir heureuse.

J'ai détourné le regard, sentant qu'elles me regardaient fixement. C'était de si beaux cadeaux, et ils sortaient de nulle part.

– Merci. Je vous aime.

Macy a souri.

– On t'aime aussi.

6

CONRAD

ON AURAIT PU CROIRE QUE JE SERAIS NERVEUX.

Mais je ne le suis pas.

Mettre un genou à terre est une chose que je n'avais jamais faite. C'est un acte auquel je n'avais pas vraiment réfléchi. Après ma rupture avec Beatrice, le mariage était la dernière chose à laquelle je pensais.

Mais c'est devenu la première aujourd'hui.

Roland était assis en face de moi. Il n'avait pas touché sa bière.

– Comment tu te sens ?

– Bien.

C'était la vérité.

– Nerveux ?

– En fait, non, dis-je en soutenant son regard. Je ne suis pas du tout nerveux...

Était-ce bizarre ? C'était le moment le plus important de ma vie. Il fallait que tout se déroule à la perfection. Je devrais être stressé et agité.

Mais je ne le suis pas.

– Tant mieux, dit Roland en entrechoquant nos bières. C'est ta dernière soirée de célibataire.

– Je ne me marie pas demain. Je me fiance, c'est tout.

– C'est aussi important. Les choses ne seront plus jamais les mêmes.

Il a sans doute raison.

– Il va s'agir tout le temps de toi et Lexie. Vous serez une seule et même personne.

– Ça ne changera pas grand-chose.

– Est-ce que tu vois souvent Slade et Cayson sans leur femme à un pas derrière eux ? demanda-t-il en haussant les sourcils. Non, jamais. Ils sont devenus des siamois.

– C'est pas gênant. C'est ce que je veux.

– Je n'essaie pas de te dissuader. J'aime bien Lexie. C'est une gentille fille et ce sera super qu'elle fasse partie de la famille. Mais savoure le moment présent, parce que c'est toute ta vie qui va changer à partir de demain.

– Qu'y a-t-il à savourer ? demandai-je. J'étais dans un sale état quand Beatrice m'a larguée. Ce n'est que depuis l'arrivée de Lexie que je me sens de nouveau entier. L'épouser signifie que je me sentirai toujours entier. J'ai vraiment hâte.

Roland m'a fait un petit sourire.

– J'imagine que c'est une bonne façon de voir les choses.

– Et toi et Heath ?

– Quoi moi et Heath ?

– Vous pensez au mariage et tout ça ?

– Parfois. Je sais que c'est quelque chose que je veux.

– Avec Heath ?

– Évidemment. Ça ne me dérangerait pas de vivre avec lui. Et j'aimerais bien qu'on élève des enfants ensemble.

– On n'essaiera pas d'avoir des mômes en même temps comme Skye et Trinity, m'esclaffai-je. C'est le truc le plus stupide que j'ai jamais entendu.

Roland a levé les yeux au ciel.

– Ah les femmes...

J'ai pouffé.

– Eh bien, Heath est un homme, ce qui devrait limiter les drames.

– Oh, détrompe-toi. Il a un côté dramatique, dit Roland en riant.

– Pas Lexie. Elle est plutôt détendue.

– Épouse-la, s'exclama Roland. Je sais que Skye fait tourner Cayson en bourrique.

– Skye est plutôt cool, en réalité.

Je travaillais avec elle tous les jours et j'avais appris à la connaître vraiment. Notre lien s'était renforcé et je savais qu'elle le ressentait aussi. Il était évident qu'elle aimait m'avoir à ses côtés. J'intimidais naturellement les partenaires, les ingénieurs et les investisseurs. Personne ne songeait à faire des embrouilles à Skye quand j'étais là, la surplombant comme une montagne.

– Alors, tu vas faire ça où ?

– J'ai réservé dans un endroit chic qu'elle aime bien. J'ai vérifié que c'était un restau étoilé pour être sûr qu'elle porte la robe que sa mère lui a offerte.

– Tu lui as demandé la permission ?

J'ai opiné.

– J'en ai parlé à sa sœur aussi. Elles sont toutes les deux heureuses pour elle.

– Elles peuvent. Leur petite Lexie épouse un futur milliardaire.

– Je ne pense pas que c'est pour ça qu'elles m'aiment bien, dis-je froidement.

– Tu vas planquer la bague dans la nourriture ?

– Non. C'est trop risqué. Ce serait vraiment nase qu'elle l'avale accidentellement.

– Si elle peut l'avaler, c'est que le diamant est trop petit...

J'ai ignoré la vanne.

– Avant le dîner ? Après ?

– Après, répondis-je. Puis le serveur nous servira du champagne. Et ensuite, on vous retrouvera tous à la fête de fian-çailles.

Roland s'est mis à danser sur sa chaise.

– Je vais faire la teuf.

J'ai pouffé en buvant un peu de bière.

– Je suis super content pour toi. C'est la bonne.

– C'est la bonne, confirmai-je. Je n'aime pas comparer, mais...

– Je n'ébruiterai pas tes confidences, Conrad.

– J'aimais Beatrice. On avait une relation passionnée. Mais elle et moi... on ne se marrait pas comme on le fait avec Lexie. On s'éclatait beaucoup moins. Lexie est plus... décontractée et pas du tout coincée. Elle n'est pas dans la critique. Elle est juste...

– Cool, conclut Roland.

– Et elle me comprend vraiment. Quand elle n'est pas là, je ne sais pas quoi faire de ma peau. Je veux qu'elle vienne vivre chez moi. Je veux lui donner tout ce que j'ai...

Roland a hoché la tête et ne s'est pas moqué de mon émotivité.

– Et les enfants ?

– Je veux en avoir.

– Et elle ?

– Elle s'est fait ligaturer les trompes. À l'époque, elle n'était plus elle-même. Mais je sais qu'elle veut avoir des enfants.

Roland a gigoté sur son siège comme s'il était mal à l'aise.

– Je ne veux pas gâcher la fête ni ta joie, mais... est-ce que ce n'est pas un problème ?

– On peut avoir recours à des procédures médicales pour qu'elle soit enceinte.

– Mais si elle ne veut pas d'enfants ?

– Elle en voudra, répondis-je. Et je ne peux pas vivre sans elle, alors ça n'a pas d'importance.

On aurait dit que Roland voulait continuer d'argumenter, mais il s'est mordu la langue.

– Il est trop tard pour faire marche arrière, de toute façon. Félicitations, Conrad, dit-il en trinquant avec moi.

– C'est un peu tôt pour fêter ça.

– Il n'est jamais trop tôt pour trinquer.

EN FIN DE JOURNÉE, LA FAMILLE S'EST POINTÉE DANS MON BUREAU. Ils s'étaient conduits bizarrement avec moi toute la journée, me dévisageant et me lançant des regards pétillants d'excitation et de joie.

Je savais pourquoi.

Papa est entré avec Sean et Skye.

Skye arborait un grand sourire. C'était la première fois que je la voyais de si bonne humeur depuis des semaines. La plupart du temps, elle était blanche comme un linge et épuisée par sa grossesse. Mais là, elle paraissait joyeuse.

Sean ne souriait pas, mais il me regardait tendrement. Il me regardait comme ça de temps en temps, comme s'il était fier de moi et m'aimait comme un fils.

Papa, c'était une autre histoire. Il était jovial et optimiste. L'orgueil brillait dans ses yeux, et le bonheur suintait par tous les pores de sa peau. On aurait dit qu'il voulait me serrer dans ses bras et ne plus jamais me lâcher.

Je me suis levé de mon siège de bureau et j'ai ramassé mon téléphone et mes clés.

– Vous allez tous rester là à m'observer ?

Skye s'est avancée vers moi et blottie dans mes bras.

– Bonne chance pour ce soir. Même si je sais que t'en auras pas besoin.

Elle s'est tournée sur le côté pour que son ventre ne presse pas contre moi. Puis elle m'a enlacé et serré avec une force de titan.

– Merci, dis-je en lui tapotant le dos.

– T'es nerveux ?

Je me suis écarté.

– Nan. C'est la femme de ma vie.

Ses yeux se sont attendris.

– C'est beau...

Sean s'est avancé ensuite.

– On vous attendra à la maison. On a tous hâte de voir cette énorme bague à son doigt.

– Je veux que le monde entier la voie.

Sean a gloussé, puis il m'a tapé sur l'épaule.

– Tu parles comme un homme, un homme profondément amoureux.

– On dirait toi, Sean, se moqua Mike.

– Ce n'est certainement pas un défaut, dit Sean en me serrant dans ses bras. Scarlet et moi sommes très heureux pour toi. On a hâte que Lexie fasse partie de la famille.

– Merci, oncle Sean.

Parfois, j'avais l'impression d'avoir deux pères.

J'ai regardé papa ensuite.

– Finissons-en vite.

– Avec quoi ? demanda-t-il.

– Avec les conseils paternels... ou les trucs que tu veux me dire.

Il a ri puis il m'a pris par les épaules.

– Je suis fier de toi, Conrad. C'est tout ce que je voulais dire.

J'ai soutenu son regard, sentant mon cœur battre la chamade.

– Tout ce que j'ai toujours voulu, c'est que mes deux enfants soient heureux. Trinity est déjà mariée, et c'est ton tour maintenant. C'est un rêve qui se réalise pour ta mère et moi. Tu nous rends très heureux, dit-il en me pressant les épaules.

J'ai détourné le regard, submergé par l'émotion.

– Mets-lui la bague au doigt avant qu'un autre le fasse, ajouta papa en me serrant dans ses bras.

– Fais attention, se moqua Sean. Ton père pourrait te coiffer au poteau.

– J'adore cette fille, dit papa en s'écartant. Et je suis heureux qu'elle devienne une Preston. Tu as bien choisi.

Je me suis reculé et éclairci la voix.

– Merci... je suppose que je vous vois à la fête.

– On voudra connaître tous les détails, dit Skye. Alors t'as intérêt à te tenir prêt.

– Je laisserai Lexie vous raconter, m'esclaffai-je. Je suis sûre qu'elle ne parlera que de ça pendant des semaines.

– Bravo, fiston, dit papa en me claquant l'épaule.

J'ai hoché la tête avant de sortir de mon bureau.

– À plus tard, les gars.

La dernière chose que j'ai entendue avant de fermer la porte, c'était la voix de Skye.

– Vas-y, fonce, Conrad.

J'AI TÂTÉ MA CUISSE POUR LA CINQUIÈME FOIS AVANT D'ATTEINDRE la porte.

L'écrin se trouvait au fond de ma poche. J'ai poussé un soupir de soulagement en sentant qu'il était toujours là. Ce serait mon pire cauchemar de me rendre compte, alors que je m'apprêtais à poser la question cruciale, que j'avais perdu la bague.

Quand mon rythme cardiaque a ralenti, j'ai frappé à la porte.

– J'arrive !

J'ai entendu une cavalcade de l'autre côté de la porte, puis Lexie qui parlait toute seule : « magnez-vous, maudites chaussures ». Elle a finalement ouvert, vêtue d'une robe noire cintrée à la taille. Elle avait un haut en forme de cœur, la dentelle noire lui couvrant la poitrine et les épaules. Ses cheveux blonds étaient bouclés.

Elle est sublime.

– Salut, dit-elle en m'embrassant rapidement sur la bouche.

Je l'ai attrapée et tirée vers moi, puis serrée dans mes bras, faisant durer le baiser. Nos lèvres ont dansé ensemble et j'ai même eu droit à un petit bout de langue.

– T'es belle à couper le souffle dans cette robe.

Elle s'est écartée en souriant.

– T'es beau en costume — presque autant que tout nu.

J'ai souri fièrement.

– Ben, merci.

J'ai saisi le bas de sa robe et je l'ai retroussée. Elle portait un string noir en dessous.

– Ooh... j'ai trop hâte de voir ça de plus près.

Elle a tiré sur sa robe d'un coup sec en me lançant un regard espiègle.

– Tout doux bijou. Pas de galipettes tant que je n'ai pas dîné

– Un dîner contre du cul ? C'est réglo, dis-je en lui claquant les fesses. T'es prête ?

– Ouais.

Elle a ramassé sa pochette et elle est sortie dans le couloir.

J'ai immédiatement glissé un bras autour de sa taille et je l'ai attirée contre moi. Elle avait une taille si fine. Je pourrais en faire deux fois le tour avec un seul bras si j'étais assez souple.

– T'as passé une bonne journée ? lui susurrai-je à l'oreille.

– Oui. Et toi ?

J'avais passé la journée à me faire dévisager. Tout le monde savait ce qui allait se passer ce soir, alors ça occupait tous les esprits. Je n'avais pas réussi à travailler. Aller au bureau n'avait été qu'une perte de temps.

– Rien à signaler.

– Pas de réunions ? demanda-t-elle avec un sourire coquin.

– Comme si j'allais te le dire. Si c'est pour recevoir une photo de ton cul.

– Ça ne te plairait pas ?

– Ça me plairait si j'étais seul dans mon bureau avec un tube de vaseline.

Elle a secoué la tête en signe de désapprobation.

– Crade...

– T'es encore plus crade, dis-je en lui donnant un petit coup de coude.

– Avec toi, c'est tout.

– Bonne réponse.

J'ai effleuré sa tempe des lèvres et je l'ai embrassée. Elle sentait les fleurs.

– T'as fait quoi au déjeuner ?

– J'ai mangé thaï avec mon père.

– Ooh... miam.

– Et toi ?

– Jambon-beurre.

– Un classique.

Nous sommes sortis de l'immeuble et avons pris un taxi jusqu'au restaurant. Nous nous déplacions à pied en général, mais je ne voulais pas que Lexie se blesse avec ses talons hauts. Je ne voulais surtout pas que quelque chose la contrarie ce soir.

Nous sommes entrés dans le restaurant et j'ai indiqué mon nom au serveur. Il savait ce que je comptais faire ce soir-là, mais il a gardé un visage impassible. Il nous a conduits jusqu'à une table près de la fenêtre. Il n'y avait personne d'autre autour de nous, car j'avais casqué pour avoir ce privilège.

Lexie s'est assise et a ramené ses cheveux sur une épaule.

J'aimais bien quand elle se coiffait ainsi parce que ça exposait son cou délicat. J'avais envie d'y promener la langue, puis de lécher ses seins pointus. Chaque fois que j'étais assis en face d'elle au restau, je ne pensais qu'à ça. Il m'était impossible d'ignorer sa beauté.

Lexie a consulté la carte.

– Il y a trop de choses délicieuses ici.

– Commande-les toutes.

– Je ne pourrai pas tout manger.

– On les emportera en partant.

– Non... je vais arriver à me décider.

Je n'avais pas faim. La nervosité commençait à monter

méchamment. J'ai jeté un œil au menu, mais aucun plat ne m'a fait envie. J'allais probablement prendre un steak à cause des protéines. J'essayais d'en manger un maximum pour conserver ma masse musculaire.

Lexie était toujours indécise.

– Que prendre... que prendre...

– C'est un problème de riche.

Elle a soupiré, puis posé le menu.

– Bon, je sais ce que je veux.

– Ouf, me moquai-je. La Terre peut continuer de tourner.

Elle m'a donné un coup de pied sous la table.

J'ai ri, puis posé la main sur la sienne.

– Je plaisante, bébé.

Sa contrariété a fondu comme neige au soleil.

– On peut commander du vin ? demanda-t-elle.

– On peut commander ce que tu veux.

Je lui achèterais ce foutu restau si c'était ce qu'elle voulait.

Elle a consulté la carte des vins.

– J'ai envie d'un vin sec. Et toi ?

– Ça me va.

Je boirais n'importe quoi à ce stade. Honnêtement, je préférerais un scotch, mais ça manquait de romantisme.

– Super.

Quand le serveur est arrivé, j'ai commandé une bouteille. Il est revenu peu après et a rempli nos verres avant de poser la bouteille sur la table.

Lexie a immédiatement pris le sien et bu une gorgée.

– Il est frais.

Je l'ai humé avant de le goûter.

– Il est bon.

– Je ne connais pas grand-chose au vin, et je boirai à peu près n'importe quoi.

– T'es une petite amie qui ne coûte pas cher. Pourquoi tu crois que je te garde ?

Elle a souri, comprenant que je la taquinais.

– C'est peut-être à cause de mes jolies culottes... t'en as toute une collection dans ton tiroir.

J'avais un fétichisme bizarre avec ses strings. J'en gardais quelques-uns pour mon plaisir personnel, quand elle était trop occupée pour venir me voir.

– C'est au cas où tu aurais besoin de rechange.

Elle a souri involontairement.

– Si tu le dis... pervers.

– Je suis un pervers ?

– Un gros pervers.

– Non, je n'en ai jamais assez de toi. Grosse différence.

Son regard s'est adouci.

– Je t'assure que je n'ai les culottes de personne d'autre dans mon tiroir.

– J'espère bien que non. Et après les saletés que tu as faites avec mes culottes, je ne veux pas les récupérer.

– Ne fais pas comme si ça ne t'excitait pas, dis-je d'un ton arrogant.

Elle a bu son vin sans répondre.

– C'est bien ce que je pensais.

Après avoir commandé nos plats, nous avons parlé de Slade et Trinity.

– Ils essaient toujours d'avoir un bébé ? demanda-t-elle.

– Pour autant que je sache.

– C'est mignon. Tu auras bientôt deux neveux et nièces qui courront partout.

– Skye est ma cousine, donc ses enfants seront mes petits-cousins.

– C'est pareil, dit-elle en haussant les épaules. C'est aussi sympa.

– Ouais, c'est vrai. Je serai le meilleur tonton du monde.

– Tu vas les monter contre elle ? demanda-t-elle en riant.

– Tu me connais bien, bébé.

– Je ne sais pas si je serai tante un jour vu la façon dont ma sœur mène sa vie.

Tu seras tante quand Trinity aura son bébé.

– Vous vous entendez bien ?

– Elle s'est excusée et elle semblait sincère... mais on n'est pas vraiment amies.

– Ce genre de choses prend du temps.

Macy était devenue inoffensive. Quand je lui ai dit que j'allais demander sa sœur en mariage, elle en a eu les larmes aux yeux. Sa mère a pleuré. Elles semblaient sincèrement heureuses pour Lexie. Je n'ai pas contacté son père parce que Lexie n'avait pas l'air de se soucier de son opinion.

Nos plats sont arrivés et nous avons mangé tranquillement.

D'habitude, elle mangeait peu, mais ce soir elle a dévoré son plat.

– Je n'ai rien mangé de la journée comme je savais qu'on venait ici.

– À part un jambon-beurre.

– Si je ne l'avais pas mangé, je me serais évanouie. Ça ne compte pas.

J'ai coupé mon steak, la nervosité me nouant l'estomac. Après le dîner, je mettrai un genou à terre et je lui demanderai d'être ma femme. J'étais déjà nerveux avant. Mais là, je frôlais la crise d'anxiété.

– Comment est ton steak ? demanda-t-elle.

Ses mots m'ont arraché à mes pensées.

– Excellent. Tu veux goûter ?

– Toujours.

J'ai coupé un morceau et je l'ai posé dans son assiette.

Elle a pris une bouchée.

– La vache, il est bon.

– Tu peux le prendre si tu veux.

– Non, je vais me contenter de mon assiette.

J'ai baissé les yeux quand j'ai senti mon anxiété monter d'un cran. Je n'avais pas préparé de discours. J'allais simplement lui déclarer ma flamme et lui demander de passer sa vie avec moi. Je n'avais pas peur qu'elle dise non, mais je voulais que ce moment unique soit parfait. Il n'arriverait qu'une fois. Je ne pouvais pas recommencer si je merdais. Ce serait l'histoire qu'elle raconterait à ses amis et à sa famille. Il ne pouvait pas y avoir le moindre couac.

Et ça me fait flipper.

Et si je renversais le vin en m'agenouillant ? Et si je me trompais de poche en cherchant l'écrin ? Et si je faisais tomber la bague par terre et que je ne la retrouvais pas ?

Putain, il y a tellement de choses qui peuvent merder.

– Conrad ?

J'ai levé les yeux et croisé son regard.

– Bébé ?

– Ça va… ?

– Ouais. Pourquoi ? répondis-je un peu trop vite.

– Je t'ai demandé des nouvelles de ton père et tu n'as pas répondu…

– Oh, dis-je en faisant comme si un million de pensées me traversaient l'esprit. Il est chiant, comme d'hab.

Lexie n'était pas dupe.

Je devais penser à un truc très vite.

– On vient de recevoir le bilan trimestriel et on n'a pas fait aussi bien que l'année dernière à la même époque. J'ai peur que mon père et Sean nous le reprochent, à Skye et moi.

Elle a mordu à l'hameçon.

– C'est absurde. Ils ne vous en voudront pas. Toute la boîte est concernée. Il y a tellement de facteurs qui affectent le résultat d'une entreprise.

J'ai haussé les épaules.

– J'imagine que je suis un peu parano.

Je me suis félicité mentalement de m'en être si bien sorti.

– Gravement parano, dit-elle. Tu fais un boulot incroyable, Conrad.

– Comment tu peux le savoir ? Je mate des photos coquines de toi quand je suis en réunion. Honnêtement, je devrais être viré.

– T'as pas tort, dit-elle d'un air amusé.

Elle a mangé quelques bouchées de plus avant de poser ses couverts.

Merde, on y est.

J'ai essayé de rester calme et normal. À la seconde où elle soupçonnerait un truc, mon plan tomberait à l'eau. Agir comme si tout était parfaitement normal était la seule façon de m'en sortir.

Le serveur s'est approché de la table et a débarrassé les assiettes. Il était censé revenir avec le champagne après ma déclaration, mais il n'y a pas fait la moindre allusion devant Lexie. Il était parfait, se comportant comme si notre dîner n'avait rien de spécial.

Il est reparti, nous laissant seuls.

C'est le moment.

Lexie m'a regardé.

– Dessert ? lâchai-je sans réfléchir, juste pour gagner du temps.

Par réflexe, elle a posé la main sur son estomac.

– Non, merci. Je ne peux plus rien avaler.

Bon, je n'ai plus d'excuses.

J'avais répété la scène plusieurs fois. J'étais censé me lever, sortir la bague, et m'agenouiller. Je ne pouvais pas sortir la bague avant de me lever. J'étais rodé, il suffisait de passer à l'action.

Lexie me fixait d'un air indéchiffrable.

A-t-elle deviné ?

Non, c'était impossible. Elle me matait tout le temps. Ça n'avait rien d'inhabituel.

– Quoi ? demandai-je.

Elle a battu des cils en souriant.

– Tu es joli comme un cœur.

Ouf.

Mince, j'allais vraiment le faire. J'allais demander à une

fille de m'épouser. J'étais excité et heureux, mais aussi gravement nerveux. Ce moment devait être parfait.

Je me suis éclairci la voix et levé. D'un geste fluide, j'ai sorti l'écrin de ma poche et je me suis agenouillé devant elle. Dans la foulée, j'ai ouvert l'écrin et je lui ai présenté la magnifique bague en diamant que j'avais achetée juste pour elle.

Tout le monde s'est tourné vers moi dans le restaurant. Il y a eu un silence de mort, et je sentais tous les regards braqués sur moi.

Les yeux de Lexie se sont arrondis quand elle a compris ce qui se passait. Elle a poussé un petit cri de surprise et s'est couvert la bouche d'une main.

Puis je me suis lancé.

J'avais renoncé à l'amour et au bonheur avant de te rencontrer. Au début, on avait juste envie de s'amuser. J'étais sentimentalement indisponible et toi aussi. Mais à un moment donné... tu es devenue ma meilleure amie. Et je sais que je suis devenu le tien. Je veux rentrer à la maison tous les soirs et t'y retrouver. Je veux dormir avec toi toute ma vie. Je veux prendre soin de toi, t'offrir tout ce qui te fera plaisir.

Lexie me dévisageait, visiblement choquée.

– Lexie, veux-tu m'épouser ?

J'ai prononcé ces fameux mots qui concluaient mon discours. J'ai dit tout ce que je voulais exprimer, et j'ai attendu qu'elle prenne la bague. Le plus grand moment de ma vie était arrivé. Je vivais dans l'instant présent, sentais mon cœur battre plus vite que jamais. C'était l'histoire que je raconterais à mes enfants et à mes petits-enfants. C'était l'histoire que je raconterais à ma mère, qui en pleurerait d'émotion.

Lexie a regardé la bague et ses yeux se sont embués. Elle a cligné plusieurs fois dans l'espoir de refouler les larmes dues à l'émotion que j'avais provoquée en elle. Mon rêve était en train de se réaliser.

Lexie a continué de fixer la bague, sans un mot.

Je lui ai laissé le temps de se ressaisir et de réaliser qu'elle ne rêvait pas. C'était bien réel. Je voulais passer ma vie avec elle.

Puis elle a pleuré, mais ce n'était pas des larmes de joie.

À vrai dire, elle avait l'air triste. Elle a reniflé.

– Non...

Quoi ?

– Je suis désolée, Conrad...

Elle a pleuré de plus belle, les joues en feu.

Attends... quoi ?

Elle a ramassé sa pochette, incapable de me regarder.

– Je suis désolée. Je ne peux pas t'épouser.

Elle s'est levée, puis elle a quitté le restaurant.

Elle est vraiment partie.

Je suis resté agenouillé comme un con sans pouvoir me relever. Le silence dans la salle a été interrompu par les chuchotements des clients.

– Le pauvre...

– Elle a vraiment dit non ? Il est canon, pourtant.

– Je suis trop mal pour lui.

– Quelle salope.

J'avais du mal à respirer et je me sentais un peu étourdi. J'ai regardé la bague dans son écrin. Le diamant brillait, même sans lumière. J'avais des crampes aux doigts, mais j'ai réussi à fermer l'écrin. Le bruit du clapet a résonné dans la salle.

Je me suis rassis à table, car je ne savais pas quoi faire d'autre. Je n'arrivais pas à comprendre ce qui venait de se passer.

Elle a dit non ?

J'ai rangé l'écrin dans ma poche, conscient des regards braqués sur moi.

Elle a dit non.

Je l'aimais — tellement. Et je pensais qu'elle m'aimait. Nous étions heureux ensemble. Nous nous connaissions depuis presque deux ans. Cela ne faisait aucun doute dans mon esprit : c'était la femme de ma vie.

Mais elle a dit non.

Lentement, j'ai sorti mon portefeuille et posé du cash sur la table. Je ne pouvais pas sentir les billets sous mes doigts tellement ils étaient engourdis. J'étais sûr d'avoir laissé trop d'argent, mais j'étais trop désemparé pour compter.

Puisque je n'avais plus rien à faire ici, je me suis levé pour partir.

Les quelques pas les plus pénibles de ma vie. Tout le monde m'observait tandis que je traversais la salle. Il régnait un silence de mort ; j'entendais mes semelles frotter sur la moquette. J'ai passé l'entrée et je me suis enfin retrouvé sur le trottoir.

Les voitures passaient dans la rue, klaxonnant au moindre agacement. Je n'ai pas pris la peine de chercher Lexie, de me demander si elle rentrait chez elle ou allait ailleurs.

Elle a réellement dit non.

Qu'est-ce que j'ai fait de mal ? J'ai raté quelque chose ? J'ai cru qu'elle ne me ferait jamais de mal. Et pourtant, elle m'a arraché le cœur et l'a brûlé au bout d'une torche. Pourquoi les deux seules femmes que j'ai aimées m'ont-elles piétiné le cœur ?

Pourquoi a-t-elle dit non ?

Je n'avais plus de but. Je ne savais plus qui j'étais. Nous étions censés boire du champagne en nous regardant dans les yeux comme deux imbéciles follement amoureux. Nous étions censés nous rendre à la fête de fiançailles chez mes parents.

Mais je suis seul comme un con.

La bague était toujours dans ma poche, et je me fichais de la perdre. Lexie était censée sortir du restau en la portant et ne plus jamais l'enlever. Mais ça n'arriverait pas. Elle ne voulait rien de ce que je lui offrais.

Elle ne veut pas de moi.

Dans un état second, j'ai lentement marché en direction de mon appartement. Si quelqu'un surgissait d'une ruelle et m'agressait, ça ne me ferait ni chaud ni froid. Si quelqu'un essayait de me tuer, je ne me défendrais pas.

Je suis désespéré à ce point.

Je suis arrivé chez moi tant bien que mal. Dès que je suis entré, j'ai su que je ne pourrais plus y vivre. L'endroit empestait Lexie, et j'ai réalisé qu'elle ne reviendrait plus jamais.

Putain, ça fait mal.

J'étais sorti ce soir en pensant revenir avec ma fiancée. Mais au lieu de ça, on avait rompu. Son rejet me blessait plus que tout ce que j'avais vécu. J'avais connu tant de coups durs ces cinq dernières années, mais celui-ci était le pire.

J'ai traversé le salon pour aller dans ma chambre. J'ai fixé le lit, me remémorant la dernière fois où j'avais fait l'amour à Lexie dans ses draps. Ils étaient encore froissés et portaient l'empreinte de nos corps.

J'ai regardé le matelas, sans oser le toucher. Tout dans cet appartement portait la trace de l'amour que je croyais vivre. Sa serviette de bain était suspendue au crochet, son maquillage occupait une étagère du lavabo, et il y avait ses cheveux sur l'oreiller.

Je ne peux pas rester ici.

J'ai pris mon sac et j'ai fourré des affaires à l'intérieur. J'ai pris tout ce dont j'avais besoin pour partir en voyage. Je ne savais où j'allais, mais je ne pouvais pas rester ici.

J'ai quitté l'appartement avec mon sac sur l'épaule, puis j'ai hélé un taxi.

– JFK.

C'est tout ce que j'ai dit.

– Très bien, monsieur.

Le chauffeur a démarré.

J'ai regardé par la fenêtre les lumières de la rue qui défilaient. Tout était flou et brillant dans mes yeux. Où est allée Lexie ? Est-elle rentrée chez elle ? A-t-elle rejoint un autre homme ? M'a-t-elle toujours trompé ? Est-ce pour ça qu'elle a dit non ?

Elle a dit non.

Qu'allais-je dire aux autres ? Comment expliquer ce qui s'est passé ? Je n'étais même pas sûr de ce qui s'était passé. Tout ce que je savais, c'est que j'avais touché le fond. Je me trouvais dans des ténèbres à la fois étrangères et familières. J'étais déjà au fond du puits quand Lexie est entrée dans ma vie. Malgré la profondeur et l'obscurité, elle m'a tiré de là. Mais ce soir, j'étais tombé encore plus bas. J'étais au fond du gouffre le plus profond qu'on puisse imaginer.

Une fois à l'aéroport, je me suis approché du comptoir et j'ai regardé l'écran. Il y avait des centaines de vols qui décollaient dans les prochaines heures. Leurs destinations couvraient le monde entier. Je voulais me barrer d'ici le plus vite possible, peu importe la destination.

Mes yeux sont tombés sur un vol qui partait dans une heure. J'ai acheté un aller simple et enregistré mon bagage. Après avoir passé la sécurité et rejoint la zone d'embarquement de l'avion, j'ai sorti mon téléphone.

Lexie ne m'avait pas appelé, ce qui m'a fait de la peine. Je n'aurais pas pris son appel de toute façon, mais ça faisait mal qu'elle ne me donne pas d'explication. Elle a seulement dit non. Elle a aussi dit qu'elle était désolée, mais ça n'a pas semblé l'attrister.

Je savais que tout le monde allait vite l'apprendre, et si je partais sans prévenir, ils s'inquiéteraient. J'allais éteindre mon téléphone, mais je ne pouvais pas effrayer les gens qui m'aimaient.

J'ai appelé la première personne à qui j'ai pensé : Roland.

– Salut, mec, dit-il en décrochant. Félicitations !

Devoir formuler l'impensable à voix haute m'a anéanti. Je pouvais à peine ouvrir la bouche pour parler. La douleur me filait la nausée. Si je le disais, ça deviendrait vrai et je devrais affronter la réalité.

– Elle a dit non, dis-je d'une voix normale, mais les larmes me brûlaient les yeux.

– Attends... quoi ? balbutia Roland, abasourdi. Qu'est-ce que tu veux dire ?

– Je n'ai pas le temps de parler. Lexie a dit non. Je vais éteindre mon téléphone, alors pas la peine de m'appeler. Je suis à l'aéroport, je pars. Ne me cherchez pas.

– Conrad, attends, dit-il d'une voix paniquée. Tu pars où ?

– Ça n'a pas d'importance. Dis à tout le monde que je vais bien et que je reviendrai quand j'en aurai la force. Ne m'appelle pas, s'il te plaît.

– Conrad...

J'ai raccroché, puis j'ai éteint mon téléphone. Je l'ai rangé dans ma poche et j'ai regardé l'écran affichant les informations de vol. Dans dix minutes, j'embarquerais dans l'avion.

Et je pourrais enfin partir d'ici.

7

TRINITY

Les amuse-gueules faisaient le tour de la salle et le champagne coulait à flots. Les invités discutaient dans la maison en attendant fébrilement l'arrivée de Conrad, Lexie, et le gigantesque diamant à son annulaire.

– Y aurait dû avoir des ailes de poulet épicées, dit Slade en s'approchant par-derrière.

– C'est une fête de fiançailles ; c'est censé être élégant.

– Mais c'est Conrad. Il adore les ailes de poulet.

– Eh ben, cette fête est pour Lexie aussi, et elle a plus de classe que ça.

Il m'a enserré la taille et attirée vers lui. Ses lèvres ont trouvé mon oreille.

– J'ai envie de baiser.

– Et c'est mon problème parce que...?

– Ça ne serait pas ton problème du tout si tu ne t'habillais pas comme ça.

– Comme quoi ? dis-je espiègle.

Il m'a pressé une fesse.

– Avec une robe noire moulante et des talons aiguille, dit-il en m'embrassant au coin des lèvres. Cette fête est bientôt finie ou quoi ?

– Dans quelques heures. Sois patient.

– Mais on essaie de faire un bébé, tu te souviens ?

J'ai plissé les yeux.

– Tu ne peux pas utiliser ça comme excuse chaque fois que t'as envie de tirer un coup.

– Pourquoi pas ? C'est gagnant-gagnant. Tu tombes enceinte et je me vide les couilles.

– Tu vas devoir attendre.

– Allez, filons en douce, dit-il en pressant sa trique contre moi.

Je l'ai repoussé.

– Va te branler dans les chiottes.

Je me suis éloignée avant qu'il puisse protester.

Skye et Cayson étaient venus ensemble et ils essayaient de faire bonne figure. Peut-être qu'ils dupaient tous ceux qui n'étaient pas au courant de la situation, mais je voyais qu'ils souffraient tous les deux. J'ai rejoint Skye.

– Ça va ?

Cayson avait le bras autour de sa taille, mais l'affection semblait forcée. Skye paraissait mal à l'aise.

– Si on veut.

À l'évidence, elle ne supportait pas qu'il la touche.

– Je suis heureuse pour Conrad.

Ça ne semblait que partiellement vrai.

Cayson la lorgnait, mais ne disait rien.

Je le détestais tellement que j'arrivais à peine à le regarder dans les yeux. Il avait commis un geste impardonnable, et comme j'étais la meilleure amie de Skye, c'était mon devoir de le mépriser. Slade pouvait croire ses mensonges, mais je n'étais pas dupe.

– Dans quelques heures, tu pourras te débarrasser de ce salaud.

Skye a écarquillé les yeux.

– Baisse le ton, chuchota-t-elle.

Cayson n'a pas semblé offensé.

– Alors, tu prépares l'arrivée du bébé ? demandai-je.

– Ouais. On a presque fini la chambre.

– Super. Tu seras prête à temps.

– Comment se passe l'opération bébé ? demanda Cayson.

Je l'ai superbement ignoré.

La tension était palpable.

Skye s'est tournée vers moi.

– Alors... toujours pas enceinte ?

– Pas encore, soupirai-je. Je songe à consulter un spécialiste.

– Ces choses-là prennent du temps, Trinity.

– T'es sûre ? répliquai-je en zyeutant son ventre.

– C'était purement accidentel. Je ne sais même pas comment c'est arrivé.

– Moi si, intervint Cayson.

– On ne t'a pas demandé ton avis, m'énervai-je.

Il a crispé la mâchoire et détourné le regard.

Skye s'est penchée vers moi et a parlé tout bas.

– Mon père a des soupçons.

– Ah ouais ? m'étonnai-je.

– Si lui ou Mike te posent des questions sur nous, dis-leur qu'on file le parfait amour.

– Sans faute. Mais si tu veux mon avis, tu devrais raconter à tout le monde ce que Cayson t'a fait, pour qu'ils sachent tous que c'est une ordure.

Il a crispé la mâchoire de nouveau.

– Tu sais pourquoi je ne peux pas faire ça, Trinity, chuchota-t-elle.

– Il a de la chance que tu veuilles bien le protéger. Si c'était Slade, je le jetterais comme un tas de merde.

Slade s'est approché de nous et a passé le bras autour de ma taille.

– Bébé, les toilettes sont libres.

J'ai levé les yeux au ciel.

– Toute la famille est là.

– Dans le salon, pas dans les chiottes, répliqua-t-il.

– Calme-toi, d'accord ?

Il a dégagé les cheveux de mon épaule et m'a embrassée dans le cou.

– Allez... détends-toi.

Je l'ai repoussé d'un revers de main. Je n'aimais pas être affectueuse avec lui devant Skye, de peur de remuer le couteau dans la plaie.

Roland parlait à Theo quand son portable a sonné.

– Conrad m'appelle.

Tout le monde s'est tourné vers lui.

– Ah oui ? dit Mike. Ils doivent être en chemin.

L'excitation était palpable.

Roland a décroché.

– Salut, mec. Félicitations !

Il a bu sa bière en écoutant Conrad à l'autre bout du fil. Soudainement, il a baissé le bras et froncé les sourcils. Son langage corporel a changé du tout au tout.

– Attends... quoi ?

– Qu'est-ce qui se passe ? chuchotai-je à Slade.

– J'en sais rien, répondit-il, les yeux rivés sur Roland.

– Conrad, attends, dit Roland d'une voix paniquée. Tu pars où ?

– Tu pars où ? répéta Skye. Qu'est-ce qu'il raconte ?

– Conrad...

Roland s'est tu comme si l'appel avait été coupé. Puis il a baissé le bras.

Le silence s'est abattu sur la pièce.

Mike a parlé le premier.

– Qu'y a-t-il ? Qu'est-ce qu'il a dit ?

Roland a fourré son portable dans sa poche en soupirant profondément.

– Ils ne viennent pas, annonça-t-il la tête basse.

– Pourquoi pas ? demanda Cassandra, debout à côté de Mike.

– Elle a dit non...

– Qui a dit non ? demanda Slade.

– Lexie, dit Roland en relevant enfin la tête.

– Lexie a dit non ? dit Mike, perplexe.

– Attends, dit Skye en levant une main. Conrad a demandé Lexie en mariage et elle a dit non ?

Un soupçon de rage faisait trembloter sa voix.

– Es-tu sûr ? demanda la mère de Lexie, à côté de Macy.

– Ouais, dit Roland en se frottant la tempe. Il a dit qu'il s'apprêtait à prendre l'avion et se barrer. Il ne m'a pas dit où il allait. Puis il a éteint son portable.

– Oh merde, dit Slade.

Mike fixait Roland, bouche bée.

Elle a dit non ? demanda Cassandra. Mais... pourquoi ?

– Je ne sais pas. Mais il a demandé qu'on le laisse tranquille.

Les yeux de Cassandra se sont embués. Elle s'est tournée vers Mike.

– Va chercher mon fils et ramène-le-moi.

– Promis, dit Mike sans hésiter.

Nous sommes restés plantés là à nous demander quoi faire. Nous étions tous sous le choc, incapables de croire à un dénouement aussi pathétique. Conrad avait avoué son amour éternel à Lexie, et elle avait eu le culot de dire non ?

– Je vais lui foutre une raclée.

Si Lexie pensait qu'elle allait s'en tirer comme ça, elle se fourrait le doigt dans l'œil.

Sa mère s'est tournée vers moi, son côté protecteur surgissant.

– Personne ne foutra de raclée à personne, intervint papa autoritaire. Laissez Lexie tranquille.

– Pas question, m'indignai-je en tapant du pied. Personne ne traite mon frère comme ça. Comment ose-t-elle ?

Macy a croisé les bras.

Papa s'est approché de moi.

– Ça ne réglera rien. Le mal est fait. Elle n'en vaut pas la peine, Trinity.

Skye semblait tout aussi en colère que moi.

– Compris ? insista papa.

Je me suis mordu l'intérieur de la joue.

– Mike... c'est vraiment cruel de la part de Lexie, remarqua Slade à mes côtés.

– Peu importe. C'est de Conrad qu'on doit se soucier, pas d'elle.

Il s'est éloigné et dirigé vers Sean, qui regardait l'écran de son téléphone.

– Je capte le signal de son portable. On pourra le tracer quand son avion aura atterri.

– Mais son portable est éteint, dit Roland.

– Ça ne change rien. Pourvu que la batterie fonctionne, on pourra le localiser.

J'ai croisé les bras en secouant la tête.

– J'arrive pas à y croire.

– Moi non plus, soupira Slade. Si t'avais dit non... j'aurais pas su quoi faire de ma peau.

– Je sais. Et c'est pourquoi j'ai envie d'arracher le cœur de Lexie et le jeter en pâture à des chiens errants.

8

CONRAD

J'AI INSPIRÉ PROFONDÉMENT À MON RÉVEIL. J'ENTENDAIS LE roulement des vagues au loin, qui me parvenait aux oreilles par la porte arrière ouverte. Je ne l'avais pas fermée depuis mon arrivée, car la température était parfaite en tout temps. J'ai bougé le bras et senti un corps chaud à côté de moi.

J'ai ouvert les yeux, voyant le soleil qui inondait la pièce de lumière, me faisant réaliser qu'il s'était levé il y a longtemps. J'ai bâillé avant de me redresser, remarquant qu'un autre corps se trouvait de l'autre côté.

Francesca a remué, puis passé la main sur ma poitrine.

– Reviens...

J'ai zyeuté le réveil sur la table de nuit.

– Il est midi, bébé.

– Midi ? demanda Ana en s'asseyant et ramenant les cheveux sur une épaule, encore engourdie de sommeil. Faut commencer la journée.

Elle s'est levée et a ramassé son bikini par terre. Elle a attaché le haut, couvrant ses nichons magnifiques, puis a enfilé le string.

– Franny, tu viens ?

Francesca s'est redressée et m'a embrassé dans le cou.

– Donne-moi une minute...

Ana a pris sa serviette et sa crème solaire avant de sortir.

– Ne tarde pas trop.

Francesca m'a écrasé contre le matelas en m'enfourchant. Ses longs cheveux noirs encadraient son visage, lui donnant un air sauvage.

– Je sais ce qu'aime mon Américain.

Je lui ai empoigné le bassin.

– Ça oui.

———

J'ÉTAIS ASSIS AU BORD DE LA PISCINE À CONTEMPLER LA CÔTE amalfitaine à l'horizon. J'avais une bouteille de vin dans la main et je prenais une lampée de temps en temps. Les filles pataugeaient dans l'eau.

– Tu vas rester là ? dit Francesca en feignant une moue.

– À moins que tu me donnes une raison de venir.

J'ai bu une autre gorgée de vin.

Ana a donné un coup de coude à Francesca avant d'ôter son haut. L'eau fraîche lui durcissait les tétons, et ses seins étaient ronds et fermes.

Un sourire s'est dessiné sur mon visage.

– C'est un bon début...

Francesca l'a imitée, lançant son haut de bikini au bord de la piscine. Il s'est écrasé sur le béton avec un clapotis.

– Et maintenant ?

J'ai descendu le reste du vin et posé la bouteille à côté de moi.

– Comment dire non à ça ? dis-je en me levant et m'approchant des marches.

– Pas si vite, Conrad, dit Ana en remuant un doigt. Tu n'oublies pas un truc ?

Francesca a pointé mon short.

Je me suis regardé.

– Pardon, mesdames.

J'ai détaché le cordon, puis baissé mon short. Je l'ai envoyé valser d'un coup de cheville avant de descendre dans la piscine.

Elles ont suivi ma bite des yeux.

– Ça vous dit une partie de Marco Polo ? demandai-je.

– D'accord, gloussa Ana.

J'ai fermé les yeux.

– Marco ?

Ana m'a sauté dessus, s'accrochant à mon cou et enroulant les jambes autour de ma taille.

– Polo.

J'ai pouffé en ouvrant les yeux.

– C'est la partie de Marco Polo la plus rapide de ma vie.

Ses nichons pressaient contre ma poitrine, et je sentais ses mamelons bandés frotter sur ma peau.

– Je n'aime pas les jeux, dit-elle en me mordillant le lobe d'oreille.

– Tu m'en diras tant...

Francesca a éclaboussé Ana.

– Ne l'accapare pas.

– Tu sais qu'il me préfère.

– Mesdemoiselles, nul besoin de vous disputer, dis-je même si je savourais l'instant. J'ai amplement d'amour à donner.

J'ai nagé vers Francesca et enroulé un bras autour de sa taille.

– Vous voyez ? On peut faire ça tous les trois ensemble.

Elle a souri.

– Notre Américain, dit-elle avec son fort accent italien. C'est comment à New York ?

– Exactement comme dans les films. Vous devriez me rendre visite.

– Tu t'en vas ? bouda Ana.

– Pas de sitôt.

J'ai suçoté sa lèvre inférieure.

– Tant mieux, dit Francesca. Le paradis n'est pas aussi beau sans toi.

Et il ne l'était certainement pas sans elles.

– Conrad Michael Preston.

Je me suis figé en entendant la voix de mon père. Du moins, on aurait dit sa voix. Mais comment pouvait-il être ici ? J'étais à l'autre bout du monde et je n'avais pas allumé mon portable depuis mon arrivée. Je passais mes journées à la piscine ou au lit avec mes deux nouvelles copines.

Je me suis retourné et je l'ai vu debout au bord de la piscine, en jean et t-shirt. Il affichait un regard noir, et sa mâchoire était tendue comme s'il n'avait jamais été aussi furax contre moi. Je ne lui avais pas parlé depuis mon départ préci-pité. Il devait m'en vouloir de ne pas l'avoir appelé.

– Yo, mon vieux. Quoi de neuf ? dis-je nonchalamment, les deux nanas toujours dans les bras. Ça te dit une baignade ?

Il n'a pas semblé amusé.

– Ramène tes fesses ici.

– T'es sûr ? L'eau est bonne.

– Très bonne, renchérit Ana en battant les cils. Tu devrais te joindre à nous.

Francesca s'est penchée vers Ana.

– Son pote est super canon.

Beurk.

– C'est mon père.

– Ooh… gloussa Ana. Je vois de qui tu tiens ta belle gueule.

Papa a fait semblant de n'avoir rien entendu.

– Sors de la piscine, Conrad. Ne m'oblige pas à me répéter.

J'ai levé les yeux au ciel théâtralement.

– Ne sois pas rabat-joie. La journée ne fait que commencer.

– Il est midi passé, s'irrita papa.

– Eh ben, c'est les mœurs de l'endroit.

Je me suis écarté des filles et je suis sorti de la piscine. J'étais complètement à poil, mais je me fichais que mon père me voie.

– Comment tu m'as trouvé, au fait ?

Il m'a fusillé du regard en guise de réponse.

– Très bien. Garde ton secret, dis-je en ramassant mon short et l'enfilant. Alors, qu'est-ce que tu veux ?

– Ce que je veux ? s'offusqua-t-il comme s'il n'en croyait pas ses oreilles. Je te ramène à la maison.

– Me ramener à la maison ? Mec, je suis à la maison, dis-je en étendant les bras et regardant la beauté nous entourant.

– Ne m'appelle pas mec.

– Peu importe. Je ne pars pas.

– Oh, je t'assure que si.

– Tu oublies que je suis un adulte et je peux faire ce qui me chante.

Il me traitait encore comme un gamin, même si nous avions la même taille. La plupart du temps, les gens nous prenaient pour des frères.

– Bonne chance pour rester ici sans emploi.

Là, il n'avait pas tort.

– J'ai tes cartes de crédit, répliquai-je.

– Je te mets au défi de les utiliser.

– Allez, fous-moi la paix. J'ai assez de blé pour rester un bail.

– Tu vas dilapider tes économies ici ? demanda-t-il incrédule.

– Je suis censé faire quoi d'autre avec ? m'énervai-je. Acheter une bague et une maison à une foutue nana ?

Pour la première fois, il a bronché. Sa colère a semblé se calmer.

– Rentre à la maison, Conrad. Tu manques à tes amis et ta famille.

– Eh ben, ils ne me manquent pas.

– Foutaises.

Je me suis tourné vers la piscine, où Ana et Francesca nous observaient.

– Pourquoi ils me manqueraient alors que j'ai mes deux meufs préférées ici ?

Francesca lui a fait un signe de la main, et ses nichons ont remué.

– Salut. Je m'appelle Francesca, mais tu peux m'appeler Franny. En fait, tu peux m'appeler comme tu veux.

Papa ne l'a même pas regardée.

– Tu vois ? Elles sont géniales. Merci de te soucier de moi, mais je vais bien. Tu peux repartir maintenant.

– Je ne partirai pas sans toi.

– Alors, va te chercher une bière et rejoins-nous dans la piscine.

Sa colère est revenue au galop.

Un bas de bikini a volé dans les airs et atterri à nos pieds, les éclaboussant.

– Et je suis Ana. Enchantée.

Papa ne semblait pas amusé.

– Allez, papa. Je te laisse le choix du roi, dis-je en me penchant et baissant le ton. Je vais te dire un secret. Francesca a les meilleurs nichons, mais Ana…

Il m'a donné un coup de poing dans le visage, tellement fort que j'ai titubé en arrière.

– Je me fiche de ce que tu traverses. Parle-moi comme ça encore et je te brise ta tronche de con.

Je me suis frotté la joue, souriant malgré la douleur.

– C'est un sujet délicat, à ce que je vois.

On aurait dit qu'il allait me frapper à nouveau.

– Je reviens demain. T'as intérêt à être prêt.

Mon côté joueur avait disparu. Là, j'étais seulement irrité.

– Qu'est-ce que tu ne piges pas ? Je ne vais nulle part. Retourne d'où tu viens.

– Tu. Rentres. À. La. Maison, grogna-t-il en s'approchant de moi, me menaçant du regard.

– Tu vas m'obliger ? Je suis un adulte. Je le suis depuis déjà huit ans. Si je veux rester ici, tu n'y peux rien. Accepte-le.

– Tu as une boîte à gérer.

– Elle sera là à mon retour, m'énervai-je. Vous êtes trois, pour l'amour du ciel. Vous pouvez vous débrouiller.

Papa a serré les poings, à croire qu'il préparait une autre droite.

– Conrad, ne m'oblige pas à t'humilier devant tes putes.

– Mes putes ? Je ne les paie pas. Elles sont avec moi parce qu'elles en ont envie.

– Je reviens demain. Sois prêt.

– Comment tu m'as trouvé, au fait ?

– Je t'ai localisé huit heures après ton départ. Mais j'ai décidé de te donner de l'espace. T'en as eu assez.

Je ne rentre pas, dis-je, campant sur ma position. Et tu n'y peux que dalle.

– Ah ouais ?

– Ouaip.

– C'est ce qu'on verra.

Il m'a lancé un dernier regard noir avant de s'éloigner.

Francesca l'a suivi des yeux.

– Appelle-moi un de ces quatre...

Papa ne s'est pas retourné.

9

SKYE

Je n'arrivais pas à me concentrer sur quoi que ce soit.

Je ne pensais qu'à Conrad. Comment Lexie a-t-elle pu lui faire ça ? C'était l'un des types les plus géniaux que je connaissais, et je ne disais pas seulement ça parce qu'il était mon cousin. Il était honnête, loyal et dévoué. Il s'occupait de moi lorsqu'il avait mieux à faire, et bien que nous ayons eu nos disputes dans notre jeunesse, j'ai toujours pu compter sur lui.

Je voyais à quel point il était amoureux de Lexie. Il n'avait pas besoin de me le dire. Ça crevait les yeux dès qu'elle apparaissait. Il l'aimait de tout son cœur.

Et ça ne lui suffit pas ?

Pourquoi diable avait-elle dit non ? Conrad était l'homme idéal. Il était drôle, sensible et intelligent. Fidèle et bon vivant. Et séduisant en prime. Sans compter qu'il hériterait bientôt d'une boîte qui valait des milliards de dollars.

Mais elle ne voulait pas de lui ?

Qu'est-ce qui clochait chez elle ? J'étais si troublée que je ne pouvais pas faire mon travail. D'autant plus que Conrad avait pris le large et personne ne savait où il était. J'ai essayé de l'appeler quelques fois, tombant toujours sur sa boîte vocale. Elle était pleine de tous les messages qu'on lui avait laissés.

Papa a toqué avant d'entrer.

– Salut, ma puce.

– Salut, papa.

Je n'ai même pas caché ma mauvaise humeur.

Il semblait tout aussi mal en point. Il s'est assis dans le fauteuil devant moi.

– Ça va ?

– Non.

Et je n'allais pas prétendre le contraire. J'ai posé le menton dans ma paume et poussé un profond soupir.

– Je... comment elle a pu lui faire ça ? balbutiai-je.

– J'en sais rien.

– C'est juste... méchant.

– Je suis bouleversé aussi, mais quelque chose d'autre a pu arriver. On n'a pas tous les détails.

– Comme quoi ? demandai-je. Sa seule excuse, c'est si Conrad l'a trompée. Et on sait tous les deux que ça n'est pas arrivé.

Papa a haussé les épaules.

– Ne tirons pas de conclusions hâtives.

– Je vais dire à cette salope ce que je pense.

– Skye, gronda papa. Laisse-la tranquille.

– Très bien, je n'irai pas la voir. Mais si je la croise... c'est une autre histoire.

Papa n'a pas protesté.

– J'espère qu'il va bien.

– T'inquiète. Mike l'a trouvé et il le surveille.

– Sans blague ? Il est où ?

– En Italie.

– Au moins, il est dans un endroit sympa. Pourquoi Mike ne l'a pas ramené à la maison ?

Papa a posé la cheville sur le genou.

– Je pense qu'il lui donne le temps de digérer tout ça, mais en s'assurant qu'il ne fasse pas trop de conneries.

– Qu'est-ce qu'il fait là-bas ? Il reste assis sur la plage toute la journée ?

Papa n'a pas répondu.

– Pauvre Conrad. J'aimerais pouvoir lui rendre visite.

– Il reviendra. Mike me dit qu'il le prend très mal.

– Comment il le sait ?

Papa a fait une pause avant de répondre.

– Il le sait, c'est tout. Il est tombé très bas, Skye. Il ne se remettra pas sur pied de sitôt.

J'ai secoué la tête.

– C'est terrible…

– Je sais. Ça me brise le cœur. Conrad est comme un fils pour moi.

– Et il est comme un frère pour moi.

– Il s'en sortira, Skye. Mais il aura besoin de notre soutien. Ne lui pose pas des millions de questions à son retour. Agis normalement.

– D'accord.

Quand quelque chose me tracassait, je n'aimais pas en parler ; je connaissais bien le sentiment.

– Et toi, quoi de neuf ? demanda-t-il.

J'ai immédiatement pensé à Cayson et notre mariage tumultueux. Je ne savais même plus comment nous décrire. Ma vie était parfaite, puis elle s'était écroulée du jour au lendemain. J'avais presque l'impression que tout ça n'avait été qu'un rêve.

– Pas grand-chose. Cayson et moi on a presque fini la chambre d'enfant.

– Félicitations. C'est généralement ce qu'il y a de plus prenant avant l'arrivée du bébé.

– Ouais. En tout cas, c'est vraiment joli.

– Ta mère et moi on a hâte de la voir.

Ses mots m'ont fait réaliser à quel point ça allait se compliquer entre Cayson et moi. Mes parents finiraient par se rendre

compte qu'il n'habitait plus à la maison. Un aussi gros secret ne
se cachait pas éternellement.

– Je te tiens au courant.

– Excellent, dit-il en se levant. Bon, je retourne bosser. Il n'y
a plus que nous deux aux commandes.

J'ai souri.

– On se débrouille très bien.

Il m'a fait un clin d'œil avant de sortir.

– On forme une bonne équipe, ma puce.

Mon sourire a disparu dès qu'il est sorti.

———

J'AVAIS RENDEZ-VOUS CHEZ LE MÉDECIN, ET JE SAVAIS QUE JE
devais inviter Cayson. Ça concernait le bébé, aussi je me sentais
obligée de lui dire. Bien que je ne regrette pas d'être tombée
enceinte, le fait qu'il soit le père rendait la situation mille fois
plus compliquée. Si le bébé n'existait pas, je n'aurais aucune
raison de le voir. Je n'aurais pas besoin de mentir à ma famille
non plus.

Le bébé changeait toute la donne.

J'étais assise dans ma voiture dans le parking de Pixel
quand je l'ai appelé.

Comme à son habitude, il a répondu à la première
sonnerie.

– Salut.

– Salut.

C'était déjà tendu.

Il s'est tu, attendant que je prenne la parole. Sachant que je
ne communiquais avec lui qu'au sujet du bébé, il n'a pas essayé
de plaider son innocence.

– J'ai rendez-vous chez le doc. Dans trente minutes.

– J'y serai.

– Tu n'es pas au travail ?

– Tu es plus importante que mon travail, Skye.

– Mais c'est qu'un examen de routine. Tu n'es pas obligé d'être là.

Toute excuse pour l'éviter était bonne.

– Je ne suis pas du même avis, dit-il calmement. À bientôt.

Il a raccroché sans dire au revoir.

QUAND JE SUIS ARRIVÉE AU CABINET DU MÉDECIN, CAYSON se trouvait déjà dans la salle d'attente. Il était assis sur une chaise, la cheville sur le genou, vêtu d'un complet gris avec une cravate noire. Le complet lui allait comme un gant, et lui donnait l'air puissant.

Il a levé la tête quand je suis entrée, m'étudiant de ses yeux bleu ciel comme il avait l'habitude de le faire. Même s'il m'avait trompée en voyage, il ne m'a pas traitée différemment à son retour. Il me regardait toujours comme si j'étais la seule femme au monde.

Je détestais qu'il soit aussi canon. Ses épaules étaient larges et robustes, et la barbe qui lui ombrait le menton lui donnait un côté sauvage et séduisant. Il s'est levé lorsque je me suis avancée, me surplombant de sa grande taille. Je n'aurais peut-être pas dû épouser un homme aussi bien foutu. Comment pouvait-il m'être fidèle alors que les femmes se jetaient sur lui partout où il allait ?

Il a lorgné mon ventre rebondi.

– Tu es ravissante.

Je portais une robe violette ample. Malgré mon irritation, le compliment m'a flattée.

– T'es arrivé vite, remarquai-je.

– Tu me connais. Vingt minutes d'avance, c'est à l'heure, dit-il en pointant une chaise. Assieds-toi, je vais les prévenir.

Comme toujours, il me traitait comme une reine, me faisant passer avant lui. Comment un homme aussi bon avait-il pu me blesser ainsi ? Parfois, ça ne tenait pas debout.

– D'accord.

Il s'est approché du comptoir et a annoncé mon arrivée à l'infirmière. Toutes les femmes dans la salle d'attente lui mataient le cul. À vrai dire, je ne leur en voulais pas. Même l'infirmière semblait éprise de lui.

Il est revenu s'asseoir à côté de moi.

– Veux-tu de l'eau ou quelque chose ?

– Non, merci.

– D'accord.

Il a repris sa position de tout à l'heure et a regardé sa montre. L'alliance noire était toujours à son annulaire, contrastant avec sa peau claire. À ce que je sache, il ne l'a jamais enlevée. Il la gardait même lorsqu'il se douchait ou allait à la salle de sport.

Je n'avais jamais enlevé la mienne non plus.

Cayson n'a pas essayé de faire la conversation. Quand nous faisions des trucs pour le bébé, il était tellement silencieux qu'il semblait parfois disparaître. Peut-être essayait-il de ne pas me provoquer ou m'exaspérer.

– Comment ça va au boulot ?

Je n'ai rien trouvé de mieux à dire.

– Bien.

La tristesse pointait dans sa voix.

– Conrad ?

Il a hoché la tête.

– Je ne pense qu'à ça. Il doit vraiment se sentir minable.

– Tu m'étonnes…

– J'espère qu'il rentrera bientôt et qu'on pourra lui remonter le moral.

– J'espère croiser Lexie…

Il s'est tourné vers moi.

– Je suis sûr qu'elle se sent comme une merde.

– Pourquoi tout le monde a pitié d'elle ? m'énervai-je. Elle s'est comportée en vraie salope.

Cayson n'a pas bronché à ma colère.

– Parce que quelque chose ne tourne pas rond. Elle était amoureuse de lui, ça sautait aux yeux. On ne connaît pas toute l'histoire. Il faut toujours donner aux gens le bénéfice du doute, dit-il avec un air entendu.

J'ai croisé les bras, évitant son regard.

Nous sommes restés assis dans un silence tendu.

L'infirmière m'a enfin appelée, puis nous a conduits dans une salle d'examen. J'ai pris une blouse d'hôpital.

Cayson est resté assis sur la chaise près de la porte.

– Je dois me changer.

Il n'a pas réagi.

– Cayson, tu veux bien sortir ?

Son regard s'est assombri, mais il a obéi sans rouspéter.

Après m'être changée, je me suis allongée sur le mince papier blanc couvrant la table d'examen.

Cayson a frappé à la porte.

– Je peux revenir ?

– Oui.

Il est entré, l'air irrité, puis il s'est approché de moi.

– T'as besoin de quelque chose ?

– Non merci.

Il me regardait du haut de son mètre quatre-vingt-dix.

– Tu peux t'asseoir.

– Je suis très bien ici.

Il a mis les mains dans les poches et étudié une affiche sur le mur.

– Tu me rends nerveuse quand t'es aussi proche de moi.

Il s'est tourné vers moi.

– Parce que tu m'aimes, répondit-il avec toute l'assurance du monde.

– Non. Parce que je ne peux pas te sentir.

– Je n'y crois pas. Au fond de toi, tu sais que je dis la vérité.

J'ai tourné la tête.

– Je ne veux pas en parler.

Cayson n'a pas insisté.

À mon grand soulagement, le médecin est entré, puis s'est mis à me poser des questions de routine.

– Votre taux de fer est plutôt bas, Mlle Preston.

– Mme Thompson, corrigea Cayson.

– Toutes mes excuses.

Je n'ai pas répliqué, car il avait techniquement raison.

Le médecin a observé sa planchette à pince.

– J'ai peur que vous deveniez anémique. Je vais vous prescrire un supplément de fer.

– Elle va bien ? insista Cayson. Ma femme et le bébé ne sont pas en danger ?

Je détestais lorsqu'il m'appelait sa femme.

– Ça ira, le rassura-t-il. Mais je vais faire une échographie vaginale par précaution. S'il y a des saignements, on pourra le détecter.

– Et avec une échographie normale ? demanda Cayson.

– Les saignements ne sont pas détectables, répondit le médecin.

Qu'est-ce que ça peut lui foutre le type d'échographie qu'on fait ?

Le médecin a préparé le gel et la sonde.

– Vous allez ressentir un peu d'inconfort, mais ce sera vite terminé.

Quand j'ai réalisé où il allait mettre la sonde, je me suis tournée vers Cayson.

– Peux-tu sortir, s'il te plaît ?

J'allais devoir retrousser ma blouse, et je ne voulais pas qu'il me voie.

– Je ne vais nulle part.

À en croire sa raideur, il n'allait pas bouger d'un poil.

J'ai plissé les yeux.

– Cayson…

– Je ne sors pas, dit-il en soutenant mon regard, m'indiquant qu'il ne sortirait pas même si je le menaçais avec un flingue.

C'était une cause perdue.

– Très bien, râlai-je.

Cayson est resté à mes côtés, fixant son regard sur le médecin.

– Allons-y, dit ce dernier en insérant la sonde.

Il a observé l'écran en la bougeant. Un moment de silence s'est écoulé. Quand il a sorti la sonde, j'ai été soulagée. C'était vraiment désagréable.

– Qu'avez-vous vu ? demanda Cayson.

– Tout va bien, dit le médecin. Il n'y a pas de saignement.

Il a lancé ses gants de latex dans la poubelle, puis a gribouillé quelques notes.

– Vous pourrez aller chercher votre traitement à la pharmacie. Assurez-vous de prendre un comprimé par jour.

– Elle le fera, répondit Cayson.

Le médecin est sorti.

J'ai braqué les yeux sur Cayson.

– C'était quoi ça, bordel ?

– Quoi ?

– Je t'ai demandé de sortir. On joue selon mes règles. Si je ne veux pas que tu sois dans la pièce, alors tu sors.

Cayson m'a rendu mon air contrarié.

– Tu crois que je vais te laisser seule pendant qu'un type te fourre une sonde entre les jambes ? Pas question. Tu vas devoir t'y faire, dit-il en se dirigeant vers la porte. Maintenant, change-toi qu'on parte d'ici.

– Tout s'est bien passé chez le médecin ? demanda Trinity.

– Ouais. Mon taux de fer est bas, mais c'est tout.

– Eh ben, ça pourrait être pire.

Elle a siroté son vin, les yeux dans son magazine.

– Pas faux.

– Cayson t'a accompagnée ?

– Il m'accompagne tout le temps.

– Je suis désolée.

– Moi aussi.

Elle a refermé le magazine et m'a fixée pendant près d'une minute. Je voyais presque les engrenages tourner derrière ses yeux. Elle voulait dire quelque chose, et j'avais le pressentiment que ça ne me plairait pas.

– Quoi ?

– Combien de temps ça va durer ?

– Mais encore ?

– Cette mascarade avec Cayson. Si vous allez divorcer, tu devrais commencer la paperasse tout de suite. Ces choses-là ne se font pas du jour au lendemain. Fais-le avant l'accouchement. Sinon, ça prêtera à confusion pour l'enfant.

L'idée de divorcer me brisait le cœur.

– Tu ne pourras pas mentir éternellement, poursuivit-elle. Et il ne mérite pas ta protection. Largue-le et dis à la famille que vous avez eu des problèmes que vous n'avez pas pu régler. S'ils fouinent, dis-leur de se mêler de leurs oignons.

J'avais mal partout.

– Skye ?

– Hmm ?

J'essayais de ne pas me laisser emporter par les émotions. Je remettais toujours cette décision à plus tard, car c'était trop difficile. Pouvais-je vraiment demander le divorce à l'amour de ma vie ? Pouvais-je vraiment le quitter ?

– Qu'est-ce que tu attends ?

– C'est juste... tellement dur.

J'ai cligné des yeux pour refouler les larmes.

L'expression de Trinity s'est adoucie.

– Tu l'aimes encore ?

Merde, je suis pathétique.

– Je l'aimerai toujours, Trinity. Parfois quand on est ensemble, j'oublie ce qu'il a fait. On fait des trucs pour le bébé et j'ai l'impression de redevenir le couple qu'on était avant... ça me manque. Puis je me rappelle qu'il m'a trompée, et ça me fait mal comme quand je l'ai appris.

Trinity avait mis son hostilité au rencart et m'écoutait, l'air triste.

– Je n'imagine même pas ce que tu ressens.

– Je ne sais même pas ce que je ressens...

Elle a inspiré profondément.

– Je ne te dirai pas quoi faire, car c'est ton mariage, et j'espère que je n'aurai jamais à vivre la même chose, mais... peux-tu vraiment rester avec un homme en qui tu n'as pas confiance ?

– C'est justement le problème... j'ai confiance en lui. Je n'arrive pas à imaginer Cayson faire ça maintenant qu'il est rentré. Je crois que c'est seulement arrivé étant donné les circonstances exceptionnelles.

– Et ça le justifie ?

– Bien sûr que non, m'empressai-je de dire. Le plus difficile dans tout ça, c'est qu'il s'entête à mentir. Je sais qu'il est coupable. Il le sait. J'aimerais seulement qu'il l'admette. S'il l'avait fait dès le début... on serait peut-être passés par-dessus.

– J'en sais rien...

– Je sais que c'est un type bien malgré tout. Je le crois profondément.

– Ou peut-être que tu es tellement amoureuse de lui que tu ne vois pas clair.

– Peut-être...

Trinity a tripoté le magazine dans ses mains.

– Quelle que soit ta décision, je te soutiendrai. Vous attendez un bébé. Et vous vous aimez toujours, à l'évidence. Si vous voulez réessayer... je comprendrai.

– Tu ne le ferais pas à ma place ?

Elle a secoué la tête.

– Si Slade me trompait, ce serait la fin.

– Heureusement qu'il ne le fera jamais.

Elle a opiné.

– Je sais. C'est un mari dévoué.

Si seulement Cayson n'avait pas merdé, je serais aussi heureuse qu'elle en ce moment.

– Alors... tu vas lui donner une deuxième chance ?

– Je... je veux qu'il me dise la vérité. C'est ce que je veux.

Trinity a sourcillé comme si une idée lui traversait l'esprit.

– Je sais ce que tu peux faire.

– Quoi ?

– Dis-lui que tu lui donneras une deuxième chance s'il reconnaît ses torts. Il n'a qu'à cracher le morceau et vous pourrez passer à autre chose, repartir de zéro.

– Ouais... c'est une idée.

– Penses-y. Honnêtement, votre mariage n'a aucune chance de durer à moins qu'il passe aux aveux. C'est le vrai problème.

– Je suis d'accord.

– Fais-le.

J'ai hoché la tête lentement.

– Je vais y réfléchir.

Elle a rouvert son magazine.

– Quoi qu'il arrive, tu sais que je t'aime et que je serai toujours là pour toi.

– Je sais, Trinity, dis-je en souriant faiblement.

– Je vais arrêter d'être méchante avec lui si tu veux.

J'ai pouffé.

– Non, tu peux continuer. Il a quand même besoin d'être puni.

10

CONRAD

Je ne partirai pas. L'Italie était ma nouvelle patrie. C'était la première fois que je venais ici, et je comprenais maintenant pourquoi les gens se pâmaient devant la beauté de ce pays. Il était magnifique, riche d'histoire et de magie.

Et les femmes sont bandantes.

Ana et Francesca ne me lâchaient pas d'une semelle, et elles me servaient de guides touristiques avec qui explorer ce coin de paradis. Mais nous passions surtout nos journées à lézarder au bord de la piscine, boire et baiser.

Je me réveillais chaque matin entre elles. Francesca aimait particulièrement les câlins, et son corps était toujours enroulé autour du mien. Ana aimait être près de moi, sans nécessairement m'accaparer.

J'ai une vie de rêve.

Dès que je suis arrivé dans cette magnifique villégiature, j'ai cessé de penser à ma vie d'avant. Même que je l'ai oubliée. L'ancien moi était un homme pathétique. Il montrait ses sentiments comme un con, et avait laissé pas une, mais deux femmes lui piétiner le cœur.

Mais cette époque est révolue.

J'avais enfin trouvé ma place dans ce monde. Et j'étais réellement heureux.

Ana, Francesca et moi sommes sortis dîner dans un restaurant du complexe hôtelier. J'avais développé une relation particulière avec chacune d'elles. Nous fonctionnions comme un tout. Ni l'une ni l'autre n'était jalouse, même si je couchais avec les deux.

Les femmes exotiques sont les meilleures.

Nous mangions tranquillement quand Francesca a pris un morceau de pain et me l'a fourré dans la bouche. Puis elle m'a fait un long baiser érotique. J'ai aperçu les étoiles briller dans ses yeux lorsqu'elle s'est reculée.

– Essaie ça, dit Ana en tournant ma tête vers elle.

J'ai mangé les pâtes sur la fourchette qu'elle me tendait.

– Délicieux.

Elle a semblé satisfaite.

Comment avais-je pu passer les quatre dernières années de ma vie dans des relations monogames ? J'étais un bel idiot.

Après le dîner, j'ai passé un bras autour des épaules de chacune de mes nanas et nous avons marché ainsi jusqu'à la chambre. Ma performance sexuelle atteignait de nouveaux sommets maintenant que je devais satisfaire deux femmes chaque jour. J'étais officiellement un pro.

J'ai déverrouillé la porte et nous sommes entrés. J'avais une idée de ce que je voulais leur faire, qui impliquait de la corde et des bandeaux. Mais quand j'ai aperçu une silhouette imposante près de la baie vitrée, j'ai réalisé que ça n'arriverait pas.

– Je n'ai qu'à appeler la sécurité, tu sais ?

Papa s'est retourné, une expression indéchiffrable sur le visage.

– Je te mets au défi de le faire.

Au lieu d'avoir peur, Ana et Francesca ont semblé intriguées. Aussi dégoûtant que ce soit, elles étaient attirées par mon père.

– Vous voulez un verre de vin, m'sieur ? demanda Francesca en tortillant une mèche de cheveux dans ses doigts.

Papa l'a ignorée.

– J'ai fait tes bagages. On rentre à la maison.

J'ai remarqué les valises près de la porte.

– Pas mal. T'as déjà pensé à devenir groom ?

Il n'a pas semblé amusé.

– Dis ciao à tes amies. On s'en va.

– Vous partez ? demanda Ana tristement. Mais il est trop tôt.

Elle s'est approchée de mon père, tendant le bras vers lui.

Papa a immédiatement reculé.

– Ne me touche pas.

Il n'était jamais hostile envers les femmes. En fait, il était toujours poli. Mais il semblait mépriser mes deux amies.

Ana a fait la moue.

– Je ne mords pas…

– Je ne le dirai pas à maman.

Là, il semblait vouloir me trucider.

– Je te conseille de la fermer si tu tiens à ta belle gueule.

– Bah quoi ? dis-je innocemment. Je ne t'en voudrais pas. La monogamie, c'est nase. On devrait bannir le concept.

– La ferme, Conrad, siffla-t-il.

– Je dis la vérité, c'est tout. Je parie que maman t'a déjà trompé…

Il s'est élancé vers moi et m'a plaqué au sol de toutes ses forces. Je suis entré en contact avec le carrelage dur, grimaçant de douleur à l'impact. Puis il m'a agrippé par le cou.

– Ne me dis plus jamais ça, cracha-t-il à deux doigts de mon visage, ses joues rouges et brûlantes. Le fait que Lexie t'a brisé le cœur ne te donne pas le droit d'agir comme un enfoiré.

Je déteste entendre ce prénom.

Papa m'a relâché et s'est écarté.

– C'est qui Lexie ? demanda Francesca.

J'ai toussé dans mon coude avant de me relever lentement.

– Personne.

– Je te traînerai de force s'il le faut, menaça papa. Épargne-nous le temps et l'énergie à tous les deux.

– Je ne vais nulle part, affirmai-je. Je retournerai à New York quand je serai prêt. Et je ne le suis pas.

Papa a crispé la mâchoire, on aurait dit qu'il voulait me frapper encore.

– Allons marcher un peu... juste toi et moi.

– Non merci, dis-je en restant aux côtés d'Ana et Francesca. Je préfère leur compagnie à la tienne.

Il m'a menacé du regard.

– Tout de suite.

J'ai soupiré en me tournant vers les filles.

– Il ne démordra pas. Je reviens.

Ana a enroulé les bras autour de moi et m'a embrassé dans le cou.

Francesca m'a fait un baiser sur les lèvres.

Papa a levé les yeux au ciel et regardé ailleurs.

– Vous avez intérêt à être à poil à mon retour, dis-je en rejoi-gnant mon père.

– Promis, gloussa Francesca.

Papa et moi sommes sortis par la baie vitrée et sommes passés à côté de la piscine. Puis nous avons emprunté le sentier menant à la plage. Nous avons marché en silence au bord l'eau.

– Tu devrais voir ce paysage en plein jour. C'est incroyable.

– Je l'ai vu.

– Ah ouais ?

– Je suis ici depuis deux semaines.

J'ai levé un sourcil en marchant à ses côtés.

– T'es ici depuis deux semaines ?

– Je voulais te surveiller.

J'ai roulé les yeux.

– Comme tu peux le voir, je vais très bien.

– J'imagine qu'on n'a pas la même définition de « très bien ».

Les vagues clapotaient contre le quai, où ballotaient les yachts et voiliers.

– Papa, t'es un boulet. Tu devrais rentrer à la maison, là où t'es censé être.

– Tu es censé y être aussi, Conrad.

– Je préfère l'Italie.

– Cet endroit a beau être magnifique, il est vide. Il n'y a rien pour toi ici.

– Rien d'autre que le paradis, répliquai-je.

– Conrad, Pixel t'appartient presque. Tu dois prendre tes responsabilités et t'en occuper.

– Aux dernières nouvelles, c'est toujours toi le patron.

– Mais Sean et moi prendrons bientôt notre retraite.

– C'est ça, soupirai-je. Vous dites ça depuis un an.

– Eh bien, il y a eu des changements.

– Et Skye est là. Elle peut tenir les rênes jusqu'à ce que je décide de rentrer.

– Une femme enceinte ? dit-il désapprobateur.

– Quoi ? Elle porte un bébé. Les femmes le font tout le temps. Elle n'est quand même pas handicapée.

– Mais elle ne devrait pas être stressée. Elle se fait du mouron pour toi.

– Skye se fait tout le temps du mouron.

Il a baissé le ton.

– On est tous inquiets pour toi.

J'avoue que mes amis me manquaient de temps en temps. Mais j'essayais de ne pas y penser.

– Tout le monde veut que tu rentres à la maison.

– Je rentrerai... un jour.

– Tu es ici depuis assez longtemps.

– Papa, fiche-moi la paix. Je suis un homme et je peux faire ce qui me chante. Je ne dépense pas ton fric, alors tu n'as pas ton mot à dire.

– Mais je suis ton patron.

– Tu es mon patron au boulot. Et on n'est pas au boulot en ce moment.

– Conrad, quel que soit ton âge ou ton salaire, je prendrai toujours soin de toi.

Je suis resté silencieux, regardant le sable sous mes pieds.

– Et maintenant, c'est l'heure de rentrer. Je t'ai laissé assez de temps.

Papa s'est tu tandis que nous marchions côte à côte.

Le clair de lune guidait notre chemin. Il n'y avait personne sur la plage ni sur la route qui la longeait. J'avais l'impression que nous étions seuls au monde.

– Je suis désolé qu'elle t'ait fait ça, murmura-t-il.

La douleur résonnait dans ses mots. Papa ne montrait que rarement son côté sensible, et encore.

– Je l'ai déjà oubliée.

Il n'a pas contesté ma déclaration.

– Je suis content qu'elle ait dit non, ajoutai-je. Sinon j'aurais fait la plus grosse erreur de ma vie. Je suis beaucoup plus heureux maintenant.

Mon cœur s'est serré après que j'aie prononcé les mots.

– Conrad, ce n'est pas parce que c'est arrivé que...

– Tu te fous de ma gueule ? le coupai-je en m'arrêtant et le fusillant du regard. Ne me redis plus jamais ces conneries. Ça n'a pas marché avec Beatrice et tu m'as dit de donner une chance à Lexie. Ben, c'est ce que j'ai fait, et elle m'a bousillé le cœur encore plus que Beatrice. J'ai mis un genou à terre dans un restaurant bondé, et elle a dit non avant de foutre le camp. J'en ai assez de tes mensonges.

Papa me regardait avec désarroi.

– J'ai appris ma leçon — deux fois. Je n'ai pas besoin d'une troisième, grognai-je en me remettant en marche.

Papa a poussé un profond soupir.

– Elle t'a dit pourquoi ?

– Non, et je me contrefous de sa raison.

Je n'avais pas rallumé mon portable après avoir parlé à

Roland. Je doutais de pouvoir le rallumer de toute façon, la batterie devait être morte. Peut-être avait-elle essayé de m'appeler. Peut-être était-elle passée à mon appartement. Mais ça n'avait pas d'importance. Savoir pourquoi ne changerait rien. La seule chose qui comptait était sa réponse.

Non.

Papa s'est retourné et mis à marcher dans le sens contraire.

– Rentrons. On ne devrait pas s'aventurer trop loin.

– Comme si on devrait avoir peur.

Quiconque oserait s'en prendre à nous recevrait la raclée de sa vie.

– Je sais que tu es bouleversé, mais ne sois pas trop imprudent.

Je n'avais pas envie de me disputer, alors je n'ai rien dit.

Nous arrivions près de l'hôtel quand papa a pris un chemin différent.

– On va où ?

– Je veux te montrer quelque chose.

– Quoi ?

– Tu verras.

Nous sommes arrivés devant une chambre à l'autre bout du complexe. Papa a toqué avant d'insérer la carte dans la fente.

– Tu loges ici ?

– Ouais.

– T'as deux poulettes là-dedans ? dis-je en souriant comme un connard.

– Je vais laisser passer celle-là, parce que j'en ai marre de te cogner, dit-il en entrant. Bébé, il est là.

Je me suis figé à ses mots, sachant qu'il s'adressait à ma mère.

Maman s'est avancée et arrêtée en me voyant. La douleur déformait ses traits et sa lèvre inférieure tremblotait.

Je détestais la voir dans cet état.

Elle a marché vers moi et m'a étreint plus fort qu'elle ne l'a jamais fait.

– Mon bébé...

Je la dépassais d'une tête, mais elle était forte pour une petite femme. Elle me serrait si fort qu'on aurait dit qu'elle ne me lâcherait jamais.

Papa s'est adossé au mur, sans nous regarder directement.

J'ai rendu son étreinte à ma mère. C'était facile d'être con avec mon père, car notre relation était différente. Mais avec ma mère, c'était une autre histoire. Je ne me comportais pas de la même façon en sa présence. J'imagine qu'il restait encore un peu d'innocence en moi.

– Je suis tellement désolée, mon chéri, sanglota-t-elle la tête enfouie dans ma poitrine.

Je lui ai frotté le dos doucement.

– Ça va, maman.

– Tu ne méritais pas ça.

– C'est des choses qui arrivent...

J'étais encore sous le choc, trop sonné pour réagir. Visiblement, elle non.

– Rentre à la maison, dit-elle en reculant légèrement et me regardant les yeux emplis de larmes. Je ne veux pas que tu restes ici.

Je ne pouvais pas lui refuser catégoriquement comme à mon père. Aussi je l'ai regardée sans rien dire.

– Je t'aime, Conrad.

– Je t'aime aussi, maman, chuchotai-je.

– Quelqu'un d'autre veut te voir, dit papa.

– Qui ? demandai-je méfiant.

Papa a pointé la terrasse de la tête.

– Il est dehors.

Maman m'a enfin lâché.

– Va le voir. Il se fait un sang d'encre pour toi.

Puis j'ai réalisé qui c'était. Même si j'étais bousillé, il me restait encore un peu d'espoir à l'intérieur. Le fait qu'il soit là me réconfortait. J'ai marché jusqu'à la porte et je suis sorti dehors.

Roland était assis sur une chaise, les bras sur les genoux. Quand il m'a vu, il a pris un moment pour m'étudier, comme s'il n'en croyait pas ses yeux. Sans mot dire, il s'est levé et s'est approché de moi, le regard empreint de tristesse. Puis il m'a pris dans ses bras.

Je lui ai rendu son geste, enroulant les bras autour de ses épaules. Roland n'a pas mentionné Lexie ni ma maudite demande en mariage. Il s'est contenté de me serrer.

J'ai reculé quand l'émotion est devenue insoutenable.

Roland me fixait, les traits tirés par l'inquiétude.

– Rentre à la maison, Conrad.

– T'es la pom-pom girl de mon père ? raillai-je.

– On peut dire ça, dit-il avec un haussement d'épaules. Il n'y a rien d'autre ici que la solitude.

– Tu te trompes...

Roland était évidemment au courant pour mes nanas.

– Elles ne peuvent pas te donner ce qu'on peut te donner. Rentre.

– À quoi bon ?

– Fais-le pour tes amis et ta famille, m'implora-t-il. Tu ne te remettras pas sur pied du jour au lendemain, mais ça arrivera beaucoup plus vite avec notre soutien.

– J'ai tourné la page, dis-je froidement. Je me contrefous de Lexie. Je ne pense même plus à elle. En ce qui me concerne, elle n'existe plus.

C'était la vérité. Quand je suis monté à bord de l'avion qui m'a emmené ici, j'ai juré de ne plus jamais penser à elle. Elle ne méritait pas d'occuper mon esprit. Elle ne méritait pas mon temps.

Roland n'a pas discuté.

– Alors, rentre à la maison. L'Italie, c'est surfait.

– Pas du tout, m'esclaffai-je. Je sais que t'es gay, mais même toi, tu trouverais ces nanas sexy.

– J'en suis sûr. Mais les belles femmes courent les rues à New York aussi.

– Mais j'aime leur accent... dis-je en remuant les sourcils.

– Il y a plein de femmes exotiques en ville, dit-il en me tapotant l'épaule. Je ne partirai pas d'ici à moins que tu m'accompagnes. Et tout le monde m'a dit de ne pas rentrer si tu n'étais pas avec moi.

– La vache. C'est dur.

Il a haussé les épaules.

– C'est beaucoup de pression. Je dois être à la hauteur.

– Tu m'étonnes...

Il a pris un air sérieux.

– Conrad, rentre avec nous. Tu manques à tout le monde.

C'était dur de dire non à mon meilleur pote.

– Mais quand je rentrerai, tout le monde va me poser des questions... et je ne veux pas en parler.

– Ils ne le feront pas.

– Tu les connais. Ils le feront dès que...

– Ils ne le feront pas, répéta-t-il. Promis.

Maintenant que mes vieux et mon meilleur pote avaient traversé l'Atlantique pour me ramener à la maison, je ne pouvais pas rester ici. Ils m'emmèneraient de force si je résistais.

– Francesca et Ana ne seront pas contentes...

– Eh ben, t'as toute la nuit pour leur dire au revoir, dit-il avec un clin d'œil.

J'ai pouffé.

– Pas faux.

– Alors, tu rentres avec nous demain matin ?

– On dirait bien.

11

CAYSON

Je n'étais pas du genre désespéré. Chaque fois que je rencontrais un obstacle, peu importe sa hauteur, je trouvais toujours un moyen de le franchir. Et si je ne pouvais pas le franchir, je le contournais ou passais en dessous.

Il y a toujours un moyen.

Mais avec Skye, il semblait n'exister aucun moyen de lui faire comprendre la vérité. Je ne pouvais pas continuer à lui affirmer que je n'avais rien fait, car elle avait la tête si dure que ça ne rentrait pas. Comment a-t-elle pu être avec moi et ne pas voir à quel point je l'adorais ? Pourquoi je l'aurais épousée et je lui aurais donné ma vie pour rompre ma promesse un mois plus tard ?

Ça n'a pas de sens, putain.

C'était un coup monté et on m'avait clairement piégé. Pourquoi ne pouvait-elle pas me croire tout simplement ? Je n'étais pas seulement son mari. J'étais son meilleur ami et j'avais été son plus grand confident toute sa vie. Dès qu'elle a vu la lettre, elle aurait dû deviner que c'était bidon.

Mais non.

Ma vie était si triste sans elle et mon bébé. J'allais travailler, puis je rentrais dans mon minuscule appart. Je ne faisais rien d'autre que m'allonger au pieu et fixer mon téléphone dans l'espoir qu'il sonne. Mon existence était si vide de sens que j'allais au travail tôt le matin, parce qu'être seul dans la piaule au-dessus du salon de tatouage était pire que tout. Je pourrais me prendre un appart, mais je ne voulais m'engager à rien tant qu'il était encore possible que je réintègre notre maison.

C'est une possibilité qui s'amenuise de jour en jour.

Pourtant, c'était moi qui devrais être en colère. Comment pouvait-elle ne pas me croire ? Elle devrait me défendre et savoir au fond de son cœur que je n'ai rien fait. Me repousser et me jeter à la porte de la maison était injuste.

Mais qu'est-ce que ça résoudrait ? Être en colère ne me mènerait nulle part. Même si j'étais un homme innocent qui souffrait indûment, je ne pouvais pas monter sur mes grands chevaux.

Je veux seulement récupérer ma famille.

J'étais au lit et je fixais le plafond quand mon téléphone a sonné. Je l'ai saisi immédiatement dans l'espoir que m'appelait la seule personne sans qui je ne pouvais pas vivre. Oh joie, son nom s'est affiché sur l'écran.

– Allô ? répondis-je tout de suite.

J'étais à son entière disposition, pour toujours. Peu importe nos problèmes. Je ne vivais que pour cette femme. Ça ne changerait jamais.

– Salut.

Sa voix était sombre comme d'habitude.

Puis il y a eu un silence.

– Tu veux faire quelque chose pour le bébé ?

J'avais un désir ardent de participer à tout ce qui concernait mon fils. Mais je ferais aussi n'importe quoi pour voir ma femme. D'une pierre deux coups.

– En fait, non.

La peau m'a picoté à ces mots.

– J'espérais que tu étais libre pour venir dîner.

Je me suis assis si brusquement que j'ai failli tomber. Elle m'invitait à dîner ? Qu'est-ce que ça voulait dire ? Avait-elle enfin retrouvé la raison ? Elle a réalisé que j'étais innocent et qu'elle ne pouvait pas vivre sans moi ? Mon cœur battait si fort qu'il me faisait mal. Et si c'était ça ? Ma souffrance allait enfin s'arrêter ?

– Avec grand plaisir.

– Sois là à dix-neuf heures.

Elle n'avait pas l'air heureuse ni contrariée. Elle était difficile à cerner.

– Sans faute.

Elle a raccroché et la ligne s'est coupée.

Je suis immédiatement sorti du lit et j'ai sauté sous la douche. Chaque fois que je rentrais du boulot, j'enlevais mes fringues et je m'effondrais sur le lit. J'avais intérêt à me grouiller pour arriver à l'heure.

Après m'être lavé et séché, j'ai enfilé un jean foncé et un t-shirt qui faisait paraître mes bras énormes. J'ai même vérifié mon reflet dans la glace, chose que je faisais rarement. Je me suis assuré que mes cheveux étaient impeccables et que j'avais l'air baisable. Je n'avais pas fait l'amour depuis plus d'un mois et je devenais fou. Je voulais retrouver ma femme. Me branler n'était pas jouable parce que j'étais trop déprimé pour m'exciter tout seul.

J'ai pris une bouteille de cidre et je suis parti pour la maison. Chaque fois, je passais immanquablement devant la maison de ses parents. Il était peu probable qu'ils restent assis à la fenêtre à regarder les voitures passer, mais si c'était le cas, ils auraient remarqué que je ne rentrais jamais à la maison après le travail.

J'espérais que je n'aurais plus à m'inquiéter de ça après ce soir.

Je me suis dirigé vers la porte et j'ai tourné la poignée. Puis je me suis souvenu que je n'y vivais plus ici et que je devais frapper. C'était le comble de l'absurdité... frapper à ma propre porte.

Skye a ouvert, vêtue d'une robe noire avec des chaussures plates. Ses cheveux étaient raides et ramenés sur une épaule. Ses yeux bleus brillaient comme des pierres précieuses.

C'est la plus belle femme que j'ai jamais vue.

– Salut... Tu as apporté à boire ? dit-elle en zyeutant la bouteille dans ma main.

Ça m'a ramené à la réalité.

– Du cidre, pour que tu puisses en prendre.

Je lui ai tendu la bouteille.

– Oh... merci, dit-elle avec un sourire forcé. Entre.

J'ai grincé des dents. Ça m'agaçait d'être invité à entrer dans ma propre maison.

– Merci de m'avoir invité.

Je me lançais en général dans une plaidoirie sur mon innocence et mon amour indéfectible pour elle, mais j'ai décidé de m'abstenir avant de connaître l'objet du dîner.

Nous sommes entrés dans le salon où le dîner était déjà sur la table.

– Tu es toujours à l'heure, expliqua Skye. La ponctualité même.

Elle s'est assise et a servi deux verres de cidre.

– C'est par politesse.

J'ai regardé le repas devant moi. Un rôti avec des légumes, et des petits pains. Ça faisait si longtemps que je n'avais pas mangé un plat fait maison. Il y avait tant de choses de la vie d'homme marié qui me manquaient, et j'avais oublié à quel point c'était agréable d'avoir quelqu'un qui me faisait la cuisine. Je ne mangeais presque rien en vivant seul dans ce petit appartement.

Skye a mangé lentement, en prenant des petites bouchées, plus lentement que d'habitude.

– C'est vraiment bon, dis-je. Merci.

– De rien.

Elle a continué de manger, sans faire la conversation.

Pourquoi m'a-t-elle invité ? De quoi voulait-elle me parler ?

On se remettait ensemble ? S'il te plaît, dis-moi qu'on se remet ensemble. Ce qui me manquait le plus, c'était dormir avec Skye. Nous dormions ensemble bien avant d'être mariés et les câlins me manquaient. D'habitude, elle posait la tête sur ma poitrine. Sans elle, ça n'allait pas du tout. Peut-être que nous allions le faire ce soir — et toutes les nuits qui suivront.

Je ne voulais pas me faire d'illusions, mais c'était difficile. C'était ce que je désirais le plus au monde. En réalité, j'en avais besoin — désespérément. Un homme sans sa famille n'était pas un homme.

Nous avons mangé jusqu'à ce que nos assiettes soient vides. Pendant tout le repas, aucun mot n'a été prononcé. En général, c'était tendu quand nous étions ensemble, mais là, c'était carrément gênant. Je ne voulais pas faire le premier pas avant de savoir ce qu'elle voulait.

– C'est le meilleur repas que j'ai mangé depuis longtemps, dis-je.

– Je suis sûre que tu dînes dehors tous les soirs.

– Je préfère ta cuisine tous les jours.

Elle a détourné le regard et rougi légèrement.

Je me suis servi un autre verre de cidre et je l'ai bu, n'ayant rien d'autre à faire. Avais-je mal interprété son appel ? Était-ce un rencard ? C'était peut-être un rencard. Mais ce serait absurde. Elle m'aurait dit quelque chose.

Putain, les devinettes me tuent.

– J'imagine que tu te demandes pourquoi je t'ai invité à dîner...

Oui.

– Un peu. Mais je suis très heureux de dîner ici, quelle qu'en soit la raison.

Elle a débarrassé les assiettes et les a posées sur le plan de travail à côté de l'évier. Puis elle est revenue à table, où il ne restait que le cidre. Nos verres étaient pleins, mais aucun de nous n'a bu.

– Il y a quelque chose que j'aimerais te dire...

S'il te plaît. S'il te plaît. S'il te plaît.

Reprends-moi.

Je t'aime.

Laisse-moi revenir à la maison.

– Je t'écoute.

Elle a posé les mains sur la table et tripoté ses doigts, ce qu'elle faisait souvent quand elle était nerveuse.

– J'ai beaucoup réfléchi. En fait, je ne fais que ça en ce moment. Tous nos problèmes viennent de ce qui s'est passé, et même si je t'en veux pour ce que tu as fait... il y a plus important.

C'est en train d'arriver.

Elle me donne une autre chance.

Merci mon Dieu.

– Je sais que je ne devrais plus avoir confiance en toi, mais je sais aussi que tu ne me ferais jamais une chose pareille ici. Ça ne te ressemble pas.

Merci. Il était temps que quelqu'un le dise.

– Et on va avoir un bébé ensemble. Élever un enfant dans deux foyers séparés est compliqué...

Et inutile.

– Et en fin de compte, je t'aime encore.

Mon cœur s'est emballé comme un cheval au galop. Des papillons ont jailli dans mon ventre et j'ai senti l'émotion m'embuer les yeux. Elle me manquait tellement et j'allais enfin la retrouver. Ma femme. Ma vie.

– Je t'aime tellement, Skye, dis-je en tendant le bras sur la table pour lui prendre la main. Je suis malheureux comme les pierres sans toi. Tu me manques.

Elle n'a pas retiré sa main.

– Après ce que tu as fait, je ne devrais pas te donner une autre chance. Je sais que je ne devrais pas. Mais... on va avoir un bébé et tu te trouvais dans une situation exceptionnelle. Les choses ne sont pas toujours noires ou blanches.

Elle croyait toujours que je l'avais trompée, mais si elle me reprenait, j'arriverais à la convaincre à la longue. Tout ce qui m'importait, c'était de revenir à la maison avec ma femme et mon enfant.

– Mais... j'aimerais essayer, dit-elle.

J'ai porté sa main à mes lèvres et je l'ai embrassée. J'ai fermé les yeux et senti les larmes couler.

– Tu n'as pas idée à quel point ça me rend heureux.

J'ai chéri ce moment parce que je ne pensais pas qu'il se passerait avant longtemps. J'allais enfin retrouver ma vie. Slade disait que Skye avait juste besoin que de temps avant de revenir vers moi. J'étais content qu'il ait raison.

– Mais, il y a autre chose, ajouta-t-elle.

Mes illusions ont disparu au ton de sa voix. J'ai ouvert les yeux et je l'ai regardée, sans lâcher sa main. Elle allait exiger quelque chose en échange. Ce serait probablement un truc inutile comme jumeler mon téléphone au sien pour qu'elle puisse voir tous les appels et mes textos. Elle voulait sans doute connaître le mot de passe de ma messagerie et de mes comptes. Ou même vouloir activer le partage de position sur mon téléphone pour savoir en permanence où je me trouvais. Même si ces mesures étaient excessives, elles ne me dérangeaient pas. Si c'était ce qu'elle voulait, je lui donnerais. Je n'avais rien à cacher de toute façon.

– Tout ce que tu veux, bébé.

Elle n'a pas tiqué au surnom affectueux, mais elle a retiré sa main.

– Ce qui m'embête le plus, c'est que tu m'aies menti. On fait tous des choses qu'on regrette, mais... mentir est impardonnable.

Où veut-elle en venir ?

– Je donnerai une nouvelle chance à ce mariage si tu me dis la vérité, Cayson. Je veux savoir exactement ce qui s'est passé, combien de fois, et pourquoi c'est arrivé.

Mon cœur s'est arrêté.

– Si tu ne le fais pas, ça ne marchera jamais.

– Tu me poses un ultimatum ? demandai-je incrédule.

– Oui, répondit-elle en soutenant mon regard sans ciller. Avoue ou c'est fini entre nous.

Cette demande ne faisait pas partie des exigences que j'avais imaginées. Le plus facile serait de mentir. Je pourrais lui dire qu'il s'est passé quelque chose avec Laura. Je pourrais aussi bien puisqu'elle en était persuadée de toute façon. Même si ce n'était pas aux conditions que je voulais, je récupérerais ma femme et nous pourrions être enfin ensemble. Je pourrais revenir à la maison et y rester pour toujours. C'était ce que je désirais plus que tout.

Mais pourrais-je mentir ?

En gros, on me proposait un marché. Si je l'acceptais, j'obtiendrais ce que je voulais. Mais ça m'obligerait à avouer un crime que je n'avais pas commis. Pouvais-je vraiment le faire ?

Mais je veux Skye. C'est tout ce que je veux. Rien d'autre n'a d'importance.

Mais pourrais-je vivre le reste de ma vie en la laissant croire que je l'ai trompée ?

Putain, qu'est-ce que je fais ?

Skye me fixait intensément.

– Alors, tu décides quoi Cayson ?

J'ai ravalé la boule dans ma gorge quand j'ai pris ma décision.

– Je veux avouer.

Elle a poussé un soupir comme si elle était soulagée. Tout cela était enfin derrière nous et nous pouvions avancer.

– J'ai rencontré Laura au début du voyage. Elle était un peu distante et dure. J'ai supposé qu'elle était méfiante, et même un peu arrogante. Quand j'y repense rétrospectivement, je pense juste qu'elle était cinglée. Elle dormait dans ma tente parce que les autres hommes de l'équipe avaient des pensées moins chevaleresques envers elle. En tant que jeune homme, elle pensait que j'étais inoffensif, ce que je lui ai confirmé.

Skye écoutait attentivement, en restant sur ses gardes.

– Elle a commencé à me poser des questions sur toi, et quand je lui ai dit ce que tu faisais comme métier et que je lui ai montré une photo de toi, j'ai tout de suite vu qu'elle ne t'appréciait pas. Apparemment, j'étais trop bien pour toi parce que t'étais juste une capitaliste. À partir de ce moment-là, c'était un peu tendu. Je ne l'aimais pas beaucoup et je ne savais pas si elle m'aimait bien ou non. Puis elle s'est mise à me poser d'autres questions sur ma vie, mes pensées, mes opinions sur la politique étrangère... On a fini par devenir amis. Je lui parlais comme à une sœur, un peu comme à Silke et Trinity. On avait réussi à trouver une forme de camaraderie. La fameuse nuit, je rêvais de toi quand elle m'a embrassée. Dès que j'ai compris ce qui se passait, je l'ai saisie par le poignet et je l'ai virée de ma tente. Je lui ai dit beaucoup de choses insultantes que je n'aurais jamais pensé dire à un autre être humain.

Skye a plissé les yeux d'un air suspicieux.

– On ne s'est pas parlé pendant trois semaines, et j'étais soulagé qu'elle reste loin de moi. Je lui ai dit que j'étais marié, et heureux en ménage. Le fait qu'elle ait pris quelque chose qui ne lui appartenait pas m'enrageait. Et j'ai juré de la tuer si je te perdais à cause de ça. Elle s'est finalement excusée, mais je lui ai dit qu'elle pouvait crever la gueule ouverte dans un fossé et que je m'en fichais. Peu de temps après, les hommes ont commencé à s'en prendre à elle. Je suis intervenu et je l'ai protégée même si je n'aurais pas dû. Puis je l'ai invitée dans ma tente parce que je ne savais pas comment la protéger autrement. On a passé le reste du voyage en amis et elle n'a pas fait d'autres tentatives après ça. On a terminé la mission et on est retournés à Londres. Quand elle est venue me dire au revoir, elle a glissé la lettre dans mon sac. Le dernier contact que j'ai eu avec elle, c'est quand je lui ai serré la main pour lui dire au revoir.

Skye a froncé les sourcils d'irritation, puis elle a pincé les lèvres.

– Je n'ai rien fait, Skye. Tu as mes aveux. C'est exactement ce qui s'est passé, mot pour mot. J'ai beau t'aimer et désirer vivre avec toi, je ne salirai pas l'amour pur que j'ai pour toi juste pour te récupérer. Je refuse de te laisser croire que je te ferais un jour une saloperie comme ça.

Elle m'a fixé froidement.

– Sérieusement, tu ne me crois pas ?

– Non.

J'ai poussé un soupir et je me suis retenu de renverser la table.

– Si tu n'admets pas ce que tu as fait, alors je retire mon offre.

J'avais envie de hurler.

– Skye, pourquoi je n'avouerais pas pour te récupérer ? Pourquoi je continuerais de mentir et de me torturer ? C'est bien la preuve que je n'ai rien fait. Sais-tu à quel point tu me manques ? À quel point je veux être avec toi ? Je deviens fou, Skye. Crois-moi, je veux prendre la solution de facilité. Mais je ne peux pas avouer une chose que je n'ai pas faite.

Elle s'est levée.

– Tu devrais t'en aller.

J'ai bondi sur mes pieds.

– Skye, allez.

– Si tu continues à me mentir, il est impossible qu'on ait à nouveau une relation. Je veux divorcer.

Mon sang s'est glacé.

– Qu'est-ce que tu viens de dire ?

Elle s'est tournée vers moi, le regard plein de détermination.

– Je demande le divorce, Cayson.

– Oh, non, sifflai-je en l'agrippant par le poignet et en la tirant vers moi. Skye, je ne t'ai pas trompée. Je ne mens pas. Combien de fois dois-je le répéter ?

Elle s'est dégagée de mon emprise.

– Je ne te connais même plus.

– On ne divorcera pas. Point final.

– Quand quelqu'un veut rompre, on rompt, cracha-t-elle.

– Pas dans un mariage, lui criai-je en pleine face, incapable de maîtriser ma colère. Je ne t'accorderai jamais le divorce. Tu as bien compris ? Je ferai tout ce qui est en mon pouvoir pour m'assurer que ça n'arrive pas. Je rendrai le divorce littéralement impossible pour toi.

– Donc je suis punie parce que tu n'as pas pu contrôler tes pulsions ?

– Je ne te punis pas. Je préserve notre union parce qu'on est faits l'un pour l'autre.

– Si on était faits l'un pour l'autre, rien de tout ça ne serait arrivé.

Je suis venu ici dans l'espoir d'être réuni avec ma femme, mais j'ai eu l'enfer à la place.

– Tu es mon âme sœur, Skye. Tu sais que je n'ai rien fait. Oublie cette lettre à la con et réfléchis avec ton cerveau. Réfléchis, bon sang.

Elle s'est dirigée vers la porte.

– Sors de ma maison.

– Notre maison.

Elle a ouvert la porte.

– Va-t'en.

– Skye...

– Je t'ai donné une chance d'être honnête avec moi pour qu'on puisse avancer, dit-elle les larmes aux yeux. Mais tu ne veux même pas me donner ça. Comment puis-je être avec quelqu'un en qui je ne peux pas avoir confiance ? Je ne pourrai jamais.

Ça m'arrive vraiment à moi ?

– Skye, je jure sur ma vie que je n'ai rien fait.

Elle a levé la main vers mon visage.

– J'en ai marre d'entendre ces conneries. Va-t'en, c'est tout.

– Mais je n'ai rien fait. Pourquoi j'aurais avoué le contraire ? C'est débile, Skye.

Elle m'a poussé la poitrine de toutes ses forces.

– Sors de chez moi.

J'ai légèrement vacillé en arrière.

– Skye, sois raisonnable. Tu n'as pas les idées claires.

– Oh, si, c'est très clair.

Elle m'a jeté un regard déçu avant de me claquer la porte au nez. La lumière accueillante de la maison a disparu, et le fumet de dîner que nous venions de manger s'est évaporé. Je me retrouvais dans le noir, seul et terrifié.

12

TRINITY

MA VIE EST PLUTÔT DÉPRIMANTE EN CE MOMENT.

Je m'inquiétais pour mon frère, qui s'était fait larguer de la pire des façons possibles. Ma meilleure amie risquait de se remettre avec son mari infidèle. Et je ne tombais pas enceinte.

Ces trois problèmes me trottaient constamment dans la tête et je n'arrivais pas à m'en débarrasser. J'avais du mal à travailler en raison du manque de concentration. J'avais l'esprit ailleurs la plupart du temps.

Vers midi, Slade est passé me voir. Il s'est penché sur mon bureau et m'a embrassée.

– Pizza ?

– Ouais. Comme tu veux.

J'ai poussé un soupir, par automatisme.

Slade m'a dévisagée comme s'il contemplait son dernier tatouage.

– Qu'est-ce qui ne va pas, bébé ?

– Qu'est-ce qui ne va pas ? Tu veux dire, qu'est-ce qui va ? Conrad est au fond du gouffre, Skye pourrait reprendre Cayson alors qu'elle est trop bien pour lui, et je ne suis pas enceinte, énonçai-je en frappant la table. Rien ne va en ce moment, tout mon monde est chamboulé. Je ne sais pas ce qui me retient d'aller voir cette salope de Lexie pour lui casser la gueule.

Slade s'est frotté la nuque d'un geste agacé, puis il s'est brusquement figé comme s'il venait d'avoir un déclic.

– Attends. Skye et Cayson se remettent ensemble ?

– Plus ou moins.

– Ouais ! s'exclama-t-il en levant le poing et en faisant une petite danse. Je le savais. Je savais que ça marcherait. Je savais qu'elle finirait par le croire.

– Le croire ? Elle est sûre qu'il l'a trompée. Mais elle sait qu'il sera très difficile de le quitter alors qu'ils sont mariés et qu'ils vont avoir un enfant.

– C'est génial, Trinity. Ils doivent être ensemble.

Je lui ai lancé un regard noir.

– De quoi on a convenu ?

– Ah ouais... peu importe.

– Et Conrad... il était tellement amoureux de Lexie. Je n'ose même pas imaginer son chagrin.

– Quand il reviendra, on sera là pour lui. Chaque fois qu'un de nous va mal, on est toujours là pour lui remonter le moral. Ne stresse pas pour ça.

Comment pourrais-je ne pas stresser ?

– J'ai pissé sur une centaine de bâtonnets et ils affichent tous le même résultat. C'est quoi le problème ?

Il a baissé la tête.

– Trinity, laisse faire le temps. Je t'ai déjà dit que...

– Ça fait deux mois. Ça ne devrait pas être si long.

– Calmos, bébé.

– Non. Je veux consulter un spécialiste.

J'avais besoin d'un avis médical. S'il y avait un problème, je préférais le savoir tout de suite.

– Inutile. Savais-tu qu'il faut six mois à quatre-vingts pour cent des couples pour avoir un enfant ?

J'ai arqué un sourcil.

– Comment tu le sais ?

– J'ai fait des recherches, Trinity. Et soixante pour cent des femmes tombent enceintes au troisième mois. Tu sais combien tombent enceintes dans les deux mois ?

Je n'en avais aucune idée.

– Trente pour cent.

C'est peu, finalement.

– Ce que je veux dire, c'est que tu dois te détendre, conclut-il en croisant les bras sur sa poitrine.

Ça m'a rassurée un peu.

– Je veux quand même voir un médecin. Il y a peut-être quelque chose à faire pour accélérer les choses.

– Pourquoi se presser ? J'adore essayer de te mettre en cloque. Bébé, c'est la partie la plus agréable.

J'ai levé les yeux au ciel.

– Comme si t'aimais pas ça.

– Bien sûr que j'aime ça. Évidemment. Mais tu ne préfères pas me faire l'amour quand je suis enceinte ?

Il a haussé les épaules pour toute réponse.

– Skye m'a dit que ça rendait Cayson fou.

– Ben, Cayson a toujours kiffé les trucs bizarres.

J'ai ignoré son commentaire.

– Je vais prendre rendez-vous. Un point c'est tout.

Slade n'a pas protesté malgré son air contrarié.

Une partie de moi ne voulait pas faire d'examens. Et si quelque chose n'allait pas chez moi ? Ou chez lui ? Ou chez nous deux ?

13

SLADE

Trinity voulait voir un spécialiste parce que je ne la mettais pas en cloque assez vite. Je savais que rien ne clochait chez nous. Mais cette femme était habituée à la satisfaction immédiate de ses désirs et n'avait aucune patience. Elle a bâti seule un empire parce qu'elle faisait bouger les choses.

Mais là, ça ne dépendait pas d'elle.

Moi aussi, je voulais avoir un bébé, mais je n'avais pas besoin de l'aide d'un toubib. Je pouvais mettre ma femme enceinte tout seul. Je n'avais surtout pas envie qu'un médecin se penche sur ma vie sexuelle. Trinity prenait la même pilule depuis près de dix ans. Il était normal, après si longtemps, que son cycle soit perturbé.

Pourquoi elle ne le comprend pas ?

À la fin de la journée, je suis monté dans le studio au-dessus du salon. Il était vide maintenant que Cayson était parti, et je pouvais glander tranquille et bouffer un morceau quand je voulais. Quand le salon tournait au ralenti, il m'arrivait d'aller y faire une sieste dans la journée.

Mais quand je suis monté, Cayson était là.

– Qu'est-ce que tu fais ?

Il était allongé sur les couvertures, le visage tourné vers le plafond. Ses mains étaient croisées sur sa poitrine.

– Rien. Absolument rien.

– Qu'est-ce qui s'est passé ? Je croyais que vous vous étiez remis ensemble.

Il a émis un rire sarcastique, lourd d'amertume.

– Nan.

Qu'est-ce que j'ai loupé ?

Je me suis approché du pieu et assis au bord.

– Raconte, mec.

– Skye a dit qu'elle voulait donner une autre chance à notre mariage.

– Et t'as dit non...?

– À condition que j'avoue avoir couché avec Laura. Quand je lui ai dit que je ne l'avais pas fait, Skye a déclaré qu'elle voulait divorcer.

Ça ne fait qu'empirer.

– Pourquoi t'as pas dit simplement que t'avais couché avec Laura ? On s'en fout que ce soit un mensonge ou non. T'aurais récupéré ta femme.

Cayson s'est assis et m'a regardé d'un œil glacial.

– J'aime Skye et je ferais n'importe quoi pour être avec elle... sauf sacrifier mon intégrité. Je ne suivrai pas la voie de la facilité juste pour être avec elle. Je vais la convaincre que je dis la vérité et la récupérer de cette façon. Et c'est la seule façon de le faire.

Je me suis retenu de soupirer.

– Ce n'est pas le moment d'avoir des principes nobles.

– Tu le ferais ? s'énerva-t-il. Tu regarderais Trinity dans les yeux et lui dirais que tu as baisé une autre fille ? Tu aurais vraiment envie de voir la vie quitter son regard et le chagrin s'y installer ?

J'ai baissé les yeux.

– Non.

– Je ne peux pas lui laisser croire ça. J'ai supposé que

camper sur mes positions lui ferait comprendre que je suis innocent, mais ça s'est grave retourné contre moi.

J'ai secoué la tête.

– Si ça ne prouve pas ton innocence, je ne sais pas ce qui le fera. N'importe qui d'autre aurait avoué même si ce n'était pas vrai. Le fait que tu ne veuilles pas le faire devrait lui mettre la puce à l'oreille.

– Mais ce n'est pas le cas, soupira-t-il en se frottant la tempe comme s'il combattait une migraine. Et maintenant, elle menace de divorcer.

Putain, de mal en pis.

– Je sais qu'elle ne le fera pas, ajouta-t-il.

– Ah bon ?

– Elle était prête à me reprendre en pensant que je l'ai trompée. Elle est toujours folle amoureuse de moi. Elle ne me laissera pas partir.

– J'espère que t'as raison.

– Je suis certain d'avoir raison. Je dois la convaincre de mon innocence ou lui faire réaliser qu'elle ne peut pas vivre sans moi.

– Plus facile à dire qu'à faire...

– Et j'aurai besoin de ton aide pour ça.

Moi ?

– Tout ce que tu veux.

– Super. Je comptais sur toi.

J'ai balayé la minuscule pièce des yeux.

– Trinity et moi, on emménage dans notre nouvel appart ce week-end. Et si tu prenais notre ancien appart ? On peut te le sous-louer jusqu'à ce que tu n'en aies plus besoin.

Cayson a tourné vers moi des yeux tristes.

– Ça veut dire que tu ne penses pas qu'on se remettra ensemble ?

– Non, seulement que je veux récupérer ma salle de sieste.

Il a pouffé.

– Ce serait sympa d'avoir un endroit plus grand.

– Ce n'est pas permanent. Et tu aurais plus de place et une vraie cuisine. Notre bail ne se termine pas avant trois mois de toute façon.

– Merci pour ta proposition. Je l'accepte.

– Génial. Je peux revenir pioncer ici quand l'activité est à marée basse.

– Je ne suis pas là dans la journée, tu peux monter faire ta sieste.

J'ai grimacé.

– Qui sait ce que tu fais sur ces draps...

– T'inquiète pas, soupirai-je. Ils ne sont imbibés que de mes larmes.

Ses mots m'ont brûlé de cœur.

Cayson s'est raclé la gorge.

– Vous avez besoin d'aide pour le déménagement ?

– On a embauché des déménageurs, mais ce serait sympa que quelqu'un nous aide à faire les cartons.

– Je viendrai si Trinity demande à Skye de l'aider.

– Tu sais qu'elle est enceinte, hein ?

Il a grogné.

– Comment l'oublier ?

– On pourrait lui dire de venir juste pour faire la causette. Ça peut marcher.

– Je cherche toutes les excuses possibles pour la voir. Chaque fois qu'elle fait quelque chose qui concerne le bébé, elle m'appelle. Mais je ne peux pas compter que là-dessus.

– Ouais. Au moins, elle n'a dit à personne ce qui se passe.

Il s'est frotté la nuque.

– Qui sait combien de temps ça va durer...

– Vous vous êtes bien débrouillés pour garder le secret jusqu'à maintenant.

Il a haussé les épaules.

– Mouais. Mais Sean sait qu'il y a anguille sous roche. Et mon beau-père est la pire personne à avoir sur le cul.

– Tu m'étonnes... lui et Mike sont des vrais psychopathes.

– C'est un euphémisme, pouffa-t-il.

– Tu sais quoi ?

– Hum ?

– Si Sean savait ce qui se passe entre vous, je pense qu'il te croirait.

Son regard s'est adouci.

– Ah ouais ?

– Ouais. Pourquoi il ne te croirait pas ? Je sais que les apparences sont contre toi et tout ça, mais ce n'est tellement pas dans ton caractère que ça ne colle pas. Sean est très intelligent. Si quelqu'un peut voir la vérité, c'est bien lui.

Son émotion a disparu.

– Non. Skye est comme son père. Ils pensent tous les deux avec leur cœur et pas avec leur cerveau. Scarlet, quant à elle, est différente. Elle pourrait sans doute me croire.

J'ai haussé les épaules.

– Je pense quand même que Sean verra la vérité. Et s'il le fait, ça peut vraiment t'aider.

– Ou m'enfoncer encore plus. Il engagera probablement un tueur à gages pour m'éliminer.

– Je crois plutôt qu'il te tuerait de ses propres mains.

Cayson a éclaté de rire.

– Bien vu.

J'ai tapoté son épaule.

– Ça va marcher, mec.

– Je perds espoir chaque jour un peu plus. Mais puisque ma famille est en jeu, je ne peux pas abandonner.

– Tu vas les récupérer, Cayson.

– Et si ce n'est pas le cas… je t'ai toi.

J'ai passé le bras autour de ses épaules.

– Je n'ai pas de gros nichons ni de petite chatte serrée, mais je suis un excellent choix. Je joue au basket, aux jeux vidéo et je suis fendard. T'aurais pu trouver pire.

Cayson a enfin souri.

– Bien pire.

14

ARSEN

Des semaines ont passé sans que j'aie de nouvelles de Sherry ou Levi. Sans doute avaient-ils enfin pigé que je ne voulais rien savoir d'eux. J'avais une nouvelle vie et une nouvelle famille. Pourquoi les voir alors qu'ils ne me causaient que de la souffrance ? Remarque, Levi n'avait rien fait, mais il était coupable par association. Même s'il était mon frère à part entière, je n'aurais pas besoin de lui dans ma vie.

Maintenant que la poussière était retombée, je m'étais calmé. Je ne regardais plus constamment par-dessus mon épaule comme un parano. Lorsque mon assistant m'annonçait un appel, je ne redoutais plus que ce soit quelqu'un à qui je ne voulais pas parler. Les choses revenaient à la normale.

Silke est passée à mon bureau vers midi.

– Salut, beau mec.

Elle portait un pantalon classique noir avec des talons et un haut moulant. Je la préférais en robe, car ses jambes étaient trop sublimes pour être dérobées à la vue, mais elle était belle dans tout.

– Salut, ma jolie.

Elle s'est approchée de mon bureau et s'est penchée vers moi, exhibant son décolleté.

– Prêt pour le déjeuner ?

J'ai louché sur ses nichons.

– Arsen ?

– Hmm ? fis-je en reposant les yeux sur elle.

– On déjeune ? dit-elle un sourire amusé aux lèvres.

– J'ai une soudaine envie de lait...

– Eh ben, c'est pas au menu.

Elle s'est redressée en croisant les bras sur sa poitrine.

– Allumeuse, va.

Je me suis levé, puis j'ai accroché mon veston sur le dossier de ma chaise. Je le portais peu de toute façon. J'étais plus à l'aise en chemise et cravate.

– Moi, une allumeuse ? Peut-être que j'aime les prélimi-naires, c'est tout.

J'ai contourné mon bureau et je lui ai pressé le cul.

– Alors, laisse-moi te montrer de quel bois je me chauffe, dis-je en la guidant vers le bureau.

Elle s'est faufilée comme une anguille.

– Nan. Après le déjeuner.

J'ai grogné.

– Allumeuse.

Elle a haussé les épaules.

– J'imagine que je le suis.

– De quoi t'as envie ?

– Sandwich ?

– Comme tu veux.

Pourvu que je puisse lui mater les nibards.

Main dans la main, nous avons marché jusqu'à la sandwi-cherie où nous avons commandé nos plats. Une fois dans le box, Silke s'est attaquée à son sandwich.

– T'as loupé le petit-déj ?

– Je devais parler à l'institutrice d'Abby, alors je suis arrivée en retard au taf.

– Tout va bien ? demandai-je.

– Plus que bien. Apparemment, elle est première de sa classe.

– Sans blague ?

J'ai souri de toutes mes dents tandis que la fierté rayonnait dans mon corps. Ma fille était toute ma vie. Ses moindres faits et gestes étaient fascinants à mes yeux.

– Ouaip, répondit Silke toute fiérote elle aussi. Abby s'est bien adaptée et s'est même fait de nouveaux amis. Je pense bien qu'elle s'est enfin... remise du drame.

Ces mots étaient comme de la musique à mes oreilles. En tant que parent, je pouvais arranger beaucoup de choses. Si elle avait une coupure, je pouvais la panser. Si elle avait de la difficulté à faire ses devoirs, je pouvais l'aider. Je pouvais presque tout faire. Sauf réparer son cœur brisé.

Je savais qu'elle n'oublierait jamais Lydia ni la blessure causée par son décès, mais la meilleure chose à faire était de tourner la page. Silke ne remplacerait jamais sa mère biologique, mais j'étais heureux qu'Abby l'accepte comme sa mère adoptive.

– Ça me fait tellement plaisir de l'apprendre.

– Moi aussi, dit-elle en grignotant ses chips.

J'attendais qu'Abby s'adapte à sa nouvelle vie avant de lui demander sa main. J'aimais Silke de tout mon cœur, mais ma fille passait avant tout. Je devais m'assurer de son bonheur avant de m'engager dans d'autres projets. Maintenant qu'elle était stable et heureuse, j'allais enfin pouvoir avoir ce que j'ai toujours voulu.

Puis ça m'a frappé comme une tonne de briques : la femme assise en face de moi était l'amour de ma vie. C'était la seule personne qui ait touché mon cœur, jadis impénétrable, emmuré dans du béton armé. Mais petit à petit, elle avait atteint mon âme tout au fond. Et elle y était depuis ce temps.

C'était la bonne, sans l'ombre d'un doute.

Je souhaitais en faire ma femme et avoir d'autres enfants avec elle. Fonder la famille que je n'ai jamais eue. Maintenant que ma mère et mon frère étaient retournés dans le passé, je pouvais enfin obtenir ce que je voulais.

Silke étudiait mon visage, remarquant mon air distant.

– Quoi ?

Je suis sorti de ma rêverie.

– Rien.

– T'as eu l'air perdu pendant une seconde...

– Je suis toujours perdu sans toi.

C'était une réplique ringarde, mais j'espérais changer le sujet.

Silke s'est remise à manger ses chips.

– Alors... t'as eu des nouvelles de Sherry ou Levi ? demanda-t-elle hésitante.

Visiblement, elle ne voulait pas poser la question, mais elle devait le faire.

– Nan.

– T'es soulagé ?

– Je ne fais pas partie de leur monde. Je trouve absurde de me forcer à leur parler seulement parce qu'on partage le même ADN.

– Je suppose.

– Je connais Ryan depuis quelques années seulement et il a été un meilleur parent pour moi que n'importe qui dans ma vie. À quoi bon pardonner à ma mère quand j'ai déjà quelqu'un d'aussi incroyable ? Ça serait insultant.

– Mon père ne se sentirait jamais insulté pour ça. Si tu avais une relation avec ta mère, il serait heureux pour toi. Il sait que ça ne changerait rien à ta relation avec lui.

– J'en sais rien... je me sens bien avec Ryan comme avec personne d'autre.

Silke m'a fusillé du regard.

– À part toi, bien sûr. Mais il me comprend, parce qu'il a vécu des expériences semblables.

Elle a froncé les sourcils.

– Comme quoi ?

J'avais promis à Ryan de ne rien dire à Silke.

– Tu sais, il se fichait de l'école et tout ça...

Ça a semblé apaiser ses soupçons.

– Je ne suis pas quelqu'un d'insensible, et je crois que les gens méritent une deuxième chance, commença-t-elle. Mais je crois aussi que certaines blessures sont trop profondes. Le temps n'efface pas toutes les cicatrices. Si cette femme t'a blessé, tu as tous les droits de ne pas vouloir d'elle dans ta vie.

Ma nana était toujours là pour moi.

– Elle dit qu'elle regrette ses actions, mais... le fait qu'elle a eu un autre fils et qu'elle ne soit pas revenue me chercher est impardonnable.

Silke m'étudiait tristement.

– Mais avant ça... elle semblait sincère, ajoutai-je.

– J'en suis sûre, Arsen.

– Tu le crois vraiment ?

– Je ne crois pas qu'elle veuille de ton argent. Levi prend soin d'elle, alors elle n'a pas de motif caché.

J'aimais que Silke m'écoute et m'aide à résoudre mes problèmes. Elle et moi formions une équipe. Nous surmontions les obstacles ensemble, pas séparément. Je me sentais coupable de m'être refermé sur moi alors que j'aurais dû la laisser entrer dans mon cœur. Deux mois s'étaient écoulés sans que je sois réellement présent.

– Où veux-tu en venir ? demandai-je.

– Nulle part. Je crois que ta mère est sincère. Je crois aussi que ce qu'elle a fait est impardonnable. Mais aussi... qu'elle était peut-être incapable de s'occuper de toi même si elle le voulait. Il y a beaucoup de facteurs à considérer dans cette histoire. Tout n'est pas noir ou blanc.

En effet, c'est foutrement compliqué.

– On dirait qu'ils ont enfin laissé tomber. Alors, la balle est dans ton camp. Tu peux les oublier et tourner la page. Ou tu peux essayer d'arranger les choses. C'est ta décision. Ça aurait dû l'être depuis le début.

Je n'avais mangé qu'un demi-sandwich, et je n'avais pas d'appétit pour l'autre moitié. J'ai fixé la table en restant perdu dans mes pensées.

– Alors, comment tu vas me baiser quand on retournera dans ton bureau ? dit Silke de but en blanc.

Son côté espiègle était de retour. Elle essayait de me changer les idées et me remonter le moral.

Un sourire m'a retroussé les lèvres.

– Tu me connais, je ne suis pas difficile.

Silke était tellement bandante que n'importe quelle position était incroyable. Lorsqu'elle était sur le dos, je pouvais reluquer ses nichons parfaits. Lorsqu'elle était sur le ventre, je pouvais mater son beau petit cul. J'étais gagnant dans une position comme dans l'autre.

– Ou préfères-tu que je te suce la bite à genoux ?

J'ai soudain eu chaud et mon pouls s'est accéléré.

Elle a souri triomphalement.

– C'est bien ce que je pensais.

RYAN ÉTAIT MON AMI LE PLUS PROCHE AU MONDE. J'ÉTAIS ENFANT quand mon père était encore dans ma vie, mais je me souvenais à peine de lui. Et lorsqu'il est parti, j'ai à peine remarqué son absence. Quand je regardais Ryan, je voyais un père. Mais je voyais également un ami à qui je pouvais tout confier. Parfois, ça m'irritait que Silke et Slade ne profitent pas de la chance qu'ils avaient. Mais au moins, ils ne le tenaient pas pour acquis.

Quand tout le monde m'a abandonné, il est resté à mes côtés. Même Silke m'a laissé tomber une fois, mais jamais Ryan. Il était mon sauveur, la seule raison pour laquelle j'étais devenu l'homme que je suis aujourd'hui. Et je lui en serais redevable toute ma vie.

Je l'ai invité au Mega Shake en tant que figure paternelle, mais aussi en tant que meilleur ami. C'était le type avec qui je préférais faire ce genre d'activité. J'étais proche des gars de la bande et nous passions du temps ensemble à jouer au basket, mais je n'avais pas un lien aussi fort avec eux. Slade et Cayson étaient meilleurs potes, tout comme Conrad et Roland. Et moi, j'avais Ryan.

Il a fini son plateau, puis s'est essuyé la bouche du revers de la main.

– Je ne me lasse jamais de cet endroit.

– À qui le dis-tu !

J'avais déjà fini mon plateau. Je mangeais plus vite que Ryan. Mais Slade nous battait à plate couture.

– Alors, quoi de neuf de ton côté ?

– Pas grand-chose. Janice et moi on est allés à la plage le week-end dernier.

– Intéressant.

– Ouais. J'ai surfé pendant qu'elle rôtissait au soleil comme un poulet.

J'ai pouffé.

– Je parie qu'elle a un beau bronzage.

– J'ai cramé. J'ai oublié de mettre de la crème solaire, dit-il en retroussant sa manche et me montrant la peau qui pelait sur son épaule.

– Ouille, grimaçai-je.

Il a haussé les épaules.

– Janice a mis de la vaseline dessus. Puis elle en a mis ailleurs... ajouta-t-il avec un sourire malicieux.

J'ai ri.

– Super histoire.

– Bon, qu'est-ce qu'on fait maintenant ? On pourrait jouer au basket, mais j'ai besoin de quelques minutes pour digérer.

– En fait, y a un truc que j'aimerais faire.

– Quoi ? Du paintball ? J'adore le paintball. On devrait rassembler les gars et y aller tous ensemble.

– Peut-être une autre fois.

Ryan a attendu que je crache le morceau.

– Qu'est-ce que c'est ? T'as un truc à me dire ?

Il me lisait plutôt bien.

– T'es le père de Silke, mais t'es aussi mon pote. Des fois, j'ai l'impression de devoir te traiter comme deux personnes différentes.

Il a plissé les yeux, intéressé.

– En ce moment, je m'adresse au père de Silke.

– D'accord...

– J'aimerais ta permission d'épouser ta fille.

C'est sorti facilement, car j'avais déjà son approbation. Il me l'avait donnée il y a longtemps. Mais ça restait un moment important entre nous.

Au lieu de sourire, il a continué de me scruter.

– Tu vas faire ta demande bientôt ?

– Oui.

Il est resté silencieux tellement longtemps que j'ai cru qu'il n'allait rien dire.

Ça ne se passait pas comme prévu. Il semblait fâché, pas heureux.

– En ce moment, je te parle comme le père de Silke, commença-t-il d'une voix autoritaire, voire menaçante. Ces derniers temps, tu sembles loin d'elle. Avec tout ce qui s'est passé avec ta mère, tu l'as repoussée. J'ai dû te rappeler plusieurs fois qui tu es, et où tu es censé être. Cette phase est-elle terminée ?

Il ne m'avait pas parlé ainsi depuis longtemps.

– Oui.

– Tu promets que tu ne te défileras pas à la moindre difficulté ?

La vache, ça fait mal.

– Je ne l'abandonnerai jamais — ni ma fille.

– Je n'ai pas dit ça, s'énerva-t-il. Tu peux être dans la même maison que Silke, mais sur une planète différente. Parfois, tu refermes tellement sur toi-même que tu deviens intouchable. Tu l'as repoussée une fois et j'ai dû te ramener dans le droit chemin. Je sais qu'on perd parfois le nord, mais c'est une habitude chez toi.

J'ai soutenu son regard, mais ma poitrine se serrait douloureusement.

– Je t'aime, Arsen. Tu es comme un fils pour moi. Quels que soient tes défauts, je t'accepterai toujours comme tu es. Je ne te renierai jamais, quoi qu'il arrive. Mais quand il s'agit de ma fille, c'est différent. J'ai besoin de savoir que tu es sérieux. Vous ne jouez plus au papa et à la maman. C'est la vraie vie. Être un mari est une énorme responsabilité. Crois-tu vraiment être à la hauteur ?

– Oui, dis-je d'une voix assurée. J'aime Silke de tout mon cœur. Je ne lui ferai jamais de mal.

Il s'est radouci. Son regard s'est éclairci et ses épaules se sont détendues. Puis un sourire lui a étiré les lèvres.

– Je voulais simplement m'en assurer. Bien sûr que tu peux épouser ma fille, Arsen. Je ne voudrais la donner à aucun autre homme que toi.

La tension dans ma poitrine s'est relâchée et mon pouls a retrouvé un rythme normal.

– Tu m'as foutu les jetons, Ryan.

Il a ri.

– Ne prends pas ma gentillesse pour de la faiblesse. Je suis cool, mais j'ai un côté protecteur. Je voulais m'assurer que tu comprends réellement ce que tu me demandes.

– Bien sûr.

– Alors, épouse-la.

– D'accord. Maintenant, je veux parler à mon ami.

– Je ne l'étais pas jusqu'ici ?

– Pas avec ce sermon, m'esclaffai-je.

– Alors, qu'est-ce qu'il y a ?

– Tu veux bien choisir la bague avec moi ?

Ses yeux se sont emplis d'émotion. Ryan n'était pas un homme sentimental. Il était plutôt railleur et disait aux gens de s'endurcir quand ils devenaient un peu trop tendres. Mais là, il a succombé à l'émotion.

– Tu veux mon aide ?

– Bien sûr. T'es mon meilleur ami... dis-je en ravalant la boule dans ma gorge.

– T'aider à choisir l'alliance que ma fille portera jusqu'à la fin de ses jours... j'en serais honoré.

– Super... on y va maintenant ?

– Ouais, dit Ryan en se levant, puis passant le bras autour de mes épaules. Tu sais déjà comment tu vas lui faire ta demande ?

– J'ai une petite idée.

Il a souri.

– Raconte.

15

CLÉMENTINE

J'ÉTAIS ASSISE PAR TERRE DEVANT LA TÉLÉ ET JE REGARDAIS WARD Jr. Il voulait ramper, mais il n'était pas encore assez costaud. Alors il restait allongé sur le ventre et regardait autour de lui avec de grands yeux. Par moments, il essayait de se traîner sur le tapis, mais il n'arrivait à rien.

Tout ce que faisait mon fils était absolument fascinant. J'étais heureuse que Ward m'ait demandé d'être une mère au foyer. Aucune activité professionnelle ne surpassait le plaisir de rester à la maison et de m'occuper de mon fils.

À son âge, il ne faisait pas grand-chose d'autre que manger, faire caca, dormir et pleurer, mais ça me fascinait. Voir le visage de Ward en regardant mon fils était la plus belle chose au monde. Je ne me croyais pas du tout maternelle, mais j'ai vite réalisé que j'adorais être maman.

C'est le meilleur job du monde.

La porte de la maison s'est ouverte et Ward est entré.

– Darling, quand vas-tu m'épouser ?

Je me suis tournée vers lui, légèrement perplexe.

Il a jeté sa veste sur le dossier du canapé et accroché sa sacoche.

– Darling ?

– Euh... salut ?

D'habitude, il nous embrassait, le bébé et moi, avant de se lancer dans une discussion.

– Bonsoir.

Il s'est agenouillé à côté de moi et m'a fait une bise rapide. Puis il s'est tourné vers notre fils.

– Salut, champion. Papa est à la maison.

Il l'a soulevé dans ses grandes paumes et l'a serré contre sa poitrine.

Ward Jr a immédiatement gazouillé et ses yeux se sont illuminés. Il a tendu ses petites mains pour toucher le visage de son père.

– Quel beau garçon, s'extasia Ward en lui embrassant le front avant de le bercer contre sa poitrine. Je disais donc, quand vas-tu m'épouser ?

– Je ne sais pas... je n'ai pas encore choisi de date.

– Et tu vas le faire quand ? J'en ai marre d'être ton fiancé.

– Tu m'as l'air bien pressé...

– On doit se marier rapidement.

– Pourquoi ?

Quelle est l'urgence ?

– Je veux avoir un autre enfant et je sais que tu ne voudras pas être enceinte pour le grand jour. Alors, choisissons une date et marions-nous.

– Skye est enceinte...

– Et alors ? Tu étais enceinte à son mariage.

– Et je ne pouvais rien faire. C'était nul.

– On ne va pas attendre que tout le monde soit prêt. Ensuite, ce sera au tour de Trinity d'être enceinte, et peut-être même de Silke.

– Ward, pourquoi tu deviens psychorigide dès qu'on parle mariage ?

J'avais peut-être loupé un truc.

– Parce que je veux qu'on soit une vraie famille. Je veux être ton mari. Tu ne veux pas être ma femme ?

– Bien sûr que si. Mais je suis tellement occupée avec notre fils que je n'ai pas le temps d'organiser quoi que ce soit.

– Eh bien, commençons tout de suite.

Je me suis retenue de lever les yeux au plafond.

Ward a surpris mon air excédé.

– Quoi ?

– On dirait que t'es... une nana, m'esclaffai-je.

– Une nana ? Je t'ai demandée en mariage il y a des mois et on n'a pas avancé d'un pouce. Les femmes sont censées être obsédées par les mariages. Pourquoi tu ne l'es pas ?

J'ai haussé les épaules.

– Sans doute parce que j'ai l'impression qu'on est déjà mariés.

Ses yeux se sont adoucis à ma réponse.

– Avant, je voulais un grand mariage, mais maintenant, je m'en fous complètement. J'ai déjà un mari et un enfant. Il ne me manque qu'un bout de papier.

– Vraiment ?

Il a penché la tête et m'a observée attentivement.

– Vraiment quoi ?

– Tu te fiches d'avoir un grand mariage ?

– Ouais. Sincèrement, je préfère en finir avec ça.

– En finir avec ça ? répéta-t-il froidement.

– Tu sais ce que je veux dire, Ward. Je ne veux pas d'un mariage ridiculement cher comme Trinity et Skye avec cinq cents invités. Les gens oublient le vrai sens du mariage : deux personnes qui s'engagent à vivre ensemble. Maintenant que notre bébé est là, je n'ai ni le temps ni l'énergie pour organiser un mariage. Je préfère me concentrer sur lui.

– Alors... tu veux qu'on aille à la mairie et c'est tout ?

– Qu'est-ce que tu aimerais, Ward ?

– Je m'en fiche. Je veux juste que tu parles de moi comme de ton mari.

– On pourrait faire une petite fête chez mes parents, inviter seulement les amis proches et la famille, puis faire un barbecue après la cérémonie. Ce sont les seules personnes qui comptent, de toute façon.

Il a hoché la tête.

– Ça me plaît. Faisons ça.

– D'accord.

Je lui ai pris Ward Jr des bras, et je l'ai reposé sur le tapis.

– Quand ? insista-t-il.

Il ne va pas me lâcher, c'est ça ?

– Je vais en parler à ma mère.

– Et si on se mariait le week-end prochain ?

– Quoi ? balbutiai-je. Tu veux qu'on se marie dans deux semaines ?

– Ce n'est pas vraiment un mariage. Juste une réunion de famille. C'est faisable.

– Non, Ward.

C'était tout simplement impossible.

– Pourquoi pas ?

Sa mâchoire s'est sensiblement crispée.

– Au cas où t'aurais oublié, Conrad vient de se faire arracher le cœur. Ce serait insensible de nous marier maintenant. Et il n'est même pas encore revenu.

Ward ne semblait pas s'en soucier.

– Il y aura toujours une bonne raison, darling. Si ce n'est pas ça, ce sera autre chose.

– Là, c'est vraiment grave, protestai-je. Il a demandé l'amour de sa vie en mariage et elle a refusé. T'as une idée de ce qu'il doit ressentir en ce moment ? Et l'inviter à un mariage juste quand il rentre est une blague de très mauvais goût.

Ward a soupiré comme s'il savait que j'avais raison.

– Alors quand ?

– On va attendre qu'il rentre et on avisera à partir de là.

– Jusqu'à ce que le prochain drame éclate…

J'ai pris son visage en coupe et je l'ai forcé à me regarder.

– Ward, on va se marier. Sois patient, c'est tout.

– Je veux t'épouser depuis le jour où je t'ai rencontrée. Crois-moi, j'ai été assez patient.

– Encore un peu de patience.

Il m'a embrassée sur le front.

– Je t'attendrais éternellement. Tu le sais bien.

16

CONRAD

L'avion est entré dans l'espace aérien de JFK et s'est préparé à atterrir. J'ai jeté un coup d'œil par la fenêtre ; New York s'étendait à nos pieds.

– Home sweet home.

Roland a rangé son téléphone dans sa poche.

– La plus belle ville du monde.

– On voit que tu n'es pas resté assez longtemps en Italie.

– Ana et Francesca te manquent ?

J'ai haussé les épaules.

– Deux de perdues, vingt de retrouvées. Elles ont dit qu'elles viendraient me rendre visite un de ces quatre.

Roland m'a serré l'épaule.

– Je suis content que tu sois de retour. La ville n'est pas la même sans toi.

– Tu veux dire qu'elle est mieux, j'imagine.

J'ai collé le nez au hublot et j'ai vu le sol s'approcher à mesure que nous descendions.

– C'est tout le contraire.

– Alors, on commence par quoi ?

– Qu'est-ce que tu veux dire ? demanda-t-il.

– On va dans un club de strip-tease ? On fait la tournée des bars ?

– J'aime les mecs, alors les strip-teaseuses, très peu pour moi.

Il m'arrivait d'oublier ses préférences sexuelles, parce qu'il était exactement le même qu'avant.

– Alors on ira dans un club de chippendales. Je parie que c'est bourré de gonzesses.

– Euh, ça ne plairait pas vraiment à Heath.

– Amène-le avec toi.

– Et si on t'installait confortablement avant de bourlinguer ?

– T'as raison. Je peux crécher chez toi quelques jours ?

– C'est quoi le problème avec ton appart ?

– Je déménage.

Je ne voulais pas m'étendre sur le sujet. Je savais seulement que je ne pouvais pas dormir dans ce lit, ni même entrer dans cet appartement. Il y avait encore des pétales de roses sur les draps datant du soir où j'ai demandé Lexie en mariage. Je ne voulais plus y vivre.

– Bien sûr, tu peux rester chez moi.

– Merci, mec. Ça ne me gêne pas si Heath est tout le temps là. Honnêtement, je l'aime plus que toi.

Roland a souri à ma pique.

– Normal, c'est un mec génial.

– J'espère que tu ne penses pas au mariage.

Il m'a regardé sans rien dire.

– Sans vouloir offenser Heath, être célibataire est bien mieux que d'avoir la corde au cou. Le mariage n'est qu'un ramassis de conneries. Je suis content d'avoir échappé à cette merde.

Il a regardé ailleurs.

Après l'atterrissage, nous avons récupéré nos bagages et sommes sortis du terminal. J'ai rejoint mes parents, mon sac sur l'épaule.

– Que ce soit bien clair, leur dis-je. Pas de fête pour mon retour, compris ? S'il y en a une, je me barre. Je ne plaisante pas.

Papa et Roland ont échangé un regard.

Roland a rapidement sorti son téléphone de sa poche et s'est mis à tapoter l'écran.

Heureusement que j'en ai parlé.

– Je veux juste prendre une douche et reprendre le travail demain matin.

– Tu reviens au bureau ? s'étonna papa. Si tôt ?

– Euh... tu m'as ramené ici en me tirant par l'oreille. Et tu ne veux pas que je retourne travailler ?

– Tu devrais peut-être prendre un peu de temps d'abord.

J'ai roulé les yeux.

– C'est ce que je faisais en Italie avant que tu débarques. Et oui, je suis tout à fait en état de travailler. Arrêtez de me regarder comme si j'étais une grenade dégoupillée qui va exploser. Je n'ai jamais été aussi bien.

Papa et maman m'ont jeté un regard perplexe.

Roland a fini de taper son message groupé.

– On y va ?

– En route.

DORMIR SUR LE CANAPÉ DE ROLAND ÉTAIT UN MOINDRE MAL. J'avais pris l'habitude de dormir avec deux belles filles enroulées autour de moi, alors dormir seul était décevant. Je n'aimais pas. Ça me faisait penser à la femme avec qui je dormais tous les soirs avant. Ça me faisait réaliser que la solitude était mon pire ennemi.

Quand je me suis réveillé le lendemain, Heath et Roland étaient levés.

– Café ? demanda Heath en me tendant un mug.

– Avec plaisir, dis-je en le prenant. Ro, t'as du rhum ?

Roland a haussé un sourcil.

– T'es sérieux ?

– J'ai l'air de plaisanter ?

J'ai fouillé dans ses placards jusqu'à ce que je trouve l'alcool. J'en ai versé un doigt dans le café, puis j'ai bu une gorgée.

– Mmm... beaucoup mieux.

Heath et Roland m'ont dévisagé, effarés, mais ils n'ont
rien dit.

– Alors, qu'est-ce qu'on fait ce soir ? lançai-je.

– On pourrait aller voir le dernier James Bond au ciné,
proposa Heath.

– Bof... et si on faisait la tournée des bars ?

J'ai noué ma cravate sans regarder mes mains, puis je l'ai
resserrée et ajustée.

– Si tu veux, dit Roland.

– Cool. On se retrouve après le travail.

J'ai ramassé ma sacoche et je suis parti.

Arrivé chez Pixel, j'ai eu l'impression que c'était un jour
normal. J'ai retrouvé ma routine quotidienne et j'ai pris l'ascenseur jusqu'au dernier étage, où se trouvait mon bureau. L'endroit avait exactement la même odeur, et les employés m'ont
salué à mon arrivée. Dans le couloir, j'ai croisé Angelina, une
secrétaire. C'était une jolie brune avec de longues jambes. Je
l'aurais bien invitée à dîner, mais je ne voulais pas énerver mon
père. Avais-je le droit de sauter les filles qui bossaient ici ? Je ne
m'étais jamais posé la question.

Je me suis approché de ma secrétaire.

– Il y a des messages ?

Elle a levé les yeux et a cru halluciner.

– M. Preston, vous êtes de retour.

– Et en pleine forme. Alors, des messages ?

– Pas mal, oui...

Elle a organisé toutes ses notes.

– Posez-les sur mon bureau quand vous serez prête.

– Bien sûr, M. Preston.

Je suis entré dans mon bureau. Il était exactement dans l'état où je l'avais laissé. Le ménage ne semblait même pas avoir été fait. Mon bureau était une ville fantôme hantée par mon propre esprit. À la seconde où mes fesses ont touché le siège, la porte a valsé et Skye est entrée en trombe.

Elle m'a regardé comme si je revenais du royaume des morts. Son émotion était visible, et elle avait pitié de moi comme si j'étais un chien perdu. Je détestais ce regard. C'était pénible.

– T'es rentré...

Elle s'est approchée tout doucement, m'observant comme si j'étais une petite chose fragile.

– Ouaip. Prêt à piloter le paquebot. Je suis étonné qu'il flotte encore, depuis que je suis parti.

Elle n'a pas pouffé ni même souri. Elle a enroulé les bras autour de sa taille comme si elle était mal à l'aise.

– Comment va le bébé ?

Si je menais la conversation, elle n'irait pas sur les sujets que je voulais éviter.

– Bien. Il a donné des coups de pied.

– Ce sera un joueur de foot.

– Peut-être...

– Des infos particulières à me communiquer ? demandai-je en ouvrant mes tiroirs pour sortir mes affaires.

– Non, pas vraiment. Papa et moi, on a assuré comme des chefs.

– Cool. Il ne me reste qu'à replonger dans le bain alors.

Je lui ai fait un sourire de façade en désignant la porte d'un signe de tête.

Elle se tordait les mains, terriblement mal à l'aise.

– Conrad, je suis vraiment désolée...

– Je vais bien.

Je ne voulais pas entendre ses pleurnicheries sur ce qui m'était arrivé.

– Sérieusement, affirmai-je. N'en faisons pas une histoire à faire pleurer dans les chaumières et n'aie pas pitié de moi. Je m'en suis remis depuis longtemps. En fait, je suis plus heureux que jamais.

Son visage était plus blanc que la neige.

– J'ai évité le pire et je suis heureux que tout se soit goupillé comme ça. Alors, arrête de me regarder comme si j'étais un chien abandonné qui a besoin d'être adopté. Je vais bien. J'ai passé des vacances géniales et je n'avais pas envie d'en partir. C'est la seule chose qui me contrarie un peu.

Skye est restée plantée là.

Je lui ai indiqué la porte du menton.

– À plus tard, Skye. Je dois vraiment me mettre au travail.

Elle a opiné lentement, comme si elle devait se forcer à le faire.

– Contente que tu sois rentré, dit-elle d'une voix blanche et à peine audible.

– Moi aussi. On déjeunera ensemble cette semaine.

– D'accord.

Elle est partie en fermant la porte derrière elle. Une seconde après, elle s'est rouverte. Papa est entré, le visage voilé par la même inquiétude.

– Je vais bien, dis-je avant qu'il puisse ouvrir la bouche. Inutile de venir vérifier. Je vais très bien. Et je ne peux pas travailler si tu continues de me regarder avec cet air.

Papa a ajusté sa cravate, puis il s'est assis sur le siège face à mon bureau.

– Tant mieux.

Ouf.

– Ça tombe bien que tu sois passé parce que j'ai un truc à te demander.

– Quoi, fiston ?

Il m'appelait ainsi quand il s'inquiétait pour moi.

– J'ignore quand Sean et toi allez vous retirer des affaires, mais ça arrivera un jour ou l'autre. Comme je ne sais pas quand, j'ai besoin d'un prêt personnel.

– Un prêt pour quoi ?

– Je vais bazarder mon appart, je veux habiter ailleurs. Mais je préfère acheter pour investir dans la pierre. Tu pourras retirer les traites de mon salaire si tu veux.

– On parle de combien ?

C'était un gros montant, mais je savais qu'il me prêterait la somme. Il avait pitié de moi comme tout le monde.

– Quelques millions.

– Tu veux acheter quoi ? Une maison ?

– Non, un appartement.

– Un très bel appartement alors…

– Ne te sens pas obligé de me prêter de l'argent si tu ne veux pas. Je peux attendre d'avoir une promotion. Mais comme je déménage, j'ai pensé que ça me ferait gagner du temps et de l'argent d'acheter tout de suite, dis-je en tournant mon attention vers mon ordinateur. C'est pas grave. J'attendrai.

– Non, Conrad. Bien sûr que je vais te prêter l'argent.

Je l'ai regardé de nouveau, le visage fendu d'un grand sourire.

– Ah ouais ?

– Ouais, dit-il en hochant la tête.

– Cool, dis-je en topant une main invisible. Je vais officiellement devenir propriétaire.

Papa a souri, sincèrement cette fois.

– Félicitations. Tu as besoin d'autre chose ?

– Nan. Je suis prêt à reprendre le boulot.

– Bien.

Il s'est levé et m'a regardé d'un air sérieux.

– Si tu as besoin de quoi que ce soit, tu sais où me trouver.

– Merci papa, mais je vais bien.

– Même si c'est juste pour parler…

J'ai eu l'impression que les gens allaient marcher sur des œufs avec moi pendant un sacré bout de temps.

– Compris.

17

ROLAND

– Il a l'air d'aller bien.

Heath a posé la main sur ma cuisse en s'asseyant à côté de moi sur le canapé. La télé était allumée, mais ni lui ni moi n'y prêtions attention.

– Qui ? demandai-je.

– Conrad.

Je l'ai regardé d'un air halluciné.

– On parle bien du même Conrad ?

– Quoi ? Il est toujours de bonne humeur, il a envie de sortir et de s'éclater, et il a repris le boulot. C'est comme s'il ne s'était jamais fait plaquer par Lexie.

– Crois-moi, il a du mal à s'en remettre.

Heath a eu l'air perplexe.

– Il joue la comédie, mais je sais qu'il est terriblement malheureux, affirmai-je.

– T'en es sûr...?

– Quand Beatrice l'a largué, il était malheureux. Il se morfondait en silence et ne voulait rien faire. Il restait à la maison tous les soirs, vautré devant la télé. Là, il fait semblant d'aller bien parce que Lexie lui a fait bien plus de mal que Beatrice. Il ne peut tout simplement pas le supporter.

– Peut-être, convint Heath en haussant les épaules.

– Non, pas peut-être.

Je connaissais très bien mon meilleur pote. Je savais exactement ce qu'il faisait. Il pouvait continuer d'afficher un air jovial comme si tout allait bien, je savais qu'il était carbonisé à l'intérieur. Je ne pouvais rien faire de plus pour lui que veiller à ce qu'il ne fasse pas de conneries. En parler ne mènerait à rien. Il était fermé comme une huître.

La porte s'est ouverte et Conrad est entré.

– Quoi de neuf ?

Il était de bonne humeur, comme toujours.

– On regarde le match, dit Heath. Comment c'était au bureau ?

– Comme d'hab. J'ai gagné un paquet de fric en signant de la paperasse.

Conrad a pris une bière dans le frigo.

– Rien d'intéressant à raconter ? demandai-je.

– Nan, dit-il en s'affalant sur l'autre canapé. Enfin, rien d'intéressant ne s'est passé au bureau. Mais un truc très intéressant s'est passé après.

Il a probablement sauté une nana dans le métro.

– Quoi ?

– J'ai trouvé un appart.

– Si vite ? s'étonna Heath. Tu n'es revenu que depuis quelques jours.

– Tu peux rester ici plus longtemps, dis-je. Rien ne presse.

– Je sais. Mais c'est un super endroit. J'ai hâte de vous le montrer. J'ai fait une offre et je suis presque sûr que je vais l'avoir.

– Une offre ? répéta Heath.

– Tu veux acheter ?

Je pensais qu'il allait louer.

– Ouaip, dit-il le sourire fendu jusqu'aux oreilles. C'est le penthouse le plus incroyable du monde. Tu te souviens de celui de Skye ? Eh bien, il est mille fois mieux. Il est juste à côté de

Central Park. Il a des baies vitrées immenses, des comptoirs en granit et du parquet en chêne massif dans toutes les pièces. Il paraît que Taylor Swift y a vécu plusieurs années avant d'acheter un immeuble.

J'étais heureux pour lui, mais je n'étais pas sûr que ce soit le meilleur moment pour acheter un bien immobilier. Il n'était pas dans son état normal en ce moment.

– Ça doit coûter un bras.

– Tu m'étonnes, dit-il comme si le prix ne le préoccupait pas. Papa m'a donné une avance sur salaire.

Qu'est-ce qui lui a pris, bon sang ?

– Il déduira les traites de mon salaire jusqu'à ce qu'il prenne sa retraite. Puis il continuera sur mon prochain salaire, dit-il en étendant le bras sur le dossier du canapé. C'est un endroit de malade. Vous devez absolument venir le voir. Je devrais avoir des nouvelles de l'agent immobilier dans deux ou trois jours.

Il était important que je l'encourage, mais je n'arrivais pas à masquer mes craintes.

– Conrad, tu crois que c'est le meilleur moment pour acheter ?

– Pourquoi ça ne le serait pas ? J'ai besoin d'un appart de toute façon.

– Pourquoi tu ne loues pas ?

– Pourquoi ne pas acheter ? dit-il sur la défensive. Quand tu loues, tu paies le crédit d'un autre. Tu raisonnes comme si je n'avais pas de fric ou quoi ?

– Non, ce n'est pas ce que j'insinue.

– Alors qu'est-ce que tu insinues ? se braqua Conrad. Qu'un adulte ne peut pas prendre ses propres décisions ? J'ai acheté une Tesla et ça ne t'a pas fait flipper.

– Parce que c'est une bagnole à cent mille dollars, arguai-je. Pas cinquante millions.

Heath est intervenu sentant que la tension grimpait d'un cran.

– Holà, du calme. Conrad, on est très heureux pour toi et ton nouvel appart. Évidemment qu'on aimerait bien le visiter. Roland, on est ravis pour Conrad et ses nouvelles conditions de vie. Il est visiblement très heureux.

– Merci, dit Conrad en regardant Heath.

– Je suis content pour toi, dis-je. Je veux juste être sûr que tu ne fais pas une erreur.

– Je ne fais pas d'erreurs, rétorqua froidement Conrad. Plus maintenant.

Son insinuation était lourde comme une enclume.

– On t'aidera à déménager, proposa Heath.

Conrad a avalé une longue gorgée de bière avant de réagir.

– Je n'emporte rien. Je vais tout bazarder, sauf les fringues et les trucs de cuisine.

– Ah bon ? m'étonnai-je. Tu ne venais pas d'acheter plein de matos ?

Conrad a gardé les yeux rivés sur la télé.

– Je n'en veux pas, c'est tout.

– Eh bien, on peut t'aider quand même, dit Heath.

Conrad a acquiescé.

– En fait, ça m'aiderait beaucoup. Si vous pouviez emballer mes affaires et les mettre dans des cartons... les déménageurs s'occuperont du reste.

Pourquoi ne veut-il pas faire ses cartons lui-même ?

Le regard perplexe de Heath m'a indiqué qu'il pensait la même chose.

J'ignorais pourquoi il nous faisait une demande si bizarre, mais j'ai supposé que c'était lié à Lexie. Il avait sans doute peur qu'elle passe à l'appartement. Peut-être qu'il ne voulait plus respirer l'air du lieu où ils avaient vécu. Va savoir. Mais au lieu de poser la question, j'ai laissé tomber. Plus vite ce serait fini, plus vite Conrad tournerait la page.

– Aucun problème.

JE DORMAIS PROFONDÉMENT QUAND J'AI ENTENDU DES BRUITS étouffés.

Ça m'a légèrement réveillé, mais j'étais trop mort pour bouger. J'ai choisi de les ignorer et de retourner dans les bras de Morphée.

Puis je les ai entendus de nouveau.

Heath a bougé à côté de moi.

– C'est quoi ce bruit ?

Maintenant, j'étais bien réveillé. Impossible de me rendormir. Je me suis assis et j'ai plissé les yeux pour les habituer à l'obscurité.

– Je ne sais pas. Je...

– Oh... Conrad, souffla bruyamment Heath. Je crois que j'ai compris.

Des gémissements étouffés continuaient de provenir du salon. Le canapé bougeait, ses pieds frottant contre le plancher.

– On va devoir le jeter, dis-je en me rallongeant.

Heath s'est blotti contre moi.

– Ou laisser en permanence un plaid dessus... Dis-moi, ton pote avait deux nanas pendant tout son séjour en Italie, et maintenant ça ? Je dois reconnaître qu'il est chaud.

– Il n'a jamais été comme ça. Même à l'université, quand il envoyait la sauce, il n'était pas comme ça.

– Tu sais ce qu'on dit : pour se remettre une femme, il faut en mettre une autre.

– Et je crois que Conrad a l'intention de s'envoyer toutes les femmes de New York.

Heath a fermé les yeux.

– Il est sur une bonne voie.

———

APRÈS M'ÊTRE DOUCHÉ ET HABILLÉ, JE SUIS ENTRÉ DANS LE SALON. Nus et enveloppés dans un drap, il y avait Conrad en compagnie d'une brune bien roulée. Malgré sa stature imposante, il arrivait à tenir dans le canapé, la fille sur lui.

J'ai fait du café, puis jeté un œil à l'horloge du four. Si Conrad ne se réveillait pas rapidement, il allait être en retard au travail. Je suis retourné dans le salon et je me suis penché au-dessus du canapé.

– Conrad.

Aucun des deux n'a bougé.

– Conrad, dis-je plus fort.

Il a fini par ouvrir les yeux en soupirant.

– Hum ?

– Réveille-toi. Tu vas être en retard.

La brune a ouvert les yeux et tiré le drap sur sa poitrine d'un air gêné.

– T'inquiète, il est gay.

Heath est apparu dans le couloir dans sa tenue de travail.

Conrad s'est assis, laissant le drap à la fille. Il s'est frotté les yeux en bâillant bruyamment. Il était complètement à poil, mais il semblait s'en foutre.

Heath le matait, les yeux écarquillés.

J'ai toussoté.

– Te gêne pas.

Il a rapidement détourné le regard d'un air coupable et a attrapé sa sacoche.

– On doit convenir d'un signal pour la prochaine fois, dit Conrad d'une voix ensommeillée. J'oublie tout le temps de prévenir.

La brune s'est assise et collée contre son dos.

– Tu m'as vraiment épuisée cette nuit...

Conrad a pouffé.

– J'ai tendance à y aller à fond.

J'ai grimacé.

Ils pensent vraiment qu'il suffit de chuchoter pour qu'on ne les entende pas ?

– Tu dois vraiment prendre un appart, dit-elle. C'est nul de squatter le canapé de tes potes.

– J'aurai très bientôt un appart.

Conrad s'est levé et a ramassé ses affaires, mais il ne s'est pas habillé.

De plus en plus gêné, Heath s'est dirigé vers la porte.

– À plus, lança-t-il, trop pressé pour dire au revoir.

Dès qu'il est parti, je m'en suis pris à Conrad.

– Ça va ? Tranquille, Bill.

– Quoi ? Tu m'as déjà vu à poil.

– Moi oui, mais pas mon mec, répliquai-je. Range ta camelote.

– Oh, désolé, dit-il en se frappant le front. J'oublie parfois que je suis à poil.

– Eh bien, n'oublie plus.

La fille a commencé à jouer les pots de colle.

– Tu m'appelles, d'accord ?

– Après cette nuit, tu peux en être sûre. Bon, je dois aller bosser.

Il lui a fait un smack rapide avant de s'écarter.

– J'espère te revoir vite, insista-t-elle en faisant la moue.

– Peut-être, peut-être pas, répondit Conrad en filant sans se retourner.

Après son départ, je me suis retrouvé seul avec la brune.

Putain, c'est trop glauque.

– Euh... je te laisse t'habiller. Ravi de t'avoir rencontrée.

En réalité je ne connaissais pas son prénom ni elle le mien. J'ai pris mon portefeuille, mes clés et je suis sorti, ne voulant pas rester ici plus longtemps.

Même si Conrad était mon cousin, je savais qu'il était bien gaulé. La dernière chose que je voulais était que Heath voie ce qu'il a vu. Ça allait rendre la cohabitation gênante et tendue.

Mais c'était déjà gênant et tendu de toute façon.

18

SLADE

– SKYE VA M'AIDER À ÉTIQUETER LES CARTONS, ANNONÇA Trinity. Puis les gars et toi pourrez charger le camion. D'accord ?

Ses cheveux blonds étaient attachés en une queue de cheval souple et soyeuse. Elle portait un pantalon de yoga moulant qui rehaussait son cul à merveille, et un haut court qui mettait en valeur sa taille fine.

– Slade ?

J'étais penché sur le comptoir à lui mater le cul.

– Hmm ?

– Qu'est-ce que tu fais ?

Je me suis redressé.

– J'adore les pantalons de yoga. Un vrai don du ciel.

Elle a roulé des yeux, mais je savais qu'elle appréciait le compliment.

– Qui vient nous aider ? demanda-t-elle.

– Tu viens de dire Skye.

– Je veux dire pour charger les cartons ? T'as demandé à Roland et Theo ?

En fait, je n'avais demandé qu'à Cayson. Mais j'essayais de lui cacher, sinon elle allait m'engueuler. Mon but était de les réunir subtilement dans la même pièce, Skye et lui. Ils ne s'étaient pas parlé depuis leur grosse dispute. Je jouais les cupidons, bien que ce ne soit pas mon domaine d'expertise.

– Au fait, t'as assez de marqueurs ?

Changer de sujet était intelligent. Je ne pouvais pas lui mentir, alors c'était ma seule option.

– Ouaip, dit-elle en me montrant le paquet. De couleurs différentes. Comme ça, chaque couleur représente une pièce différente. Vert pour la cuisine, alors tout ce qui va dans la cuisine sera étiqueté en vert...

J'ai arrêté de l'écouter, car je m'en fichais complètement.

– Bien joué, bébé. T'es trop brillante.

– Merci.

Elle a souri, puis ouvert le paquet de marqueurs.

Un toc-toc s'est fait entendre, puis la porte s'est ouverte. Skye est entrée, vêtue d'une longue robe qui lui descendait aux chevilles. Ses cheveux étaient attachés en un chignon serré. Je ne la trouvais pas moche, mais je ne voyais pas ce que Cayson lui trouvait.

– Ton assistante est là.

– Ma radieuse assistante, renchérit Trinity en l'étreignant, puis touchant son ventre. Comment va le bébé aujourd'hui ?

– Plutôt tranquille. Il n'a pas donné beaucoup de coups.

– Il va s'énerver à l'heure du déjeuner.

Skye a ri.

– Comme sa maman.

Maladroitement, j'ai tapoté son bras.

– Yo.

J'avais du mal à la voir comme avant, sachant qu'elle avait arraché le cœur de mon meilleur pote.

– Salut...

Elle ressentait visiblement le malaise.

Trinity a tenté de dissiper la tension.

– Skye, tu es responsable de l'étiquetage. J'ai tous les marqueurs dont tu auras besoin ici. J'ai pensé faire un code de couleurs pour que tout soit bien organisé. Slade trouve que c'est une excellente idée.

– Ouaip.

En réalité, je m'en moquais. Je préférais le chaos à l'ordre. J'ai perdu des tonnes de trucs quand Trinity et moi avons emménagé ensemble, mais je savais qu'ils étaient cachés quelque part et qu'ils finiraient par réapparaître.

– Roland et Theo viennent nous aider pour les tâches physiques, dit Trinity.

J'ai baissé les yeux pour qu'elles n'y voient pas la culpabilité.

Skye a soupiré.

– Oh, tant mieux.

De toute évidence, elle s'attendait à voir Cayson.

– Mettons-nous au boulot, dit Trinity en tapant des mains. Allez hop !

Skye a regardé la panoplie de marqueurs, puis a pris un morceau de papier et s'est mise à faire une légende des couleurs.

– Ça nous sera utile.

J'ai posé quelques cartons sur le comptoir pour qu'elle n'ait pas à bouger pour les étiqueter. Ils n'étaient pas lourds, mais je préférais ne pas la laisser soulever quoi que ce soit. Sinon, Cayson me buterait.

Puis la porte s'est ouverte et il est entré comme s'il était chez lui. Il portait un jean et un vieux t-shirt de Harvard.

– Les bras sont là, annonça-t-il en bandant les biceps.

Skye s'est arrêtée pour le foudroyer du regard. Elle n'était pas heureuse de le voir — pas le moins du monde.

– Qu'est-ce qu'il fout ici ? demanda Trinity, qui semblait furieuse elle aussi.

– Je lui ai demandé de l'aide, dis-je en feignant l'innocence, comme d'habitude. Mon point fort.

– Tu m'as dit que Roland et Theo venaient.

– En fait, non. Tu m'as demandé s'ils venaient et je n'ai pas répondu.

Elle a croisé les bras comme pour s'empêcher de me frapper.

– Je t'ai demandé de trouver de l'aide.

– Et j'ai trouvé Cayson.

Frustrée, elle a levé les bras en l'air.

– Pourquoi t'as demandé à cette ordure ?

– Parce que ce n'est pas une ordure — et il est balèze.

Cayson essayait de jouer l'indifférence.

– Il est déjà là. Laisse-le aider. Cayson est mon meilleur pote, tu te souviens ? Je veux qu'il soit là. Il n'a rien fait de mal et il ne mérite pas d'être ostracisé de la bande.

– C'est un sale trompeur, siffla Trinity en brandissant un doigt vers moi. Pas de sexe pendant deux semaines.

– Bonne chance pour tomber enceinte.

La vapeur lui sortait presque par les oreilles.

J'adorais le fait qu'on essaie de faire un bébé, car ça empêchait Trinity d'utiliser le sexe contre moi. Elle n'avait plus que ses gifles, mais ça ne faisait que m'allumer.

– Slade Ryan Sisco, t'es un vrai connard.

– Bébé, du calme. Tu crois que ça va changer un jour ? Cayson sera toujours là, surtout après l'arrivée du petit Thompson. Tu vas vraiment l'exiler pour toujours ?

Trinity a pincé les lèvres comme si elle était à court de répliques.

– Ça va, dit Skye tout bas. Slade a raison. On ne pourra jamais s'en débarrasser complètement, alors autant apprendre à vivre avec lui.

– Beurk, grimaça Trinity. C'est comme une charogne. Qui sait quelles ITS il a ?

Cayson a retenu sa langue, mais il voulait visiblement riposter. Je savais qu'il s'en empêchait seulement à cause de moi.

– Bon, par quoi on commence ? demanda-t-il.

– Skye et Trinity étiquettent les cartons, expliquai-je. On les porte au camion en bas.

– Compris. Et c'est tout ce que Skye fait, hein ?

Skye lui a lancé un regard noir.

– Ce que je fais ne te regarde pas.

Trinity s'est penchée vers moi et m'a murmuré à l'oreille.

– Tu vois, c'est pour ça que tu ne devrais pas l'inviter.

Je me suis écarté pour ne plus avoir à l'entendre.

Nous nous sommes mis à la tâche et l'ambiance est restée tendue pendant la première heure. Chaque fois que Cayson prenait un carton que Skye venait de finir, il y avait tellement d'électricité dans l'air que ça semblait électrocuter tout le monde. La haine exsudait d'eux, mais aussi la passion et le désir. Je le voyais chaque fois qu'ils se rapprochaient. Puis j'ai remarqué que Cayson portait encore son alliance et que Skye portait aussi la sienne.

Il y a encore de l'espoir.

Nous avons poursuivi notre travail, prenant seulement des pauses pipi et pour boire de l'eau. Cayson était en nage à force de monter et descendre l'escalier. Son front était perlé de sueur.

– Enlève ton t-shirt, lui glissai-je à l'oreille.

– Quoi ?

– Enlève ton t-shirt.

– Pourquoi ?

– J'essaie de t'aider, vieux.

– J'aurai l'air con s'il n'y a que moi qui le fais.

– Très bien. Je vais le faire aussi.

J'ai ôté mon t-shirt et je l'ai balancé sur le canapé. Je préférais être torse nu de toute façon. Mes tatouages étaient visibles, et pouvaient donc être admirés. J'ai guetté la réaction de Skye lorsque Cayson a ôté le sien. Il était baraqué et la sueur rendait ses abdos encore plus sexy. J'étais hétéro, mais je savais que mon meilleur pote était bien gaulé. Skye a mordu à l'hameçon et l'a maté discrètement.

Elle en pince encore pour lui.

Je lisais beaucoup sur la grossesse maintenant que Trinity allait bientôt porter mon enfant, et je savais que les femmes enceintes passaient par des montagnes russes d'émotions à cause des hormones, qui attisaient également leur désir sexuel. D'après mes recherches, la plupart des femmes étaient plus excitées pendant leur grossesse qu'avant, et c'était un effet secondaire fréquent des hormones féminines. En fait, Skye était probablement sur ces montagnes russes en ce moment même. Cayson ne la récupérerait peut-être pas avec les mots et la raison, mais il avait une chance de le faire avec le sex-appeal.

J'ai le pressentiment que ça va marcher.

Trinity a marché vers moi, l'air furax.

– Remets ton t-shirt.

– Je crève de chaleur.

– Je ne veux pas que tu sortes dehors comme ça.

Je l'ai regardée des pieds à la tête.

– Et les pantalons de yoga ? répliquai-je.

Elle a croisé les bras, frustrée.

– Je ne te dis pas comment t'habiller, même quand tu portes tes mini-jupes et tes talons aiguille pour aller bosser, continuai-je. Alors, ne me dis pas de remettre mon t-shirt pendant qu'on déménage.

Ses yeux étaient en feu.

– Tu me pousses à bout aujourd'hui...

Lorsque nous serions dans notre nouveau penthouse surplombant la ville, elle n'aurait plus de raison d'être dans tous ses états.

– Remettons-nous au travail, dis-je.

– Très bien, dit-elle en marchant jusqu'à la chambre et fermant la porte.

J'avais l'impression qu'elle traficotait quelque chose.

Cayson s'est approché de Skye en attendant le prochain carton.

– Comment tu vas ?

– Bien, dit-elle sans le regarder.

– T'as faim ? Soif ?

– Si c'était le cas, j'irais me chercher à manger ou à boire moi-même, répondit-elle froidement.

– Je demandais juste.

– Eh ben, ne demande pas, s'irrita-t-elle.

Peut-être que mon plan ne marche pas.

Cayson a pris le carton et il est sorti. Dès qu'il a eu le dos tourné, Skye a posé le regard sur lui. Elle a reluqué son dos et son cul alors qu'il passait la porte.

– T'aimes ce que tu vois ? demandai-je.

Elle a bronché en réalisant que je l'avais coincée.

– Pardon ?

– Il a un beau cul, hein ?

Elle a plissé les yeux.

J'ai développé mon argumentaire.

– Tu sais, un mec comme ça ne restera pas célibataire long-temps. Si tu demandes le divorce, toutes les filles de New York se jetteront à ses pieds. Tu veux vraiment perdre ce que tu as ?

Elle a détourné le regard.

– Pour autant que je sache, il a déjà couché avec toutes les filles de New York.

– Ne sois pas comme ça.

Quand Trinity est sortie de la chambre, j'ai vu qu'elle s'était changée. En fait, elle ne portait presque rien. Un mini short qui lui couvrait à peine le cul, des talons tellement hauts qu'ils faisaient paraître son cul encore plus gros, et un haut minus-cule qui dévoilait son ventre mince et son piercing de nombril.

On aurait dit une prostituée.

Ça m'excitait, mais là n'était pas la question.

– Trinity, qu'est-ce que tu fabriques, bordel ?

– Je me suis mise à l'aise, répondit-elle en remplissant un carton de vaisselle.

– Ta tenue a l'air très inconfortable.

– Nan. Elle est très confortable.

Je n'arrivais pas à croire sa mesquinerie. J'avais seulement enlevé mon t-shirt pour aider mon pote. Mais je ne pouvais pas dire ça devant Skye.

– Change-toi. Tout de suite, ordonnai-je.

– Non.

– C'est pathétique. Et ce n'est pas du tout la même chose.

Elle empilait toujours la vaisselle dans le carton.

– Fous-moi la paix.

– Pour qu'on soit quittes, faudrait que j'enlève mon jean.

– Je porte un jean.

– Tu portes une petite culotte en jean, m'énervai-je. Maintenant va te changer, bordel de merde.

– T'es tellement hypocrite. Remets ton t-shirt.

J'ai serré les dents.

– Très bien. Si tu te changes.

– Toi d'abord.

Elle me mettait au pied du mur et j'ignorais quoi faire d'autre. Je ne voulais pas qu'elle sorte en public habillée comme ça. Les mecs la dévoraient déjà assez des yeux comme ça. J'ai repris mon t-shirt sur le canapé et je l'ai enfilé.

– Voilà. T'es contente ?

– Très.

Elle est retournée se changer dans la chambre.

J'ai secoué la tête en me remettant au boulot.

– Si elle n'était pas aussi foutrement sexy...

Skye a pouffé.

– Tu veux dire, si tu ne l'aimais pas autant.

– LA VACHE, C'EST LA CLASSE, siffla CAYSON EN REGARDANT autour de lui.

– N'est-ce pas ? dis-je tout fier. C'est un appart de ouf. C'est dans ces moments-là que je suis heureux d'avoir une femme pleine aux as.

– Je ne l'étais pas quand tu m'as épousée, répliqua Trinity.

– Presque.

Skye a croisé les bras sur sa poitrine en balayant l'endroit des yeux.

– C'est génial, s'émerveilla-t-elle.

– Il y a un deuxième étage. Comme ça, les gosses seront loin de papa et maman pendant qu'on s'enverra en l'air, dis-je en remuant les sourcils.

Trinity a roulé les yeux théâtralement.

– Ouais, c'était notre seule raison d'avoir un deuxième étage.

– Bon, je vais commencer à décharger le camion, dit Cayson en sortant.

Skye l'a suivi des yeux avant de s'aventurer plus loin dans l'appart.

Maintenant que j'étais seul avec ma femme, j'ai parlé librement.

– J'ai besoin d'une faveur.

Elle a poussé un soupir irrité.

– On ne va pas coucher ensemble maintenant. Ça peut attendre.

– Non, c'est autre chose.

– Waouh… c'est une première, dit-elle en me donnant toute son attention.

– J'ai besoin que tu sondes le terrain avec Skye.

– À quel sujet…?

C'était un peu gênant, et j'étais mal à l'aise de le dire tout haut.

– Si elle a des… perturbations hormonales…

– Comme des sautes d'humeur ?

– Genre…

– Sois plus clair.

J'ai décidé de cracher le morceau.

– Si elle a le feu au cul.

Elle a sourcillé.

– Pourquoi ?

– J'ai besoin de le savoir.

– Et comment je fais pour le savoir ?

– Tu lui demandes.

– Je ne vais pas lui demander ça, dit-elle l'air outrée.

– Les nanas parlent de trucs comme ça tout le temps. Sois cool, c'est tout.

– Même si j'étais cool, pourquoi je lui demanderais ça ?

– J'ai besoin de le savoir, d'accord ?

Ça a semblé éveiller ses soupçons.

– Si Cayson pense qu'il peut la reconquérir en la séduisant, il se fourre le doigt dans l'œil.

– Et si tu obtenais l'information et que tu me laissais m'occuper de lui ?

– Ça ne les remettra pas ensemble. Cayson a eu sa chance, et il a merdé.

J'ai senti la colère monter.

– Merdé ? En refusant de mentir et choisir la solution facile ? Non, Trinity. Ce qu'il a fait était honorable.

Skye est revenue dans la pièce.

– Cet appart est parfait, s'enthousiasma-t-elle. Il y a amplement de place pour vous deux et des gosses.

– Demande-lui, chuchotai-je à Trinity.

Elle m'a lancé un regard noir, mais n'a rien dit.

J'ai changé de sujet pour que Skye ne trouve pas ça louche.

– Et j'aurai ma propre tanière de mec pour mes instruments et mes cigares.

– Dans le garage ? railla-t-elle.

– Nan, dis-je avant de sortir.

TOUT LE MONDE OUVRAIT LES CARTONS ET RANGEAIT LEUR contenu dans l'appartement. Je remettais la table basse à sa place, sentant mon t-shirt me coller à la peau à cause de la sueur. Ma femme avait omis de m'annoncer qu'elle avait commandé un nouveau tapis, alors j'avais dû bouger la table, puis la remettre dans le salon après avoir installé le tapis.

Trinity m'a tendu un verre.

– N'oublie pas de t'hydrater.

Je me suis redressé pour prendre le verre.

– C'est pas de la bière, remarquai-je.

– Je sais. Maintenant, bois.

Je l'ai descendu d'un coup, puis posé sur la table.

Trinity a parlé tout bas.

– Elle a dit oui.

– Qui a dit quoi ?

Elle s'est rapprochée.

– Skye. Elle a dit oui.

Un sourire s'est dessiné sur mes lèvres.

– Tu lui as demandé ?

– Ben, tu m'as demandé de le faire.

– Je commence à penser que tu crois Cayson…

– Pas du tout, s'énerva-t-elle. Je l'ai fait pour mon mari.

Elle a repris le verre et s'est éloignée.

Cayson était de l'autre côté de la pièce à s'occuper de la table de cuisine. Il était absorbé par son travail et semblait perdu dans ses pensées. Je me suis approché de lui et j'ai fait mine de l'aider.

– Mec, j'ai un truc à te dire.

– Je t'écoute, dit-il en vissant un boulon.

– Skye a le feu au cul.

Il s'est arrêté et s'est tourné vers moi, hébété.

– Hein ?

– Trinity vient de me le dire. Ses hormones roulent à fond la caisse.

– Pourquoi on discute de la libido de ma femme ?

– Parce que c'est ton ticket d'or, mec.

Cayson a semblé plus perplexe que jamais.

– Comme dans *Charlie et la Chocolaterie* ?

– Non, m'impatientai-je. Séduis-la et elle est à toi. Je te dis, mec, le sexe est un remède miracle. Quand Trinity veut me trucider, je lui fais l'amour et tout rentre dans l'ordre comme par magie.

– La situation est différente, Slade.

– Tu veux retrouver ta femme ou pas ?

Pourquoi il fait son difficile en ce moment ?

– Mec, elle ne me laisse même pas toucher son ventre.

– Pourquoi tu lui toucherais le ventre ?

– Parce qu'il y a mon bébé là-dedans.

– Ah ouais. J'avais oublié.

– Si elle ne me laisse même pas faire ça, tu crois qu'elle me laissera faire autre chose ?

– Alors, fais-le quand même.

Cayson m'a regardé comme si j'étais cinglé.

– Je le fais à Trinity tout le temps, expliquai-je. Elle fait semblant qu'elle ne veut pas parce qu'elle est fâchée contre moi, mais quand je la plaque contre le lit et que je lui fourre ma bite dans la chatte, elle fond littéralement.

– Encore une fois, la situation est différente. Je ne peux pas faire ça à Skye en ce moment. Ce serait la violer.

– Peu importe. Dès que tu seras dans sa chatte, elle ne voudra plus que tu en sortes. Crois-moi, je sais de quoi je parle.

– Non. Ça ne marchera pas.

J'ai soupiré parce qu'il ne me facilitait pas la tâche.

– Alors, tu dois trouver autre chose. Des fleurs ? Oh, je sais. Tu pourrais mettre un porno sur son ordi pour l'émoustiller.

Cayson a levé les yeux au ciel.

– Laisse tomber, Slade.

– Qu'est-ce que tu fais d'habitude ? C'est quoi ton truc ?

– Je n'ai pas de truc. Je la regarde et je l'embrasse. C'est tout.

– Ben... tu vas devoir faire mieux que ça.

– Slade, oublie. Ça ne marchera pas.

– On est à court d'options, Cayson.

Parfois, j'avais l'impression de vouloir qu'ils se remettent ensemble plus que lui.

– Je vais la récupérer. T'en fais pas.

– Je sais bien, mais je veux accélérer le processus avant qu'on découvre le pot aux roses.

– Je me fiche qu'on apprenne la vérité.

– Vraiment ?

Il aurait pourtant intérêt à s'inquiéter.

– Tout le monde saura que je suis innocent.

– Comme Trinity...?

– Trinity est trop loyale envers Skye. Elle prend son parti dans n'importe quelle situation — comme elle se doit.

– Tu ne trouves pas que Trinity est hyper chiante ? Je sais que c'est ma femme et tout, mais elle est rosse avec toi.

– Non, elle fait exactement ce qu'une amie devrait faire. Je ne m'attends à rien de moins de sa part.

Il a fini d'assembler la table, puis l'a retournée sur ses pieds.

– J'imagine.

– Merci de te soucier de moi, mais je vais me débrouiller tout seul, Slade. Crois-moi, je ne baisserai pas les bras, quoi qu'il arrive.

– Eh ben, tu ferais mieux d'agir vite. Elle t'a demandé le divorce.

– Non. Elle a seulement dit ça parce qu'elle était sortie de ses gonds.

En fait, je pensais qu'elle était sérieuse, mais je n'avais pas le cœur à lui dire.

– Eh ben, je suis là si t'as besoin d'aide.

– Je sais, vieux. Mais je peux me débrouiller seul.

QUAND SKYE ET CAYSON SONT PARTIS, IL N'EST PLUS RESTÉ QUE ma femme et moi.

– Alors, commençai-je en traversant le salon, où tu veux baptiser l'appart ? Sur le canapé ? suggérai-je en tapotant l'accoudoir. Ou bien sur la table ? dis-je en testant la solidité des pieds. Ou encore par terre ? ajoutai-je en tapant du pied.

Trinity a croisé les bras sur sa poitrine, ne semblant pas du tout intéressée par mes suggestions.

– Qu'en dis-tu ? demandai-je en me tournant vers la baie vitrée et regardant la ville à nos pieds. Ooh... et si on le faisait contre la fenêtre ? Je pourrais te pencher sur une chaise et te baiser devant toute la ville, proposai-je en me retournant, scrutant son visage à la recherche d'un signe d'intérêt. Hein, bébé ?

– Non.

Depuis quand ma femme refuse du sexe ?

– Non ? T'as une autre idée en tête ?

– La baignoire.

La nôtre était si grande qu'elle ressemblait à un jacuzzi. Elle faisait deux fois la taille de celle dans notre ancien appart et celle dans la maison de Trinity à Cambridge. Baiser là-dedans était un peu incommode, mais si c'est ce qu'elle voulait, elle l'aurait.

– Très bien.

Trinity a dispersé les bougies dans la salle de bain et les a allumées. Puis elle a fait couler l'eau et versé du bain moussant. Un parfum de vanille a vite empli la pièce faiblement éclairée par la lumière des flammes.

– Cette baignoire est tellement grande qu'on pourrait inviter Skye et Cayson à se joindre à nous.

– On pourrait, mais on ne devrait pas pour autant, dit-elle en se glissant dans l'eau et s'adossant à la paroi.

Je me suis déshabillé, puis je suis entré dans l'eau. Il y avait assez de place pour qu'on soit tous les deux assis sans se toucher. Il y avait même une fenêtre par laquelle nous pouvions admirer la ville à côté de la baignoire.

– Cet endroit est dingue.

– Il me plaît aussi.

Je l'ai attrapée dans l'eau et assise sur mes genoux. Elle a posé la tête sur mon épaule et enroulé un bras autour de mon cou. À en croire son silence et son affection, quelque chose la tracassait.

– Qu'est-ce qu'il y a, bébé ?

Nous devrions être heureux en ce moment. Nous avions une vie de rêve.

– C'est juste que... non, oublie.

– Dis-moi.

– Je ne veux pas que tu t'énerves.

Ça m'a glacé le sang.

– Pourquoi je m'énerverais ?

– Je ne veux pas que tu le prennes mal, c'est tout.

– Je le prendrai comme tu veux, dis-je en posant un baiser sur son front.

– D'accord... Je ne veux jamais qu'on divorce.

Je ne m'attendais pas à ça.

– Je ne veux jamais qu'on traverse les épreuves de Skye et Cayson. Je ne veux jamais que tu me trompes. Skye gère la situation remarquablement bien. À sa place... je ne pourrais même pas sortir de mon lit.

J'ai étudié la tristesse dans son regard.

– Je te promets qu'on ne vivra jamais ça.

J'avoue que ça me blessait qu'elle s'inquiète pour ça, mais je lui avais promis de ne pas mal le prendre.

– Trinity, je ne ferai jamais ça. Je serai toujours fidèle quoi qu'il arrive. Je ne veux personne d'autre que toi. Je ne t'aurais pas épousée à moins de ne pas pouvoir vivre sans toi. Tu es ma meilleure amie, et je ne ferais jamais de mal à ma meilleure amie.

La tristesse luisait encore dans ses yeux.

– Tu n'auras jamais à t'en faire pour ça.

– Mais Skye et Cayson sont faits l'un pour l'autre. Cayson était raide dingue d'elle, puis il a...

– Il n'a rien fait, Trinity. Je sais qu'on a convenu de ne pas en parler, mais ne remets pas ma fidélité en question à cause de ça. Je sais que Cayson est innocent, alors ton insécurité est mal placée.

Elle a fixé les bulles dans l'eau.

– Je ne sais pas ce que je ferais sans toi. Je serais sans doute faible comme Skye et je te reprendrais...

– Je ne te donnerai jamais de raison de me quitter.

– Mais quand on aura des gosses, mon corps ne sera plus le même. Et si je ne t'attirais plus ?

C'était le truc le plus stupide que j'avais entendu de ma vie.

– Trinity, ça n'arrivera jamais.

– Je pourrais avoir des vergetures.

– Et alors ? Ça ne me dérangerait pas. Et si elles te dérangent, tu peux te faire tatouer un truc par-dessus.

– Je pourrais engraisser...

– T'es déjà trop mince, bébé.

– Je pourrais avoir un gros cul.

– Ooh... ça me plairait, dis-je en remuant les sourcils.

Elle a enfin gloussé.

– Bébé, quel que soit ton poids, je t'aimerai toujours pour qui tu es, dis-je en posant la main sur son cœur. Mon attirance n'est pas seulement superficielle. Elle va jusqu'au fond. Je trouve que t'es la plus belle femme au monde à cause de qui tu es, pas de ton physique. Remarque, t'es foutrement sexy. Et je sais que tu seras toujours foutrement sexy après m'avoir donné des enfants. Alors, ne t'en fais pas.

– Vraiment ? chuchota-t-elle.

– Vraiment, dis-je en frottant mon nez contre le sien. T'es la seule femme que je remarque. Toutes les autres nanas sont des silhouettes floues. Je ne les remarque plus comme avant. L'autre jour, une strip-teaseuse est passée au salon et les mecs ont dit que c'était la meuf la plus bandante qu'ils avaient jamais vue. Je ne lui trouvais rien de spécial. Elle ne t'arrivait pas à la cheville.

Trinity a souri.

– Je suis le mari le plus amoureux au monde, Trin. Tu n'auras jamais à t'inquiéter de ce que font mes yeux ou ma bite.

Elle a hoché la tête lentement.

– D'accord, dit-elle en posant la tête sur mon épaule.

Je lui ai embrassé la tempe.

– Je t'aime, ma femme.

– Je t'aime aussi, mon mari.

19

RYAN

Mon portable a sonné dans ma poche, aussi j'ai répondu.

– Yo. Quoi de neuf, Razor ?

– Salut, vieux. Il y a un genre de fuite au salon.

Une fuite ? Pourquoi Slade ne m'a pas appelé ?

– T'es sûr ?

– Je suis revenu après la fermeture parce que j'avais oublié mon portefeuille. C'est là que j'ai remarqué l'eau. On dirait que ça vient d'en haut.

– T'as appelé Slade ?

C'était son problème, pas le mien.

– Ouais, mais il répond pas. Je sais qu'il est en plein déménagement.

J'étais censé rejoindre Sean pour jouer au basket et dîner. Si je m'en occupais rapidement, je serais sans doute à l'heure. Il partait du Connecticut, après tout.

– J'arrive tout de suite.

Il y avait une flaque d'eau dans l'entrée du salon. Heureusement, ça n'avait pas fait de gros dégâts. Si Razor n'était pas revenu, ça aurait été un problème encore plus grave demain matin.

– Un tuyau a dû péter, dit-il. Je ne l'ai pas trouvé, et l'appart en haut est fermé à clé.

– Hmm. On a rénové le premier étage récemment, mais pas le deuxième. Ça a quelques dizaines d'années.

– Je parie que le problème vient de là.

– Rentre chez toi, Razor. Je m'en occupe.

– T'es sûr ?

– Tu t'y connais en plomberie ?

– Pas vraiment, répondit-il en levant l'avant-bras. Je sais juste tatouer, mec.

– Alors, rentre chez toi.

– Je ne me ferai pas prier. J'ai un rencard avec une stripteaseuse dans un bar. Je ne veux surtout pas être en retard, dit-il avec un clin d'œil avant de filer.

J'ai immédiatement appelé le plombier, car j'avais le pressentiment de ne pas être qualifié pour ce genre de travail, et mes potes ne s'y connaissaient pas plus que moi. Puis j'ai cherché d'où venait la fuite. D'après mon examen rapide, ça venait du studio à l'étage.

J'ai monté l'escalier et déverrouillé avec ma clé. En entrant, j'ai remarqué les sacs de fringues, les piles de papiers sur le petit bureau, la vaisselle sale dans l'évier et le tas de chaussures masculines dans un coin.

C'est quoi ce bordel ?

Slade vivait-il ici ? Trinity et lui avaient-ils des problèmes ? Ça n'avait aucun sens, car ils venaient d'emménager dans leur nouvel appart. Peut-être qu'il utilisait le studio comme rangement ? Mais beaucoup d'objets de tous les jours traînaient, et l'endroit semblait habité.

Je me suis aventuré plus loin et j'ai remarqué la table de chevet à côté du lit. Il y avait un livre posé dessus. *La Physique de l'impossible.* Ça ne ressemblait pas à une lecture de Slade. J'ai exploré davantage, repérant un t-shirt de Harvard sur le lit.

Slade y avait étudié, mais je ne l'imaginais pas porter ce t-shirt, même comme pyjama. Puis j'ai fouillé dans les papiers sur le petit bureau. Je les ai parcourus en diagonale, assez vite pour apercevoir quelques mots-clés : CDC, maladie, épidémie, quarantaine et antibiotiques.

Cayson habite ici.

Je suis resté planté là à me creuser les méninges. C'était impossible. Pourquoi Cayson habiterait-il ici ? Skye et lui filaient le parfait amour. Non, ça ne tenait pas debout. Peut-être avait-il entreposé des trucs ici avant de s'installer dans la nouvelle maison. Ou peut-être qu'il piquait un somme ici de temps en temps. C'était le genre de Slade de lui offrir ces facilités.

Je me suis souvenu que j'étais monté pour trouver la source de la fuite quand une voix a parlé en bas.

– Quelqu'un a appelé un plombier ?

Je suis redescendu.

– Oui, moi. J'ai une fuite, mais je ne sais pas d'où elle vient.

– Je suis là pour ça, dit-il en levant sa casquette, puis se mettant au boulot.

———

APRÈS MA PARTIE DE BASKET AVEC SEAN, NOUS NOUS SOMMES dirigés vers le Mega Shake. Il a commandé son burger sans pain et a omis les frites.

– C'est quoi cette connerie ?

– Des protéines.

Ça ne répondait pas à ma question.

– Mais c'est quoi cette connerie ?

– Un repas sans glucides et féculents.

– T'es devenu une gonzesse ?

– Au cas où tu aies oublié, je suis l'homme le plus sexy du monde. J'ai pas le choix pour garder la ligne.

– Regarde-moi, dis-je en me pointant des pouces. Je bouffe comme un porc et je suis aussi sexy qu'à vingt ans.

– Ouais, mais je suis plus sexy que toi.

– Comme tu veux, mec.

Tout récemment, une jolie jeune femme m'a demandé si je voulais avoir une aventure avec elle. Comme si elle pouvait faire concurrence à ma femme ! Janice et moi nous envoyions encore en l'air comme des jeunes mariés. Dès que les gosses ont quitté le nid familial, nous nous sommes remis à baiser dans toutes les pièces de la maison.

– Comment va la boîte ? demandai-je.

– Bien.

– Conrad ?

– Difficile à dire. Il a l'air bien. Il garde le sourire et fait son boulot. À vrai dire, il n'a même pas l'air triste.

– Il ne veut sûrement pas qu'on l'emmerde, alors il fait semblant d'aller bien pour qu'on le laisse tranquille.

– C'est ce que je fais. Je ne lui pose pas de questions. Mais ça ne veut pas dire que je ne suis pas inquiet.

– On n'y peut rien. Il va devoir traverser ça tout seul.

Sean a soupiré comme s'il était profondément troublé.

– Pourquoi elle dirait non ? Ils étaient tellement heureux ensemble.

J'ai haussé les épaules.

– Peut-être qu'elle le trompait.

– J'en doute.

– Peut-être que... j'en sais rien.

Je n'arrivais pas à trouver d'autres raisons.

– Ça ne rime à rien. Je présume qu'elle l'a dit à Conrad, mais je ne veux pas lui demander.

– Ne le fais pas. Attends qu'il soit prêt à en parler. Il faut que ça vienne de lui.

Il a fixé le vide un instant, une lueur de mélancolie dans le regard.

– Si Scarlet avait dit non... j'aurais été bousillé. Si on avait rompu au moment où je l'ai demandée en mariage... je n'aurais pas su quoi faire de ma peau.

– Ça craint.

– Parfois je me demande si ça ne serait pas plus facile de me parler au lieu de parler à son père, mais je ne veux pas le brusquer.

– J'ai toujours eu l'impression que Mike et lui étaient proches.

– Ils le sont. Mais des fois, on a besoin de son tonton, tu sais ?

– Vous êtes pratiquement les mêmes, raillai-je. Deux psychopathes.

– Seulement à certains sujets.

– C'est censé aider ton cas ? m'esclaffai-je.

Sean a pouffé.

– Ça ne marche pas, hein ?

– Nan.

– Alors, quoi de neuf de ton côté ?

– Ben, j'ai dû m'occuper d'une fuite au salon de Slade tantôt.

Sean a pris une bouchée de son burger.

– Pourquoi il ne s'en est pas occupé lui-même ?

– Il était injoignable. Trinity et lui viennent d'emménager dans leur appart. Il a dû perdre son portable quelque part dans les cartons.

– T'as réglé la fuite ?

– Ouais, ça venait d'en haut. On dirait que Cayson entrepose des trucs là-bas. Peut-être qu'il a utilisé la salle de bain et qu'un tuyau a pété par accident.

Sean a immédiatement froncé les sourcils et ses yeux se sont assombris. Il est passé d'enjoué à bourru dans l'espace d'une seconde.

– Qu'est-ce que t'as dit ?

Qu'est-ce que j'ai dit ?

– Euh... La fuite venait de l'appart en haut...

Je n'avais pas réalisé que ça le ferait réagir.

– Non, sur Cayson.

Il s'est penché sur la table comme un serpent prêt à atta-
quer sa proie.

– Qu'il entrepose des trucs là-bas...

Pourquoi il se met dans tous ses états ?

– Quel genre de trucs ?

– Bah, des fringues, des pompes... des trucs comme ça.

– Autre chose ?

– Il y avait un livre de science sur la table de chevet. Et des
documents de son travail sur le bureau. Ses chaussures étaient
entassées dans un coin. En fait, on dirait qu'il vit là-bas, mais
c'est impossible. Il a dû laisser ces trucs-là quand Skye et lui
ont déménagé. Je ne vois pas d'autre explication.

Sean s'est adossé à sa chaise, l'air furax. Ses mains ont
agrippé la table jusqu'à ce que ses jointures blanchissent. Sa
mâchoire était crispée et ses joues rougissaient à vue d'œil.

– Vieux, est-ce que ça va ?

– Je le savais.

– Tu savais quoi ?

Sean était énigmatique. J'ignore comment ma sœur faisait
pour le supporter.

– Cayson vit là-bas. Depuis deux mois, dit-il en écrasant le
poing sur la table. Je le savais, putain de merde.

Je me suis reculé, car sa colère me rebutait un peu.

– De quoi tu parles, mec ?

– Je les ai vus se disputer et j'ai entendu ce qu'ils ont dit...
quelque chose ne tourne pas rond.

– Sean, je pense que tu réagis un peu fort.

– Non, je suis sûr de ce que j'avance, dit-il en se levant sans
finir son burger. Je dois y aller.

Sean avait la mauvaise réputation de vouloir régler les
affaires des autres. La plupart du temps, il ne faisait qu'empirer
la situation.

– Sean, arrête.

– Quoi ? s'énerva-t-il.

– Même si Cayson vit là-bas et que Skye et lui ont des problèmes, ça ne nous regarde pas, dis-je sévèrement. Je suis protecteur avec mes gosses moi aussi, mais tu dois respecter leur vie privée. À l'évidence, ils ne veulent pas qu'on sache qu'ils ont des problèmes, alors je ne crois pas que ce soit une bonne idée de leur en parler.

Sean s'en fichait visiblement. Il s'est dirigé vers la porte en trombe.

– Bye, Ryan.

J'ai soupiré en sortant mon portable. Il n'y avait qu'une personne au monde qui pouvait désamorcer Sean : ma sœur.

20

SKYE

J'ARRIVE PAS À CROIRE QUE JE FAIS ÇA.

J'étais assise devant mon avocat et Trinity était à mes côtés. Nous discutions des détails du mariage et de la raison du divorce. Le seul fait d'en parler me donnait envie de vomir. J'aimais Cayson de tout mon cœur et j'étais prête à lui pardonner ses erreurs — mais je refusais de le laisser me mentir impunément.

Trinity me frottait le dos, solidaire.

Tom a préparé les documents, puis il les a glissés vers moi sur le bureau.

– Signez ici et ici, dit-il en posant un stylo devant moi.

Je l'ai fixé, mais je n'y ai pas touché.

Tom a croisé les mains sur la table.

– Selon le contrat de mariage, M. Thompson n'a pas droit à la moitié de vos biens. L'infidélité est une clause, et la lettre suffit amplement comme preuve.

Je fixais le document bêtement, me sentant trop faible pour soulever le stylo.

– Je sais que c'est dur, chuchota Trinity. Mais tu peux le faire.

Je voulais pleurer, mais je m'en empêchais devant Tom.

– J'arrive pas à croire que je lui demande le divorce... Ce n'était pas censé se passer comme ça.

Les larmes sont montées aux yeux de Trinity.

– Je sais, Skye...

Je n'ai pas touché au stylo.

– Plus vite vous signerez, plus vite vous pourrez tourner la page, dit Tom.

Mes yeux se sont embués et je les ai essuyés.

– Je ne veux pas la garde exclusive de mon enfant. Je veux la garde partagée.

J'en voulais à Cayson de m'avoir trompée, mais je ne le priverais jamais de son fils. Il restait un type bien malgré tout, et il ferait un excellent père.

– Je comprends, dit Tom.

Trinity a pris le stylo et me l'a tendu.

– Je sais que c'est dur. Je n'imagine même pas ce que tu ressens. Mais il n'y a pas d'autre solution. Tu dois le faire.

Je savais qu'elle avait raison. Je pouvais pardonner à Cayson ses erreurs, mais pas son tissu de mensonges. C'était une torture. Comment pouvais-je rester mariée à un homme en qui je n'avais pas confiance ? Ça ne marcherait jamais entre nous. Je ne m'imaginais avec personne d'autre que lui, et encore moins me remarier, mais je ne pouvais pas rester avec lui.

J'ai pris le stylo d'une main tremblante.

Tom et Trinity ont attendu que je signe aux deux endroits.

J'ai posé la pointe sur le papier et regardé l'encre former une tache noire. Puis j'ai signé mon nom.

– Maintenant, l'autre signature, dit Tom en pointant la deuxième ligne.

À ce moment-là, je détestais Cayson encore plus. Pourquoi avait-il fallu qu'il me trahisse ainsi ? Et pourquoi n'avait-il pas voulu avouer la vérité lorsque je lui avais demandé ? Je ne serais pas ici en train de signer des papiers du divorce.

J'ai inspiré profondément, et apposé la dernière signature.

Puis j'ai lâché le stylo en me repliant sur moi comme si le geste me faisait mal. Trinity m'a enlacée et serrée dans ses bras.

– Je... lui donne moi-même ? demandai-je.

– Non, dit Tom immédiatement. Ce n'est pas une bonne idée. Un coursier le fera pour vous.

J'ai enfoui la tête dans l'épaule de Trinity et j'ai éclaté en sanglots.

21

CAYSON

La journée me paraissait interminable.

Chaque matin quand j'arrivais au bureau, j'avais plusieurs centaines d'emails à traiter. Jessica avait toujours au moins vingt messages pour moi. Et le téléphone n'arrêtait pas de sonner.

J'adore mon boulot, mais certains jours, je le déteste.

Quand dix-sept heures ont enfin sonné, j'avais hâte de me barrer. Je n'avais pas de maison où rentrer, à part un studio minable au-dessus d'un salon de tatouage, mais c'était mieux que d'être ici. Au moins, je pouvais m'allonger sur le lit et penser à Skye. Quand j'étais vraiment déprimé, je pensais à mon fils. Je me demandais à quoi il ressemblerait et ce que je ressentirais en le tenant pour la première fois dans mes bras.

J'ai mis mon ordinateur en veille, et pris ma sacoche. J'allais sortir quand la voix de Jessica a retenti dans l'interphone :

– Monsieur, quelqu'un souhaite vous voir.

À dix-sept heures ? C'est un peu tard pour un rendez-vous.

– Dites-lui de revenir demain.

– Il dit qu'il doit juste vous remettre un pli.

– Eh bien prenez-le, Jessica.

Je dois vraiment lui dire comment faire son travail ?

– Il prétend qu'il doit vous le remettre en mains propres.

Ça peut arriver, rien d'anormal.

– Très bien. Faites-le entrer.

La porte s'est ouverte peu après et un jeune homme en costume est entré. Il s'est arrêté devant mon bureau et m'a tendu une lettre.

– Êtes-vous Cayson Thompson ?

– Oui...

Mon nom était inscrit sur la porte. J'ai pris l'enveloppe.

– Vous êtes assigné.

Il a tourné les talons et il est reparti.

Quoi ?

Je suis assigné ?

En justice ? Pour quel motif ?

J'ai déchiré l'enveloppe et sorti le document.

En le parcourant, je suis retombé sur mon fauteuil, pris d'un moment de faiblesse. J'étais très mal, nauséeux et saisi de vertige.

Skye demande le divorce.

Elle est réellement en train de demander le divorce.

Une douleur comme je n'en ai jamais connu m'a assailli. Les larmes me piquaient les yeux. Elle me quittait vraiment. Elle voulait mettre fin à notre mariage alors que je n'ai rien fait qui justifie ça.

La colère s'est emparée de moi, aveuglante et incendiaire.

Si elle pensait qu'elle allait divorcer, elle se fourrait le doigt dans l'œil.

Je n'ai pas pris la peine de frapper. J'ai inséré ma clé et essayé d'ouvrir.

La serrure n'a pas tourné.

Elle a changé les serrures.

Putain de bordel de merde.

J'ai tambouriné si fort des poings que le bois a tremblé.

– Ouvre cette porte ! Tout de suite !

Il n'y a pas eu de réponse.

– Skye, ouvre cette putain de porte. Il faut qu'on en parle.

Sa voix m'est parvenue de l'autre côté.

– Va-t'en, Cayson.

– Ouvre. La. Porte.

– Non. On n'a rien à se dire.

– Si tu n'ouvres pas cette porte, je la défonce. Je ne plaisante pas, Skye.

Elle est restée muette.

– Très bien.

J'ai reculé et jeté tout mon poids contre la porte. Le bois s'est fendillé, mais elle n'a pas cédé. Il me faudrait plusieurs essais, mais je finirais par la défoncer.

– D'accord, d'accord !

Skye a déverrouillé la porte, puis l'a ouverte. Ses cheveux étaient emmêlés comme si elle sortait du lit. Elle avait des cernes sous les yeux, indiquant un manque de sommeil. On aurait dit une morte-vivante.

Je me suis engouffré à l'intérieur et j'ai claqué la porte. J'étais trop énervé pour contenir ma rage.

– C'est quoi ce bordel, Skye ? Tu crois pouvoir divorcer ? Oublie tout de suite.

J'ai sorti les papiers du divorce de ma poche et allumé un briquet. Le coin a pris tout de suite et ils ont brûlé rapidement. Je les ai laissés tomber sur le parquet et je les ai regardés noircir.

– Je ne signerai pas.

Skye est restée à bonne distance de moi et ne s'est pas approchée.

– Tu m'entends ? hurlai-je.

Elle a pincé les lèvres.

– Je ne signerai pas cette merde.

Je me suis brusquement avancé vers elle et je l'ai saisie par les bras. J'étais trop hors de moi pour garder mon calme. J'avais envie de la secouer, mais j'ai réussi à me contrôler.

– Je ne divorcerai jamais de toi.

Elle s'est tortillée pour essayer de m'échapper.

– Lâche-moi, Cayson.

– Non, je ne te laisserai jamais partir.

En voyant les papiers du divorce sur mon bureau, j'ai réalisé à quel point la situation était grave. Si je ne faisais rien, elle allait vraiment me quitter. Je perdrais ma famille. Je ne pouvais pas laisser ça arriver.

Sans réfléchir, je l'ai saisie par la nuque et j'ai écrasé ma bouche sur la sienne. Je l'ai embrassée avec toutes mes tripes, pour lui donner une raison de rester avec moi.

Skye n'a pas répondu à mon baiser. Elle a même essayé de me repousser.

– Embrasse-moi.

J'ai pris son visage en coupe et je l'ai embrassée de plus belle.

Elle a tenté de se dégager à nouveau.

– Je t'aime.

J'ai saisi ses hanches et je l'ai plaquée contre moi. Mes lèvres étaient rivées aux siennes et je l'ai embrassée en y mettant tout ce que j'avais.

Puis elle a répondu. Elle m'a embrassée comme si elle réprimait son désir depuis longtemps. Elle s'est accrochée à mon cou et elle a haleté dans ma bouche.

Mes mains étaient partout, dans ses cheveux, autour de sa taille. Puis j'ai senti son petit ventre rond, le bébé que nous avions fait ensemble. Mon cœur battait la chamade et je n'entendais plus que le souffle de notre respiration hachée. La passion était à son apogée, et l'amour que nous ressentions l'un pour l'autre ne pouvait être contenu. Les papiers du divorce n'étaient plus qu'un tas de cendres sur le sol.

Je l'ai emmenée vers le canapé, où je l'ai allongée. Faire l'amour allait tout arranger. Si elle ne croyait pas que je l'aimais, je pourrais lui montrer. Chaque fois que nous étions ensemble, nos âmes s'enlaçaient et le monde autour de nous disparaissait. Il n'y avait plus qu'elle et moi. S'il existait un moyen de lui faire comprendre que je ne la tromperais jamais, c'était bien celui-ci.

Elle a enroulé les jambes autour de ma taille et m'a tiré vers elle. Sa passion égalait la mienne, et sa bouche me dévorait maintenant comme si je ne lui en donnais pas assez.

J'ai relevé sa robe et fait glisser sa culotte sur ses jambes. Puis j'ai défait mon jean et j'ai sorti ma queue. Ce n'était pas la façon la plus romantique de nous retrouver, mais je devais lui faire l'amour.

Je me suis placé au-dessus d'elle et ses baisers ont commencé à faiblir. Elle s'est tendue sous moi et m'a enfoncé les ongles dans la peau.

Mes baisers ont redoublé d'intensité, et j'ai pointé ma queue face à sa fente. Je sentais l'humidité entre ses cuisses. Elle était mouillée, elle me désirait. C'était ma femme et elle le resterait jusqu'à ce que la faucheuse vienne me chercher.

– Cayson, attends.

Elle a posé une main sur ma poitrine et m'a repoussé.

Je l'ai embrassée, faisant taire ses protestations. Elle a fondu quelques instants, et je l'ai pénétrée d'un centimètre.

– Non.

Elle m'a repoussé de nouveau.

Je voulais continuer. Si je la pénétrais un peu plus, j'obtiendrais ce que je voulais. Je devais y arriver à tout prix. Il fallait qu'elle comprenne que notre amour était pur et plus fort que tout. Rien ne pourrait nous séparer.

– J'ai dit non.

Mon sexe s'est instantanément rétracté et je me suis retiré. Si je continuais, je savais qu'elle aurait du plaisir, mais l'entendre me dire non m'a refroidi d'un coup. Je ne pouvais pas la forcer. Je la désirais plus que tout, mais pas comme ça.

Je me suis écarté et j'ai remonté mon pantalon.

– Je ne pense qu'à tes mains... tu l'as touchée avec ces mains.

J'ai voulu protester, mais à quoi bon ?

– J'ai l'impression de te partager avec une autre.

J'ai enfoui mon visage dans mes paumes, luttant pour ne pas craquer.

Skye a arrangé ses vêtements et s'est levée.

– Tu ferais mieux de partir.

– Skye...

J'étais à court de mots, car je ne savais plus ce que je voulais dire. La situation était tellement merdique. J'avais peur que ça ne soit plus jamais comme avant.

– Tu ne m'as jamais partagé avec personne. Je suis à toi, et à toi seul.

Elle m'a fixé d'un air glacial. Manifestement, ça ne signifiait rien pour elle.

Je me suis levé et j'ai senti mes bras trembler.

– Je n'accepte pas le divorce.

Elle a croisé les bras sur la poitrine.

– Je ne signerai pas, Skye. Je vais te rendre la tâche aussi difficile que possible. Tu es ma femme et tu le resteras. Je ne t'ai jamais trompée et je ne t'ai jamais menti. Si c'était le cas, je te laisserais partir parce que j'aurais conscience de ne pas te mériter. Tu peux m'envoyer des papiers de divorce tant que tu voudras, je ne les signerai jamais. Tu peux continuer d'essayer de me quitter, je ne te laisserai jamais partir. Je ne renoncerai pas à notre couple. Un jour tu comprendras que je suis innocent. Et quand ce jour viendra, tu me supplieras de te pardonner de m'avoir fait vivre cet enfer. Et je te pardonnerai. Malgré tout le mal que tu me fais, je te pardonnerai. Parce que je t'aime, Skye. Je t'aimerai toujours.

22

CONRAD

J'ARRIVAIS DANS LE HALL DE L'IMMEUBLE À L'HEURE DU DÉJEUNER quand j'ai remarqué une jolie secrétaire d'un étage différent du mien. Elle était près de l'entrée et tapotait un texto sur son portable. Peut-être qu'elle attendait quelqu'un.

J'ai rajusté ma cravate avant de m'approcher d'elle.

– On ne sait pas quoi manger pour déjeuner ?

Elle a vite baissé son portable et m'a regardé avec un air de familiarité.

– Bonjour, M. Preston. Comment allez-vous ?

Elle savait qui j'étais. Comme je quittais à peine mon étage et que je ne parlais pas à tous les employés de la boîte, je me demandais comment elle m'avait reconnu aussi facilement. Mais je n'ai pas posé la question.

– Bien. Affamé. Et vous ?

– Bien. C'est une belle journée aujourd'hui.

Elle avait de longs cheveux bruns et une taille de guêpe. Elle portait des talons aiguille, mais ils ne semblaient pas la déranger. Et ses mensurations étaient sexyvoluptueuses.

– Je sortais justement déjeuner. Vous voulez vous joindre à moi ?

Elle a paru mal à l'aise.

– Euh…

– Je suis votre patron, mais je ne mords pas.

Elle semblait toujours tendue.

– Merci, M. Preston. Mais j'ai déjà quelque chose de prévu pour le déjeuner.

– Dommage, dis-je. Et appelle-moi Conrad.

Elle a hoché la tête.

– Très bien, dit-elle avant de s'éloigner.

– Attends.

Elle s'est retournée et m'a donné toute son attention.

– Rappelle-moi ton nom ?

– Angelina.

– Angelina, puis-je t'inviter à dîner ce soir ?

Elle a rougi légèrement, comme si elle se réjouissait intérieurement.

– D'accord.

En sortant du restaurant, nous avons marché côte à côte sur le trottoir.

– Merci pour le dîner, dit-elle. La cuisine était excellente.

– Et le cavalier, lui ? demandai-je en m'arrêtant et me penchant vers elle, assez près pour un baiser volé.

– Excellent aussi.

Elle avait un sourire radieux.

Je voyais dans ses moindres gestes que je lui plaisais. Alors je me suis penché et je l'ai embrassée. Ses lèvres charnues étaient délicieuses. Elle m'a même donné un bout de sa langue, tout aussi délicieuse. J'ai bandé en moins de deux.

J'ai reculé, mais gardé le visage près du sien.

– Ça te dirait de venir chez moi ?

Elle n'a pas souri, mais ses yeux se sont illuminés.

– D'accord.

– Je crèche chez des potes en attendant mon nouvel appart.

Le canapé te va ?

– Est-ce que ça ne sera pas un peu gênant ?

J'ai regardé ma montre.

– Ils sont déjà couchés.

– Très bien, alors.

BAISER SUR UN CANAPÉ ÉTAIT ENCORE MIEUX QUE SUR UN LIT, parce qu'il n'y avait pas beaucoup de place. Je devais lui contorsionner le corps dans tous les sens et trouver des façons inédites de m'envoyer en l'air. Angelina était bonne au pieu. Naturellement sensuelle, avec les gémissements les plus sexy au monde. Sa chatte était étroite et ses ongles étaient acérés contre ma peau.

Une fois la partie de jambes en l'air terminée, elle a commencé à se rhabiller.

– Qu'est-ce que tu fabriques ? demandai-je en enroulant les bras autour de sa taille et l'attirant vers moi.

– Je rentre, dit-elle en ramassant ses talons aiguille.

– Allez, reste.

– Il n'y a pas beaucoup de place avec un mec balèze sur un canapé.

Je l'ai empoignée par la nuque et je l'ai embrassée lascivement.

– Mais il y a amplement de place sur mon torse.

Elle a lâché ses talons.

– Et tes potes ?

– On s'en fout. On part tous au boulot à la même heure.

Elle a pris ma chemise par terre.

– Je vais porter ça, alors.

– Ils sont gays de toute façon.

– Quand même, je doute qu'ils veuillent voir une fille à poil sur leur canapé.

– Bah, les autres ne les ont pas dérangés.

Je n'aurais sans doute pas dû dire ça, mais je n'ai pas réfléchi avant de parler. Je n'aimais pas mentir. Si une nana n'aimait pas que je coure le jupon, elle pouvait s'en aller. J'en trouverais une autre.

Angelina n'a pas cillé. Elle s'est allongée sur moi et elle a tiré la couverture sur nous.

– Bonne nuit, Conrad.

Son contact m'a immédiatement apaisé. J'adorais sentir une fille légère comme une plume sur moi. Ses cheveux se sont éparpillés sur ma poitrine et m'ont chatouillé doucement. Son parfum m'a empli les narines et entraîné au pays des rêves.

J'ai sombré dans le sommeil.

Le lendemain matin, j'ai dit au revoir à Angelina avant de partir travailler. Elle m'a fait un smack avant de disparaître. Je me suis servi une tasse de café dans laquelle j'ai versé un peu de rhum.

– Une fille différente tous les soirs, hein ? demanda Roland en entrant dans la cuisine.

J'ai haussé les épaules.

– Je n'étale pas mes aventures.

– Mais tu couches avec toute la ville, répliqua Heath en entrant à son tour.

Je n'en avais pas honte.

– Pas faux.

– Tu l'as rencontrée où ? demanda Roland.

– Au boulot.

– Tu bosses avec elle ? s'étonna-t-il.

– Pas vraiment. Elle est à un étage différent. Je l'ai croisée au rez-de-chaussée. Elle embrasse vachement bien.

Roland a semblé vouloir parler, puis se raviser. Il a ajusté les manches de son costume et lissé sa cravate. On aurait dit qu'il évitait mon regard.

– Vous avez quelque chose de prévu ce soir ?

– Non, répondit Heath. On pensait regarder le match.

– Et si vous veniez voir mon nouvel appart ? Je reçois la clé aujourd'hui.

– Sans blague ? dit Roland. C'était rapide.

– Mon offre était la plus élevée. C'est sans doute pour ça.

Roland a ouvert la bouche pour parler.

Heath est intervenu.

– On adorerait le voir, Conrad.

Roland a refermé la bouche.

– Super. On dirait que vous aurez bientôt la paix.

– Et qu'on va devoir acheter un nouveau canapé, dit Roland dans sa barbe.

J'ai pouffé.

– Je vais vous dédommager. C'est le moins que je puisse faire.

– Yo, papa, dis-je en entrant dans son bureau et m'affalant sur un fauteuil. T'as quelque chose de prévu ce soir ?

Il a délaissé son portable et m'a regardé d'un air calculateur.

– Est-ce que tu couches avec Angelina ?

Mince, comment il a deviné ?

– Les rumeurs voyagent vite, hein ? dis-je en mettant les mains derrière la tête.

Papa n'a pas semblé amusé.

– Elle est passée te voir tantôt.

– Je ne l'ai pas vue.

– T'étais pas là. Parce que tu étais en retard.

– Ah ouais, dis-je en souriant, rêveur.

J'avais reçu une bonne pipe ce matin, alors ça m'avait ralenti.

– Elle et sa mère travaillent ici depuis longtemps. Conrad, laisse-la tranquille.

– La laisser tranquille ? m'offusquai-je. Elle est sortie avec moi de son plein gré. Je ne l'ai pas harcelée ni forcée.

– C'est un ordre.

– Le mal est fait, soupirai-je. Oublie.

– Ne couche plus avec nos employées.

– Pourquoi ? Maman a déjà bossé ici.

– C'est différent.

– Non, c'est exactement la même chose.

Je n'essayais pas de faire le malin, mais c'était la seule chose que je savais faire ces temps-ci.

– Je l'ai épousée — c'est différent.

Et t'as signé ton propre arrêt de mort.

– Très bien. Je ne l'embêterai plus.

– Merci, dit-il, l'air véritablement soulagé.

– Alors, t'as quelque chose de prévu ce soir ?

– Non. Tu veux jouer au golf ?

– Je veux te montrer mon nouveau chez-moi.

Papa a souri.

– T'as déjà trouvé une maison ?

– C'est pas une maison, c'est un penthouse. À côté de Central Park. Mon agent m'a dit que Taylor Swift y a vécu.

Son enthousiasme a disparu.

– Un penthouse ? Pourquoi t'as choisi ça ?

– Euh, c'est quoi cette question ? L'appart est génial. Tu vas l'adorer. La vue est à couper le souffle et il vient d'être refait à neuf. Je ne me vois jamais partir de là.

– Je t'ai donné l'argent parce que tu m'as dit que tu allais acheter une maison.

– Non, j'ai dit que j'allais acheter quelque chose. J'ai regardé les offres et quand j'ai trouvé cet appart, ça a été le coup de foudre. Quel est le problème ? Crois-moi, tu vas kiffer quand tu le verras.

Il s'est frotté la tempe comme s'il était frustré, mais il a contenu son irritation.

– Très bien.

– Alors, tu viens ? demandai-je. J'ai invité les gars aussi.

– Super, dit-il entre les dents, comme si ça n'avait rien de super.

– À plus, alors.

Je lui ai fait un clin d'œil avant de sortir.

– C'est ouf, hein ? demandai-je en leur faisant faire le tour du propriétaire. Il y a un bar, deux salons, quatre chambres, et même une table de billard.

Cet endroit était un palace. Il était chic et élégant, mais avec un côté masculin. Les murs venaient d'être repeints en gris et le parquet était en bois sombre.

– Ben dis donc, siffla Heath en regardant autour de lui.

Slade était pâlot.

Roland balayait la pièce des yeux, mais ne semblait pas impressionné.

Papa soupirait toujours.

Quel était le problème ? Skye avait eu un penthouse, alors pourquoi pas moi ? C'était l'endroit rêvé. J'allais pouvoir faire la nouba quand je veux et ramener plein de poulettes dans mon pieu. Je repartais de zéro dans un nouveau logis. Et je l'adorais.

Slade s'est frotté la nuque.

– Qu'est-ce que t'as ? demandai-je.

– Euh... Trinity et moi on vient d'emménager dans cet immeuble.

– Quoi ? dit Roland en se tournant vers lui.

Mike aussi.

– Ah ouais ?

– Ouais, au dernier étage, répondit Slade. On dirait que je vais être le voisin de mon beau-frère.

Ça craignait un peu. Je ne voulais pas croiser ma frangine dans l'ascenseur avec une nana accrochée à chaque bras.

– Eh ben, on est sur deux étages différents, alors je doute qu'on se croise très souvent.

– Ouais, j'imagine, dit Slade.

– Votre appart ressemble au mien ?

– Il fait la même taille, mais il est complètement différent — heureusement.

– Eh ben, je suis à cinq étages en dessous, alors vous n'entendrez sûrement pas mes débauches, dis-je en lui tapotant l'épaule. Heureusement.

– C'est sympa, Conrad, dit papa. Un peu grand pour une seule personne, mais sympa...

– Ces apparts se vendent comme des petits pains, alors si j'ai envie de changer de décor, je ne devrais pas avoir de mal à m'en débarrasser.

Heath a donné un coup de coude à Roland.

Il a levé les yeux au ciel, puis parlé.

– C'est ouf.

– Merci. Vous pouvez venir faire la fête quand vous voulez.

– Faire la fête ? répéta papa.

Qu'est-ce qui lui prend ?

– Tu crois que j'ai acheté ce penthouse pour ne pas faire la fête ? demandai-je incrédule. Au fait, vous pouvez faire mes cartons, les mecs ?

Je ne mettrais plus jamais les pieds dans mon ancien appartement. Je pouvais engager des déménageurs pour transporter les meubles, mais j'avais besoin de bonnes volontés pour emballer mes affaires. Ça empestait Lexie là-dedans. Il restait même des pétales de rose sur le lit depuis ma demande en mariage. Je ne voulais rien savoir de cet endroit maudit.

Roland a haussé les épaules.

– D'accord.

– Je viens de déménager toutes mes affaires, dit Slade. J'imagine que je peux t'aider à emballer les tiennes.

23

ROLAND

Nous marchions vers l'appartement de Conrad, clé à la main.

– Je ne comprends pas, commença Slade, pourquoi on fait ses cartons ? Ça ne serait pas mieux de les déménager ?

Theo a haussé les épaules.

– Je lui aurais bien demandé, mais il est tellement... différent que j'avais peur de le provoquer.

– Ouais, c'est pour ça que j'ai rien dit non plus, acquiesça Slade.

– Peu importe, on a dit qu'on le ferait, alors faisons-le, dis-je en insérant la clé dans la serrure et déverrouillant la porte.

– Vous ne pigez vraiment pas ? demanda Cayson qui était silencieux depuis le début.

Il semblait d'humeur sombre, à croire qu'il ressentait la douleur de Conrad.

Nous nous sommes tous retournés vers lui.

Cayson a soupiré avant de parler.

– Il ne veut pas mettre les pieds dans cet appart... parce que ça empeste Lexie.

– Oh...

C'était logique.

– Mon appart était comme ça quand Alex est partie, dit Theo. C'est comme si son fantôme hantait chaque pièce.

– Ouais, on ne peut pas lui en vouloir pour ça, dit Slade. Mais il aurait pu nous l'expliquer, non ?

– C'est évident, dit Cayson. Pas besoin d'explications.

J'ai ouvert et nous sommes entrés. Il flottait une odeur de renfermé, car personne n'était venu ici depuis des semaines. Mais sinon, l'endroit était comme dans mes souvenirs. Ça sentait Conrad, mais aussi un parfum subtil de rose.

– C'est quoi ça ? demanda Slade en pointant une enveloppe par terre.

– Peut-être un avis d'expulsion ? hasardai-je en la ramassant. Ça m'étonnerait qu'il ait payé son loyer.

Quand je l'ai retournée, j'ai vu l'écriture manuscrite sur le devant. Le prénom de Conrad était écrit en lettres cursives, distinctement féminines.

Oh merde.

Les gars se sont attroupés autour de moi.

Theo s'est raclé la gorge.

– Vous croyez que…?

– Ça vient de Lexie ? finit Slade.

Cayson a étudié l'enveloppe en silence.

Je l'ai serrée entre mes doigts en me demandant si ça venait vraiment d'elle.

– Euh… je ne sais pas quoi faire, là.

– Ça vient évidemment de Lexie, dit Theo. Qui d'autre aurait glissé une lettre sous sa porte ?

– Ou du proprio de l'immeuble, suggéra Slade. C'est peut-être une nana.

– Peu importe de qui elle vient, intervint Cayson. C'est le courrier de Conrad. Il faut lui donner et le laisser décider quoi en faire.

Tout le monde s'est figé à ces mots.

Je savais que cette lettre était adressée à Conrad, mais j'hésitais à lui donner.

– J'en sais rien...

– Si c'est de Lexie, est-ce qu'on devrait lui donner ? demanda Theo. Je doute qu'elle contienne quoi que ce soit qui lui remonte le moral.

– Peu importe, insista Cayson. C'est son courrier et pas le nôtre.

– Mais ça pourrait le blesser encore plus, répliquai-je. On doit le protéger.

– On ne sait toujours pas pourquoi elle a dit non, remarqua Slade. Il y a peut-être une explication là-dedans. Vous croyez que ça l'aiderait à tourner la page ?

– Et si elle voulait se remettre avec lui ? dit Theo.

– Ce serait foutrement lâche, renâcla Slade. Croire qu'une lettre l'aiderait à se remettre avec quelqu'un...

– Ben, elle a refusé sa proposition, dit Cayson. Elle ne m'apparait pas comme une fille très honorable.

– Je crois que la meilleure décision... n'est pas nécessairement la bonne chose à faire, dis-je l'enveloppe toujours entre les mains. On ne devrait pas lui donner.

Cayson a secoué la tête.

– C'est mal, Roland. C'est son courrier.

– Je sais, m'irritai-je. Je comprends parfaitement. Mais Conrad est au bord du gouffre en ce moment. Et si la lettre le faisait tomber dedans ? On est tous d'accord qu'il n'est pas lui-même depuis l'incident ?

Personne n'a répondu, car c'était indéniable.

– Je propose de garder la lettre jusqu'à ce qu'il aille mieux, ajoutai-je. Puis on lui donnera.

– Je suis d'accord, dit Slade.

– Pas moi, dit Cayson. Je sais que tu essaies de protéger Conrad, mais ce n'est pas juste. Je me soucie de lui autant que toi. Il a le droit de connaître la vérité.

– Et si on la lisait et qu'on décidait à sa place ? suggéra Theo.

– Je doute qu'on y trouve quelque chose de révélateur, dis-je amèrement. Elle a sans doute utilisé l'excuse clichée « c'est pas toi, c'est moi ».

– Je vote pour qu'on la garde, dit Slade.

– Moi aussi, dit Theo.

– Moi aussi, dis-je.

Nous avons tous regardé Cayson.

– Allez, dit Slade. Faut que ce soit unanime.

Cayson a croisé les bras.

– En Italie, il a passé le plus clair de son temps avec deux nanas, expliquai-je. Il ne faisait que baiser, boire, et farnienter au bord de la piscine avec elles. Je pensais qu'il avait fini ses galipettes quand on est rentrés, mais il y a une fille différente sur mon canapé chaque soir. Il baisait moins que ça à la fac. Je t'assure, ce mec est une bombe à retardement en ce moment. Cette lettre le fera exploser.

Cayson semblait toujours indécis.

– Dans le meilleur des cas, Lexie lui demande pardon et lui dit qu'elle veut se remettre avec lui, dit Slade. Conrad la reprend. Mais est-ce qu'on veut vraiment ça pour notre pote ? Je ne suis pas du genre rancunier, mais c'est impardonnable ce que Lexie a fait. On ne dit pas non au mec avec qui on sort depuis deux ans quand il nous demande de l'épouser. Et on n'essaie surtout pas de le récupérer avec une lettre.

Cayson a hoché la tête lentement.

– Alors, on est d'accord ? demandai-je. On ne lui donne pas ?

– D'accord, accepta enfin Cayson.

– Très bien. Je la garde avec moi. Je lui donnerai au bon moment... si toutefois il se présente.

24

SEAN

Sɪ Cᴀʏsᴏɴ ᴠɪᴠᴀɪᴛ sᴇᴜʟ ᴅᴇᴘᴜɪs ᴅᴇᴜx ᴍᴏɪs, ᴄ'ᴇsᴛ ǫᴜ'ɪʟ ʏ ᴀᴠᴀɪᴛ quelque chose de grave entre lui et Skye. Ma femme et moi n'étions pas parfaits et nous nous sommes disputés tout au long de notre mariage, mais nous n'avions jamais traversé une telle crise.

Dire que je suis inquiet est un euphémisme.

J'étais encore en tenue de gym, mais je suis passé devant chez moi en voiture sans m'arrêter pour aller directement chez Skye. Ma fille m'avait demandé de ne pas me mêler de sa vie privée, mais je savais que je ne pouvais plus l'ignorer maintenant. Elle avait manifestement besoin d'aide. Elle pouvait me crier dessus tant qu'elle voulait, je ne la lâcherais pas.

J'ai marché jusqu'à la porte et j'ai toqué.

J'ai entendu des pas s'approcher, et j'ai vu qu'elle regardait par le judas. Mais elle n'a pas ouvert.

Pourquoi elle fait la morte ?

– Ma puce, c'est moi.

Elle a soupiré de l'autre côté. Quelques instants après, elle a tourné la clé dans la serrure et entrouvert la porte. Elle a juste passé la tête dans l'interstice, sans m'inviter à entrer.

– Salut, papa. Ça va ? demanda-t-elle en me regardant de

haut en bas. T'as fait du sport ?

Je voyais clair dans son jeu. Elle ne voulait pas que je découvre que Cayson ne vivait plus là.

– Laisse-moi entrer.

– Euh... ce n'est pas le bon moment. Le salon est en désordre et Cayson ne se sent pas bien...

– Skye, je sais que Cayson ne vit plus ici.

Elle est devenue blanche comme un linge. Ses lèvres semblaient sans vie, comme vidées de leur sang. Elle a essayé de garder un visage impassible, mais le léger tressaillement de son corps a trahi son désarroi.

Elle a émis un petit rire faux.

– Mais si, il vit ici... Qu'est-ce qui te fait croire le contraire ?

Elle voulait à tout prix me le cacher — comme à tout le monde.

– Skye, laisse-moi entrer. Je veux qu'on en parle.

Elle s'est braquée, passant en mode défensif.

– Papa, c'est mon mariage...

– Et tu as manifestement besoin d'aide.

Au lieu d'attendre qu'elle m'ouvre, j'ai poussé la porte et je suis entré dans la maison.

Skye n'a pas protesté.

Une fois la porte refermée, j'ai démarré au quart de tour.

– Je n'essaie pas de fourrer le nez dans ton mariage, crois-moi. Je suis là pour t'aider. Alors, laisse-moi t'aider s'il te plaît. Arrête de faire croire que tout va bien. Vous devez vous être sacrément disputés tous les deux. Je suis marié depuis vingt ans. Je peux te donner des bons conseils, Skye.

Elle a croisé les bras sur sa poitrine et refusé de me regarder.

– Quoi qu'il se passe entre vous, Cayson ne devrait pas être viré de la maison. Le mariage, ça ne marche pas comme ça. Vous discutez jusqu'à ce que le problème soit résolu. Comment est-ce censé s'arranger s'il vit dans un appart au-dessus du salon de Slade ?

J'ai supposé que Cayson avait dû faire une grosse connerie pour qu'elle le jette dehors.

– Vous pouvez suivre une thérapie de couple. Ta mère et moi on a une psy géniale.

– Maman et toi ? s'étonna-t-elle.

J'ai opiné.

– Ta mère était détraquée après avoir tué ce type. Elle avait besoin d'aide. C'est normal d'avoir besoin d'aide. C'est idiot de refuser de l'admettre.

Elle a encore détourné le regard.

– Ma puce, pour le meilleur et pour le pire, Cayson est ton mari. Je suis sûr qu'il est désolé pour ce qu'il a fait. Laisse-le revenir à la maison.

– Papa... ne t'en mêle pas, s'il te plaît, dit-elle toujours sans me regarder.

Pourquoi elle ne me regardait pas ? Ai-je mal interprété la situation ? Était-ce l'inverse ?

– C'est toi qui as fait quelque chose de mal ? Et Cayson est parti volontairement ?

– Non, dit-elle rapidement. Cayson ne reviendra pas — jamais.

Des larmes ont brillé dans ses yeux.

Merde, c'est sérieux.

– Skye, je sais que tu es bouleversée, mais ne dis pas des choses comme ça.

– C'est la réalité. Je le quitte. Je ne voulais le dire à personne parce que je le vis très mal... mais tu me forces la main.

Ma mâchoire s'est décrochée.

– Tu divorces ? Mais vous êtes mariés depuis six mois, Skye.

– Je sais...

Elle a resserré ses bras autour de sa taille.

– Vous devez en discuter, dis-je. Je sais que tu l'aimes et qu'il t'aime. Rien de ce qu'il a pu faire ne justifie un divorce. Il arrive qu'on dise des choses qu'on ne pense pas quand on est énervé ; tu ne peux pas lui en vouloir pour ça.

Cayson et Skye ne se disputaient pas avant de se marier, aussi je ne savais pas trop quel était leur problème actuel. On pourrait croire qu'une séparation de trois mois et un bébé à naître vous offrent des perspectives.

– Papa... laisse tomber.

– Parle-moi, Skye, dis-je en me posant sur le canapé et tapotant le coussin à côté de moi. Raconte-moi ce qui s'est passé.

– Je ne peux pas le dire...

– Je ne vais pas te juger ni juger Cayson. Je suis sûr que ta mère t'a dit à quel point j'étais une tête de nœud avant. Je n'ai pas le droit de juger les autres. Tu peux tout me dire, ma puce.

Elle n'a pas bougé de sa place.

– Papa, je veux que tu t'en ailles.

Je n'arrivais pas à y croire.

– Quoi ?

– Je veux que tu partes. Je sais que tu veux aider, mais là tu ne peux rien faire. Je suis désolée.

Je n'avais jamais rencontré une telle résistance.

– Skye, on a toujours été proches. Depuis quand ça a changé ?

– Ça n'a pas changé, affirma-t-elle. Mais c'est une chose dont je ne peux pas parler. Laisse tomber, c'est tout.

Je ne voyais aucune raison valable pour qu'elle ne m'en parle pas. Ma fille ne me confiait pas tout, mais quand elle rencontrait un gros problème, elle se tournait vers moi. Quand Zack lui a brisé le cœur, j'étais la première personne qu'elle a appelée. J'aimais notre complicité et notre proximité. Elle savait que j'étais là, quoi qu'il arrive.

Je me suis lentement levé du canapé, mais je ne me suis pas dirigé vers la porte. Tout cela n'avait aucun sens. Qu'est-ce que Cayson avait pu faire pour justifier cette froideur ? Skye était compréhensive et indulgente. Où étaient ces qualités aujourd'-hui ? Elle agissait comme s'il avait fait une chose impardonnable, comme s'il l'avait trompée.

Comme s'il l'avait trompée...

Je me suis figé et j'ai senti mon cœur se décrocher.

Je me suis souvenu de leur conversation après le dîner. Elle l'a giflé parce qu'il l'avait embrassée, puis elle lui a dit qu'elle ne lui manquait pas quand il était en voyage. Et aujourd'hui, deux mois plus tard, elle ne voulait toujours pas qu'il revienne à la maison.

C'était la seule explication plausible.

Mais comment est-ce possible ?

J'ai regardé Skye et vu son chagrin d'amour gravé dans ses traits. Ses lèvres tremblotaient et elle semblait aussi froide qu'un matin d'hiver. La maison était vide et elle préférait rester seule.

La vérité m'a poignardé en plein cœur.

– Skye...

Elle a gardé les yeux rivés de l'autre côté de la pièce.

– Quoi ?

– Cayson t'a trompée ?

Elle a changé de jambe d'appui à ma question et sa respiration s'est accélérée. Pour la première fois, elle m'a regardé.

– Non...

Son langage corporel disait le contraire, et elle a cessé d'éviter mon regard seulement quand j'ai posé cette question.

C'était un mensonge. Mon sang n'a fait qu'un tour et j'ai eu l'envie soudaine de tuer Cayson. Je voulais lui briser la nuque pour avoir fait du mal à ma petite fille. Comment a-t-il pu lui faire ça ? Comment a-t-il pu la trahir ainsi ? Ils n'étaient mariés que depuis trois mois quand il a choisi d'être avec une autre.

J'avais beau être en colère, je ressentais aussi autre chose. Mon cœur était relié à celui de mes enfants. Et quand ils souffraient, je souffrais. La moindre douleur de Skye était amplifiée dans mon corps. J'avais mal partout.

– Je suis désolé, ma puce...

Elle a fermé les yeux et ses larmes ont roulé. Elle se retenait devant moi, mais j'ai ouvert les vannes de son chagrin. Maintenant, elle ne pouvait plus cacher sa détresse. Elle était vulnérable et paumée. Elle a baissé la garde, car j'avais percé ses défenses.

– Papa... je ne sais pas quoi faire.

Elle s'est couvert le visage, sanglotant de plus belle.

Je l'ai prise dans mes bras et serrée contre ma poitrine. Mon corps pouvait la protéger de n'importe quel danger physique, mais je ne pouvais pas la protéger d'un chagrin d'amour. J'ai posé le menton sur sa tête et je l'ai écoutée pleurer. Ses larmes ont trempé ma chemise.

Ses larmes me tuent.

Mon premier réflexe était d'aller massacrer Cayson, pire que j'avais défoncé Zack. Je voulais l'envoyer à l'hosto avec les deux jambes et les deux bras pétés. Mais ma fille avait besoin de moi maintenant, alors j'ai différé ce projet.

– Ça va aller, Skye.

– Non...

Elle s'est mise à trembler quand elle m'a ouvert son cœur.

– Il m'a fait tellement mal... je ne sais pas quoi faire.

– Divorce.

Nous faisions tous des erreurs, même moi, mais l'infidélité était impardonnable. Scarlet ne voudrait plus jamais de moi si je l'avais trompée, et je la comprendrais. C'était une faute morale, innommable. Briser le cœur de son amour pour une demi-heure de plaisir bafouait la promesse sacrée.

– Tu mérites mieux, ajoutai-je.

– Je sais... mais je l'aime.

– Je sais, ma puce.

– Et on va avoir un bébé...

– Ne reste pas avec lui pour le bébé. Tu ne seras jamais heureuse.

Elle a laissé sa joue pressée contre ma poitrine.

– Je lui ai envoyé les papiers du divorce, mais il refuse de les signer.

– Je vais lui faire signer, dis-je d'une voix soudain menaçante et glaciale.

Cayson ne pouvait pas briser le cœur de ma fille, puis lui mettre l'enfer parce qu'elle voulait le quitter. Pas tant que je serai vivante.

– S'il te plaît, n'en parle à personne...

– Pourquoi ?

– Je ne veux pas que tout le monde le déteste.

– Il mérite le mépris de tous, dis-je sombrement. Il doit assumer les conséquences de ses actes.

– Non... je ne veux pas que mon bébé déteste son père. Je ne veux pas qu'il sache pourquoi on n'est pas ensemble — jamais. Malgré ce qu'il a fait, Cayson est quelqu'un de bien et un père formidable. Je ne veux pas gâcher sa relation avec son fils.

Skye avait plus de compassion que je le pensais.

– Cayson a de la chance.

– Je sais que ça va te paraître idiot, mais... je pense que Cayson m'aime vraiment. Il a fait une bêtise, c'est tout. C'est le fait qu'il refuse de l'avouer qui me blesse le plus.

– Il savait exactement ce qu'il faisait, Skye. Ne lui trouve pas d'excuses.

– Mais il était au bout du monde et...

– Peu importe.

Je n'écouterais pas ses justifications.

Skye s'est tue.

– T'es certaine qu'il l'a fait ?

Elle a hoché la tête.

– Il te l'a dit à son retour ?

– Non...

J'ai sourcillé.

– Alors comment le sais-tu ?

– La fille... a laissé une lettre dans son sac. Je l'ai trouvée et je l'ai lue.

J'ai eu une montée d'adrénaline.

– Je peux la voir ?

Elle a reniflé et a quitté mes bras. Puis elle a ouvert un tiroir dans la cuisine et m'a tendu la lettre.

Je l'ai lue rapidement, ma colère s'amplifiant à chaque ligne. C'était une preuve solide qui confirmait son infidélité. Je ne pouvais plus lui laisser le bénéfice du doute. Il était coupable.

– On va régler le problème, Skye.

– Ne lui fais pas de mal.

Ma fille me connaissait bien.

– Non.

Elle n'avait pas besoin de savoir.

– Papa, je suis sérieuse. C'est le père de mon enfant. Je ne veux pas qui lui arrive quelque chose et je ne veux pas que quelqu'un d'autre soit au courant.

– Tu ne pourras pas garder éternellement ton secret, Skye. Quand vous divorcerez, tout le monde le saura.

– Mais ils ne sauront pas pourquoi.

– Je l'ai deviné, dis-je. Il n'y a rien d'autre qui pourrait vous séparer. Ils devineront aussi, alors autant t'y préparer.

Elle a croisé les bras sur la poitrine.

J'ai posé la lettre sur la table.

– J'aimerais tellement pouvoir arranger les choses...

– Je sais, papa. Mais personne ne peut rien faire. Je lui ai proposé de revenir s'il avouait la vérité... mais il a refusé.

J'ai passé un bras autour de ses épaules.

– Ce qui t'attend n'est pas marrant, mais tu n'es pas seule. On traversera cette épreuve ensemble.

Skye a posé la joue contre mon torse.

J'étais soulagé qu'elle ne voie pas mon visage parce que je sentais les larmes me monter aux yeux. Tout ce que je voulais, c'est que mes enfants soient heureux. Voir la vie de ma fille détruite comme ça me brûlait le cœur. J'ai cligné des yeux pour refouler mes larmes.

Mais elles sont revenues comme la marée.

25

CAYSON

– Envoie une équipe en Californie, ordonnai-je à mon directeur adjoint au téléphone.

Le soleil entrait par la fenêtre derrière mon bureau et me réchauffait le dos. Des piles d'articles scientifiques traînaient autour de moi et mon écran d'ordinateur affichait l'email que je n'avais pas fini de rédiger. J'avais l'impression d'éteindre des feux un peu partout.

– Assure-toi qu'ils endiguent l'épidémie. Qu'ils mettent tous les gens infectés en quarantaine et...

Ma porte de bureau s'est ouverte tellement violemment qu'elle s'est écrasée contre le mur dans un grand bruit sourd. J'ai cru qu'elle allait sortir de ses gonds.

Sean s'est avancé, le regard fou. On aurait dit un tueur à gages prêt à éliminer sa prochaine victime. Il se dirigeait vers moi sans ralentir.

Je savais que ce jour finirait par arriver.

– Jim, je te rappelle.

Sean est arrivé devant moi alors que je raccrochais.

– Sale ordure.

Avec une force surnaturelle, il s'est emparé de mon bureau et l'a balancé sur le côté comme s'il était léger comme une plume. Tous les objets sur la surface sont tombés par terre. L'ordinateur s'est fracassé, provoquant quelques flammèches.

Je n'ai pas bougé d'un poil.

Sean a serré les poings comme un boxeur tandis que ses yeux fouillaient mon visage. Il essayait de décider ce qu'il voulait me casser d'abord les jambes ou la gueule.

Je me suis levé en soutenant son regard. Je n'ai pas bronché ni me suis livré à un plaidoyer sur mon innocence. Je me suis contenté de rester là, la tête haute.

Sean était écarlate et une veine pulsait sur sa tempe. Ce phénomène n'arrivait que lorsqu'il perdait complètement les pédales. Sa rage l'aveuglait, le transformant en psychopathe. Il était en plein délire meurtrier.

– La seule raison pour laquelle je ne t'ai pas déjà buté, c'est parce que ton père est l'un de mes meilleurs amis, cracha-t-il en postillonnant abondamment. Par respect pour lui, je ne te défoncerai pas le crâne.

Je le regardais dans les yeux, silencieux.

– Mais ça ne veut pas dire que tu ne devrais pas avoir peur de moi, ajouta-t-il. Cayson Thompson, tu vas payer cher ce que tu as fait à ma fille. D'une façon ou d'une autre, j'aurai ma vengeance. Tu ne perds rien pour attendre.

– Je n'ai pas peur de toi.

C'était la vérité ; je n'avais peur de rien.

– Je te croyais intelligent, dit-il sarcastique. J'imagine que je me trompais à ce sujet aussi.

– Je n'ai pas peur, car je me sens déjà plus bas que terre. Tu ne peux rien faire de pire.

– Des remords ? s'esclaffa-t-il d'un rire diabolique. Tu crois que ça aidera ton cas ?

Les flammes dansaient dans ses yeux.

– Qui a parlé de remords ? Je suis plus bas que terre parce que ma propre femme ne me croit pas. Elle a perdu foi en moi. Elle croit réellement que je pourrais lui faire une chose pareille.

J'ai perdu ma famille et la seule femme que j'aie jamais aimée. Tu ne peux rien faire de pire que ça. Alors, menace-moi autant que tu veux, fais de ma vie un enfer... Ça ne changera rien.

L'expression de Sean n'a pas changé.

– Cayson, j'ai lu la lettre.

J'ai levé les yeux au ciel, me foutant du manque flagrant de respect que je lui témoignais.

– Ouais, Skye fait une fixation sur cette maudite lettre. Elle devrait l'encadrer et l'accrocher au mur du vestibule pour que tout le monde puisse la lire en entrant.

Sean n'a pas réagi à mon impolitesse.

– C'est plutôt incriminant.

– Ouais, je sais, m'irritai-je. Pas besoin de me le redire.

– Et tu t'entêtes à plaider l'innocence ?

– Je suis innocent !

J'en avais marre de me répéter.

– Alors pourquoi cette fille aurait mis cette lettre dans ton sac ?

– Parce que c'est une détraquée obsédée par moi. Elle voulait foutre la merde dans mon mariage et elle a réussi. Tant mieux pour elle.

Il me toisait toujours.

La souffrance était telle que je commençais à délirer.

– Tu sais quoi, Sean ? Tu me connais depuis que je suis né. Tu m'as vu grandir et devenir l'homme que je suis aujourd'hui. Ai-je déjà été déloyal ? Ai-je déjà fait du mal à quelqu'un ? Ai-je déjà été autre chose que parfait ?

Il a serré la mâchoire.

– Non, jamais, répondis-je à sa place. Je n'ai jamais été autre chose qu'un petit ami et un mari parfait pour ta fille. Le fait que tu me croies réellement coupable, que tu me crois capable de faire du mal à la femme que j'aime, est le comble de l'insulte. Tu m'as dit que j'étais comme un fils pour toi, et tu crois ces conneries ? Tu n'as donc aucune foi en moi ? Tu n'es même pas prêt à entendre ma version des faits ? Cette lettre d'une parfaite inconnue l'emporte sur ma parole ?

Il a parlé tout bas.

– Si Skye te croit coupable, alors tu l'es sans doute.

– Skye n'a pas toute sa tête en ce moment. Elle est tellement émotive qu'elle n'a pas les idées claires. Je suis innocent. Je n'ai pas touché cette fille. J'ai toujours été fidèle à Skye, qu'on soit ensemble ou séparés par un océan. Le fait que tu ne me fasses pas confiance ne fait que retourner le couteau dans la plaie. C'est à croire que tu ne me connais pas.

– Parce que je ne te connais pas, dit-il d'une voix basse.

Ça m'a brisé le cœur encore plus.

– Skye dit que tu refuses de signer les papiers du divorce.

– Ouais, et je n'ai pas l'intention de les signer.

On pourrait me mettre un flingue sur la tempe que je ne le ferais pas.

Sean s'est rapproché, essayant de m'intimider par sa stature imposante.

– Tu vas les signer.

– Tu vas devoir me passer sur le corps. Skye est ma femme et elle le restera.

– Tu la trahis, puis tu l'empêches de te quitter ? demanda-t-il. Mais qu'est-ce qui cloche chez toi ?

– Qu'est-ce qui cloche chez toi ? répliquai-je en perdant mon sang-froid et le repoussant. Je ne tromperais jamais Skye. J'arrive pas à croire que tu puisses penser le contraire. Je ne la laisserai jamais tomber. Je la retrouverai. Elle finira par me croire.

Sean a fait quelques pas en arrière en serrant les poings, tremblant de rage. Là, il voulait ma peau.

Je n'ai pas cillé.

Il a marché vers moi et m'a empoigné par le cou.

Je me suis libéré d'un coup de coude.

En un éclair, il m'a écrasé son poing dans le visage. Mon nez s'est mis à pisser le sang.

– Tu n'es pas mon fils, dit-il en me repoussant, jusqu'à ce que mon dos heurte la fenêtre. Ne t'approche plus de moi ni de ma fille. Et si jamais on se retrouve dans la même pièce, ne me regarde même pas.

Sur ce, il a tourné les talons et il est sorti en trombe.

Je n'ai pas essuyé le sang qui coulait de mon nez. J'étais complètement sonné et je ne ressentais pas la douleur physique. La vraie souffrance venait de ses mots. Il ne me croyait pas. Il n'avait aucune foi en moi. Avant, il me regardait comme si j'étais la plus belle chose qui soit arrivée à Skye. Il était comme un père pour moi.

Mais il venait de me renier.

26

SEAN

Scarlet m'appelait sans cesse, mais je n'avais pas envie de parler. J'étais trop hors de moi. J'avais complètement pété les plombs. Je n'étais pas rentré hier soir et je n'avais pas l'intention de rentrer ce soir non plus. Je restais dans mon bureau et refusais de partir. J'avais mal aux jointures à force de serrer les poings. Je ne voulais pas que ma femme me voie dans cet état.

Lorsqu'elle a rappelé, j'ai enfin répondu.

– Scarlet, je n'ai pas envie de parler en ce moment.

– Est-ce que tu vas bien ? demanda-t-elle d'une voix calme.

– Oui, grognai-je.

– T'es sûr ?

– J'ai envie d'être seul.

– Mais...

– À demain, dis-je avant de raccrocher.

Je n'avais jamais raccroché au nez de Scarlet, mais je n'étais pas moi-même en ce moment. Je ne lui avais pas encore dit pour Skye et Cayson, car je redoutais ce moment. Elle serait tout aussi troublée que moi. Ma femme avait un sale caractère lorsqu'elle était en colère. Je ne serais pas étonné qu'elle arrache les yeux de Cayson. Elle était de nature calme et contenue, mais elle se transformait en maman ourse lorsqu'il était question de ses enfants.

Mike a ouvert ma porte et est entré.

– Qu'est-ce que tu fais encore ici ? demandai-je.

Il était dix-neuf heures.

– Je te surveille, dit-il en s'asseyant dans le fauteuil devant moi.

J'ai roulé les yeux, irrité.

– Scarlet ?

– Ouaip. Je te file le train.

Cette femme avait toujours l'œil sur moi, même lorsqu'elle ne pouvait pas me voir.

– Sean, rentre chez toi.

– J'en ai pas envie.

– Eh ben, je sais que Scarlet n'a rien fait. Alors... qu'est-ce que c'est ?

Skye m'avait demandé de ne rien dire à personne. Mais quel était l'intérêt de cacher la vérité si elle finissait par s'ébruiter ? Je me suis frotté la tempe en serrant la mâchoire.

Mike me scrutait toujours.

– Quel que soit le problème, je sais que c'est grave. Je ne t'ai jamais vu rejeter Scarlet comme ça. Tu dois essayer de la protéger de quelque chose.

– Je n'ai jamais été aussi furieux, Mike. J'ai envie de tuer quelqu'un.

Quelqu'un en particulier.

– Je sais ce que tu ressens...

Mon cœur tambourinait dans ma poitrine et je sentais poindre une migraine. Je voulais trancher la gorge de Cayson et mettre le feu à son cadavre. J'ai toujours eu de la confiance et du respect pour lui, mais il était désormais un homme différent. Il clamait son innocence, mais comment pouvais-je le croire alors qu'il ne me donnait aucune raison de le faire ?

– Qu'est-ce qui se passe, Sean ?

Je disais tout à mon frère. Je ne serais pas capable de lui cacher ça.

– Skye et Cayson divorcent.

Son langage corporel a changé du tout au tout, passant de l'inquiétude à la colère en une fraction de seconde. Mais il affichait aussi de la surprise, comme s'il n'était pas sûr de m'avoir bien entendu. Mike était protecteur avec Skye comme il l'était avec ses propres enfants. Je ressentais la même chose pour les siens. La nouvelle était aussi bouleversante pour lui que pour moi.

– Ils divorcent ?

– Ouais.

– Ils viennent de se marier. Pourquoi ils divorceraient ?

J'ai pincé les lèvres.

Mike semblait déconcerté.

– Cayson l'a trompée.

– Quoi ? Quand ça ?

– Quand il était… à l'autre bout du monde.

– Alors, il est rentré à la maison et il a tout déballé à Skye ? demanda-t-il l'air profondément perplexe. Qu'est-ce qu'il a fait exactement ? Il a couché avec une autre femme ?

– Skye a trouvé une lettre dans son sac. Je l'ai lue.

– Oh putain…

– C'est assez clair qu'il a entretenu une relation avec cette fille pendant trois mois.

Mike a posé les doigts sur ses lèvres en fronçant les sourcils. Des centaines de questions semblaient tourbillonner dans son esprit.

– T'es sûr ?

J'ai braqué la tête vers lui.

– Quoi ?

– T'es sûr que la lettre n'est pas bidon ? C'est juste que… ça ne ressemble pas du tout à Cayson de faire ça. Ils venaient de se marier.

– Je suis d'accord que ça ne lui ressemble pas. Quand je

parlais à Skye, l'idée ne m'a même pas traversé l'esprit. C'est seulement lorsque j'ai épuisé les possibilités que j'ai compris. Et la lettre l'a confirmé.

Mike semblait fâché, mais pas autant qu'il devrait l'être.

– Ça ne tient pas debout, Sean. Tu sais que je ne suis pas un grand sentimental, mais Skye et Cayson ont un amour digne d'un roman épique. Et il la trompe dès qu'il quitte le pays ? Je ne l'imagine tout simplement pas faire ça. Je comprends qu'il était seul et qu'il s'ennuyait, mais... basculer dans la tromperie ? Ça n'a pas de sens.

– Je serais sceptique sans la lettre. Mais c'est écrit noir sur blanc. Et Skye est convaincue qu'il est coupable.

– Eh ben... Skye tient de toi. Elle est très émotive.

Je l'ai fusillé du regard.

– Ce n'est pas le moment de plaisanter.

– Je ne plaisante pas. Et je ne me fais pas l'avocat du diable non plus. Je crois sincèrement que Cayson serait la dernière personne au monde à tromper Skye. Je ne l'imagine tout simplement pas faire ça.

– Eh ben, il l'a fait.

Mike a posé les doigts sur ses lèvres de nouveau, sombrant dans une réflexion profonde.

– J'ai besoin de plus de preuves.

J'ai écarquillé les yeux, incrédule.

– Plus qu'une lettre que cette fille a glissée dans son sac ?

– Pourquoi elle l'a mis là ?

– Elle lui a dit que s'il décidait de quitter Skye, elle l'attendrait.

– Et tu ne trouves pas ça louche ? N'y a-t-il pas une possibilité qu'elle l'ait mis là délibérément ?

– Pourquoi elle ferait ça ?

– Je ne sais pas, répondit-il en haussant les épaules. Parce qu'elle le déteste ? Peut-être qu'ils se sont brouillés pendant le voyage et qu'elle essaie de foutre sa vie en l'air. Peut-être qu'elle est amoureuse de lui et qu'elle croit avoir une chance si elle se débarrasse de Skye.

– Et pourquoi elle croirait avoir une chance ? répliquai-je.

– J'en sais rien, Sean, s'irrita-t-il. Zack croyait qu'il pouvait buter Scarlet, Skye et toi et s'en tirer. Il y a des fous partout. C'est la triste vérité.

J'ai serré le poing sur le bureau.

– Je ne voulais pas remuer le passé, s'empressa-t-il de dire. Je dis seulement que Cayson est l'un des nôtres. Je comprends que tu sois protecteur avec ta fille. Je réagirais de la même façon avec la mienne. Mais peut-être que Cayson dit la vérité. C'est une possibilité.

– J'en sais rien…

– S'il l'a trompée, pourquoi ne l'admet-il pas ?

– Parce qu'il ne veut pas la perdre.

Évidemment.

– Mais Cayson a toujours été honnête. S'il avait fait ça, il passerait aux aveux. Et honnêtement, il se retirerait sans doute. S'il savait qu'il ne méritait pas Skye, il la laisserait tranquille.

– Peut-être que son voyage l'a changé. Peut-être qu'il est un homme différent.

– Je ne sais pas… mais je ne peux pas nier que j'ai des doutes. Skye a dit autre chose ?

– Non, je n'ai pas posé de questions.

– Pourquoi ?

J'essayais de contenir ma colère.

– Parce qu'elle chialait dans mes bras.

Il a hoché la tête.

– Je vois… mais tu devrais lui en reparler. Peut-être qu'elle sait quelque chose qu'on ne sait pas. Peut-être qu'il l'a réellement fait, mais qu'elle ne veut pas enfoncer le dernier clou dans le cercueil.

– Elle l'aime encore…

– Ça ne m'étonne pas, dit-il doucement. On ne cesse pas d'aimer quelqu'un du jour au lendemain, quoi que cette

personne ait fait. Tu devrais vraiment rentrer voir ta femme. Je
sais que tu essaies de la protéger, mais tu lui fais encore plus
mal en lui cachant la vérité, dit-il en se levant et attachant son
veston. Et je lui ai promis que tu rentrerais, alors... je vais rester
ici jusqu'à ce que tu le fasses.

Je n'ai pas répliqué, car c'était peine perdue.

– T'as raison.

– J'ai toujours raison.

– Pas à propos de Cayson.

QUAND JE SUIS RENTRÉ, SCARLET M'ATTENDAIT DE PIED FERME.

Elle avait les bras croisés et l'air déçu. J'allais y goûter. Je le
sentais.

– Je vais te donner le bénéfice du doute en présumant que
quelque chose te tracasse et que tu ne sais pas comment gérer.
Mais me repousser est complètement inacceptable. On est
mariés, Sean. Quel que soit le problème, on l'affronte
ensemble. Alors t'as intérêt à parler.

Elle gardait ses distances en me fixant froidement.

Ouaip, je l'ai vraiment contrariée.

– Je suis désolé pour mon comportement... Je t'évitais parce
que je ne voulais pas avoir à te le dire. J'espère encore me
réveiller de ce cauchemar.

– Tu me fous la trouille... chuchota-t-elle.

Je me suis frotté la nuque en m'approchant d'elle.

– Je ne veux pas te le dire, mais je n'ai pas le choix. Je sais
que ça va faire mal. Je suis désolé.

Comme toujours, ses yeux trahissaient sa peur. Mais elle a
gardé la tête haute comme un soldat sur le champ de bataille.
Scarlet restait toujours courageuse, même dans les moments
les plus difficiles. Elle savait affronter les tempêtes.

– Dis-le-moi, Sean.

– On devrait peut-être s'asseoir...

– Je suis bien ici.

– Tu te souviens de mes soupçons sur Skye et Cayson ?

Elle a plissé les yeux.

– Je t'ai dit de ne pas t'en mêler.

J'ai ignoré son commentaire et poursuivi.

– Eh bien, il se trouve que Cayson habite dans le studio au-dessus du salon de Slade depuis deux mois. Et Skye vient de demander le divorce.

Ses yeux se sont écarquillés.

– Quoi...? Je... je ne comprends pas, bredouilla-t-elle.

– J'avais beau réfléchir, je ne trouvais rien qui puisse les déchirer comme ça. Skye refusait de parler. Puis ça a fait tilt. Il n'y a qu'une chose qui puisse entraîner la fin d'un mariage et...

Scarlet a étouffé un petit cri, la main sur la bouche.

– Non...

J'ai opiné même si je ne voulais pas.

Elle a reculé, chancelante. Puis elle a commencé à faire les cent pas, la main toujours sur la bouche. Elle restait sur ses gardes en tentant d'organiser les pensées qui se bousculaient dans son esprit.

– Qu'est-ce qui s'est passé ? Quand ça s'est passé ?

– Cayson a eu une aventure pendant son voyage. Avec une dénommée Laura.

Scarlet a fermé les yeux, l'air affligée.

– J'arrive pas à croire que Cayson ferait une chose pareille...

– Je ne m'en suis pas encore remis non plus.

Elle a rouvert les yeux et s'est remise à marcher.

– Alors, Cayson est passé aux aveux et il a déménagé ?

– Non... Je ne connais pas tous les détails, mais Skye a trouvé une lettre dans son sac. Dans laquelle la fille parlait de leur relation romantique pendant le voyage.

Scarlet s'est arrêtée et tournée vers moi.

– Et Cayson a reconnu ses torts ?

– En fait, non. Il refuse toujours de le faire.

Scarlet a inspiré profondément comme si elle essayait de rester calme.

– Pauvre Skye... elle doit le prendre tellement mal.

– En effet.

Elle a pris mon pull sur le portemanteau et l'a enfilé.

– Je dois aller la voir.

– Je parie qu'elle se sent seule. Et je me suis occupé de Cayson.

Elle a relevé la tête vers moi, les yeux ronds.

– Qu'est-ce que ça veut dire ?

– Que je lui ai foutu mon poing dans la gueule et dit qu'il avait intérêt à signer les papiers du divorce.

– Sean, on ne connaît même pas la vérité.

Qu'est-ce qu'ils avaient tous ? D'abord c'était Mike, et maintenant ma femme.

– Il est coupable, bébé. La preuve est écrite noir sur blanc. J'aimerais pouvoir lui donner le bénéfice du doute, mais c'est impossible.

Scarlet a ouvert la porte.

– Je vais chez Skye. Ne m'attends pas.

Je l'ai attrapée par le bras avant qu'elle puisse s'enfuir.

– Tu n'embrasses pas ton mari d'abord ?

– Je t'aurais embrassé si t'étais rentré hier, dit-elle avant de sortir, claquant la porte derrière elle.

27

SKYE

Maman m'a préparé un croque-monsieur avec du thé, mon plat préféré. Puis elle s'est assise à côté de moi à table et m'a flatté les cheveux, comme elle le faisait quand j'avais mal au ventre, enfant.

– Je suis tellement désolée, ma chérie.

– Je sais, maman.

J'ai siroté mon thé, tentant de l'apprécier.

– Ton père est dans tous ses états.

– Personne n'est plus bouleversé que moi.

Mon univers s'était écroulé et ne serait plus jamais le même.

– Skye ?

– Hmm ?

– Tu crois vraiment que la lettre dit la vérité ?

J'ai hoché la tête.

– Y a-t-il une possibilité qu'elle soit fausse ?

L'espoir pointait dans sa voix, comme si elle voulait croire Cayson pour mettre fin à ce cauchemar.

– Non, maman. Désolée.

On a frappé fort à la porte, puis quelqu'un est entré.

Ça a intérêt à ne pas être Cayson.

– C'est moi, annonça papa.

Il est entré dans la cuisine. La tristesse a empli ses yeux lorsqu'il a vu le croque-monsieur à moitié mangé et le thé fumant.

Maman ne l'a pas regardé. Elle n'avait d'yeux que pour moi.

Papa s'est assis en face de moi, pas à côté de maman comme d'habitude.

– As-tu besoin de quelque chose ?

– Maman s'occupe de moi, murmurai-je.

– C'est une bonne mère.

J'ai opiné.

– La meilleure.

Un ange est passé et j'ai fixé mon assiette.

– J'ai parlé à Cayson aujourd'hui. Il ne devrait plus te poser problème.

J'ai grogné.

– Papa, je t'ai dit de le laisser tranquille.

– Je lui ai seulement dit qu'il a intérêt à ne pas compliquer le divorce. Sinon, je vais lui compliquer la vie.

– Laisse-le tranquille, d'accord ?

Je ne voulais pas lui attirer des ennuis. Bientôt, il ne serait plus mon mari. Mais il sera toujours le père de mon enfant. Je le respecterai toujours pour cette raison.

Papa s'est tu.

– Pardonne-moi de dire ça… commença maman en passant les doigts dans mes cheveux. Mais j'avoue que j'ai du mal à croire que Cayson…

– Bébé, arrête, l'interrompit papa.

Maman l'a ignoré.

– Ce n'est tellement pas son genre. As-tu d'autres preuves ?

À en croire leur échange, ils en avaient déjà parlé.

– Oui.

– Quoi donc ? demanda papa.

– Quand je lui parlais par Skype, elle était dans sa tente. Et quand je lui ai mis le nez dans sa merde, il a avoué qu'ils s'étaient embrassés.

Maman a soupiré tristement.

– Il dit qu'elle l'a embrassé pendant son sommeil et qu'il lui a rendu son baiser parce qu'il rêvait... puis il a mis fin au baiser et il l'a foutue à la porte de sa tente. Après ça, il ne lui a plus adressé la parole.

– Eh bien, peut-être qu'il dit la vérité.

– Je connais Cayson. Il m'aurait avoué pour le baiser s'il ne s'était passé que ça. Mais il ne l'a jamais mentionné, et cinq semaines se sont écoulées avant que je trouve la lettre. Il n'avait évidemment pas l'intention de parler. Et ça me dit qu'il s'est passé plus qu'un simple baiser.

Maman a cessé de me caresser les cheveux et a posé la main sur mon dos.

Papa s'est calé dans sa chaise en se frottant la tempe.

– C'est ma preuve qu'il est coupable. Je lui ai offert de donner une autre chance à notre mariage s'il reconnaissait ses torts, mais il a refusé. Alors, je n'ai pas d'autre choix que de le quitter. Je ne peux pas être avec un homme en qui je n'ai pas confiance. Je ne peux pas élever un enfant avec lui alors que je doute de son intégrité.

– Tu as tout à fait raison, ma puce, dit papa doucement.

Maman ne semblait pas convaincue.

– Il y a quand même une possibilité qu'il dise la vérité.

– Scarlet, dit papa en lui lançant un regard courroucé, chose qu'il ne faisait que rarement. N'aggrave pas la situation.

Maman l'a ignoré.

– Alors, pourquoi n'aurait-il pas accepté ton offre ? Personne n'aurait su ce qui s'est passé et il aurait obtenu gain de cause. Pourquoi s'entêter à mentir ?

– J'en sais rien, chuchotai-je. Il pensait sans doute que je le reprendrais quand même.

Et il n'aurait pas complètement tort. Il me manquait terriblement. Je le désirais encore terriblement. J'ai failli coucher avec lui parce que je n'avais pas toute ma tête.

– Reste forte. C'est difficile en ce moment, mais tu mérites mieux.

– Je sais...

On a frappé à la porte.

Ça ne peut être que lui.

– Il a un sacré culot... grogna papa en serrant les poings.

Maman l'a menacé de mort d'un simple regard.

– Ne. Le. Touche. Pas.

Papa a soutenu son regard, tout aussi redoutable.

– Ne. Le. Protège. Pas.

Cayson a ouvert la porte et il est entré.

– Skye, c'est moi. Je veux te parler.

– Je suis là...

Ma voix trahissait mon apathie.

Il a tourné le coin et nous a aperçus assis ensemble à table. Il a regardé papa, puis moi. Son visage était enflé, comme si on lui avait donné un violent coup de poing.

J'ai lancé un regard accusateur à mon père.

– Je t'ai dit de ne pas le frapper.

– Je l'ai provoqué, dit Cayson sans me lâcher des yeux. Et crois-moi, ça n'a pas fait mal.

– Donc tu en redemandes ? dit papa en penchant la tête d'un côté.

– Ne te gêne pas, dit Cayson qui ne le regardait toujours pas. Tes mots blessent beaucoup plus que tes poings ne le pourront jamais.

Il s'est approché de moi en contournant la table, ignorant mes parents.

– J'ai besoin de te parler.

– De quoi ?

Il n'y avait plus rien à dire.

– Je refuse le divorce, dit-il l'air déterminé. Je ne signerai jamais. Skye, si je t'avais trompée, je te laisserais partir. Mais je ne l'ai pas fait.

Ma vie serait beaucoup moins pénible si je pouvais le croire.

– Cayson, coopère et ça nous facilitera la vie à tous les deux.

– Je ne vais pas coopérer. Je veux que tu me donnes la chance de prouver mon innocence.

– Je t'ai donné deux mois pour le faire.

Je ne voulais pas avoir cette conversation devant mes parents, mais je n'avais pas le choix. Ils restaient là.

– Je te le prouverai. Même si... je suis blessé d'avoir à le faire.

Ses yeux se sont éteints et il a baissé la tête.

– Tu ne m'as donné aucune preuve de ton innocence, alors je ne sais pas à quoi tu t'attends de ma part.

Il a fermé les yeux et soupiré.

– Si je ne t'aimais pas comme un fou, je te quitterais sans regarder en arrière. Je ne mérite pas de subir ça. Je te dis que je suis victime d'un coup monté et tu refuses de m'entendre. Et la confiance, elle ? La foi l'un envers l'autre ? C'est comme si tu ne me connaissais même pas.

J'ai détourné le regard.

– Cayson, on n'a pas besoin que tu signes les papiers du divorce, dit papa en le toisant. On n'a qu'à te poursuivre en justice. D'accord, ça prendra des mois, mais on peut obtenir le divorce sans ta signature.

Cayson a posé son regard haineux sur papa.

– Tu crois que je ne connais pas la loi ? Tu me crois idiot ?

– Tu as trompé ma fille, dit papa. Tu veux vraiment que je réponde à ça ?

La rage brûlait dans le regard de Cayson, mais il la contenait.

– Tu n'iras jamais en justice. Les médias décortiqueront chaque aspect du procès. Ta tête et celle de ta femme et de ta fille feront la une de tous les journaux. Tu ne leur ferais jamais subir ça.

Cayson sait jouer ses cartes.

– Tu as besoin de ma signature, continua-t-il. Et tu ne l'auras pas. Skye est ma femme et elle le restera.

– Elle a cessé d'être ta femme quand tu...

– Sean, le coupa maman. Ça suffit.

Papa s'est tu. Seule maman avait ce pouvoir.

Cayson s'est tourné vers moi.

– Je ne fais pas ça pour te compliquer la vie. Mais je ne peux pas te perdre, pas alors que je suis innocent. Tu commets la pire erreur de ta vie. Je ne peux pas te laisser faire ça.

J'ai fermé les yeux, accablée par la douleur.

– J'aimerais pouvoir te croire... Je ne te reconnais plus, Cayson.

– Je suis exactement le même qu'avant, dit-il tout bas. Je suis fou amoureux de toi et dévoué corps et âme à toi. Il n'y a aucune autre femme dans mon cœur ni dans mon lit. Je ne pense qu'à toi. Je veux rentrer chez moi et retrouver ma famille. Skye, pourquoi ne me crois-tu pas ? Souviens-toi de qui je suis. Souviens-toi que je suis ton meilleur ami. T'ai-je déjà laissée tomber ?

J'ai détourné le regard.

– Skye ? insista-t-il. Réponds-moi.

– Ce n'est pas parce que tu ne l'as jamais fait que tu ne le feras jamais.

– Mais c'est extrêmement improbable. Allez, Skye. Aie confiance en moi.

Je n'en pouvais plus de cette conversation. Elle me fendait le cœur.

– Cayson, tu devrais t'en aller.

Il n'a pas bougé.

– Thérapie de couple.

– Quoi ?

– Faisons une thérapie de couple. On peut surmonter cette

épreuve ensemble. Tu étais prête à me donner une autre chance si j'avouais mon crime. Pourquoi refuses-tu de me donner une chance alors que je suis déterminé à te prouver mon innocence ? Allez, enterrons cette histoire de divorce et trouvons le moyen de nous retrouver.

– Pourquoi ? murmurai-je. Pourquoi je devrais faire tout ça quand c'est toi qui m'as arraché le cœur ?

Il a baissé la tête.

– Combien de fois je vais devoir te le dire ? Je suis innocent. Si j'étais accusé dans un procès pour meurtre, tu me soutiendrais parce que tu sais que je ne ferais jamais une chose pareille. Pourquoi tu ne peux pas me croire maintenant ?

– Le meurtre et l'adultère sont deux choses différentes. Je l'ai vue dans ta tente, Cayson. Elle est très jolie. Je ne suis pas dupe.

Il a levé les yeux au ciel.

– Je côtoie des belles filles tous les jours et je les remarque à peine. Tu crois que parce que j'ai passé trois mois loin de toi, j'ai perdu la boule et baisé tout ce qui bougeait ? Tu crois vraiment que je suis ce genre d'homme ? Tu sais quoi… c'est ce qui me fait le plus mal dans tout ça… T'as peut-être raison. Peut-être que ça ne peut pas marcher.

Je me suis tournée vers lui, surprise.

– Comment je peux rester avec quelqu'un qui a aussi peu confiance en moi ? Comment je peux être marié à quelqu'un qui doute de moi à la première difficulté ? Quelqu'un qui me demande le divorce dès que les choses se corsent ? demanda-t-il la tête basse. Je suis la victime dans tout ça. Tu crois souffrir, Skye ? T'as pas la moindre idée de ce que je ressens.

Il s'est dirigé vers la porte avant de regarder Sean.

– Je signerai les papiers du divorce. Envoie-les-moi demain matin.

28

CAYSON

J'ignorais comme j'étais arrivé ici. J'ai fermé les yeux et la seconde d'après, je me suis retrouvé devant la porte du penthouse de Slade. J'ai levé la main, mais je ne me souvenais plus exactement comment toquer.

Euh...

J'ai frappé du poing à intervalles irréguliers. Le geste m'a fait rire bêtement. Puis j'ai vu la sonnette près de la poignée. Et j'ai éclaté de rire. J'ai sonné dix fois d'affilée et j'ai collé mon oreille contre la porte.

– C'est qui putain ? jura Trinity.

– J'en sais rien, dit Slade. Peut-être une groupie qui n'accepte pas que je refuse son corps.

– Va voir qui c'est.

– C'est moi, criai-je. Conrad. Je veux dire Cayson. Merde, nos noms se ressemblent vraiment.

Slade a ouvert et m'a scruté d'un air inquiet.

– Hé, mec. Tu vas bien ?

J'ai levé ma bière.

– Mieux que jamais. Mais j'aime pas vraiment la Kro, dis-je en grimaçant. Ils n'avaient que ça à la supérette.

– Entre.

Il m'a attrapé par le bras et tiré à l'intérieur.

– En fait, je passais voir si tu veux sortir. Salut, ça va ? dis-je en faisant un petit signe à Trinity, en pyjama et démaquillée.

Elle s'est contentée de me fixer méchamment.

Je me suis approché d'elle et je lui ai touché le bout du nez.

– J'ai une grande nouvelle pour toi. Skye et moi on divorce. Youhou ! m'exclamai-je en levant un poing en l'air. Tu dois être tellement contente, Trinity. Je sais à quel point tu m'exècres. Exécrer. Drôle de mot, pouffai-je.

– Comment ça, vous divorcez ? s'alarma Slade.

J'ai haussé les épaules.

– Sean et Scarlet sont au courant et ils m'en veulent à mort. Et puis, j'ai compris que Skye ne croira jamais un mot de ce que je dis. Elle ne me donne même pas une chance. Alors, à quoi bon rester avec elle ? Je n'ai rien fait de mal. Si ça t'arrivait à toi, Trinity te croirait. Maintenant, je veux divorcer autant qu'elle. Les papiers seront demain matin sur mon bureau, et ce sera fini.

Slade a soupiré et s'est passé la main dans les cheveux.

– Ne baisse pas les bras, mec.

J'ai lâché un rire sarcastique.

– J'aurais dû laisser tomber il y a longtemps. Sean m'appe-lait son fils et maintenant il me hait. Tu sais, c'est ça qui me fait le plus mal. Ta femme m'aimait bien, dis-je en me tournant vers Trinity, et maintenant elle me déteste aussi. J'ai perdu trop de temps à essayer de récupérer Skye. Je suis prêt à passer à autre chose. Elle ne m'empêchera pas de voir mon fils et c'est tout ce qui compte pour l'instant. Je l'en remercie.

Slade s'est lentement approché de moi.

– Tu ne penses pas ce que tu dis.

J'ai fini ma bière et je l'ai posée sur la table.

– Si, je le pense. J'ai été irréprochable avec ma femme. Si elle ne m'apprécie pas et ne me croit pas, tant pis. Une de perdue, dix de retrouvées, non ?

Slade et Trinity ont échangé un regard, puis Slade m'a guidé vers le canapé.

– Allonge-toi et repose-toi.

– Me reposer ? Sortons faire la nouba. On doit fêter ça. Je suis redevenu célibataire. J'ai perdu ma femme, et mon fils va avoir un beau-père. Ils vont vivre dans la maison que j'ai achetée avec elle, et dans quelques années, tout le monde aura oublié que Skye et moi avons été mariés.

Je me balançais d'avant en arrière, légèrement étourdi. Slade m'a allongé sur le dos, puis glissé un coussin sous la tête.

– C'est pas vrai, mec. Ça n'arrivera pas. Tout va s'arranger.

Je lui ai tapoté la joue.

– T'es un bon pote, tu sais ça ?

– J'essaie.

– Mais ne sois pas bête. Je suis un imbécile, Slade. J'ai été con de penser que Skye et moi on avait une chance. Cette fille m'a détruit. J'aurais préféré qu'elle ne me remarque jamais. J'aurais pu me caser avec une autre et vivre un amour peinard et sans passion. Je serais moins heureux, mais au moins, je ne serais pas malheureux.

J'ai fixé le plafond et senti mes paupières s'alourdir.

Slade s'est assis sur la table basse.

– Tu te sentiras mieux demain matin.

– Non, je me sentirai minable, comme tous les jours.

Mes yeux ont commencé à se fermer et Slade est devenu flou. Puis il a disparu.

Sa voix m'est parvenue étouffée, mais je l'entendais encore.

– Tu ne le crois vraiment pas ? disait-il tout bas comme s'il ne voulait pas me réveiller. Si tu ne le crois pas maintenant… alors il y a quelque chose qui ne va vraiment pas chez toi.

Trinity n'a pas répondu.

J'AI OUVERT LES YEUX, MAIS IL FAISAIT SOMBRE, DONC LE SOLEIL ne s'était pas encore levé. J'avais une migraine colossale et le sang pulsait dans mes tempes. Je me suis assis lentement, étourdi par ce simple mouvement.

– Aspirine ?

Slade se trouvait exactement au même endroit.

J'ai sursauté au son de sa voix.

– Merde, je ne savais pas que tu étais là.

Il n'a pas fait une de ses vannes habituelles.

– Aspirine ? répéta-t-il.

– S'il te plaît.

Il est allé chercher un comprimé et un verre d'eau.

J'ai avalé l'aspirine et l'eau, puis j'ai essayé de lire l'heure sur ma montre.

– Il est quatre heures trente.

– Oh... à quelle heure je suis arrivé ici ?

– Vers minuit.

Il m'a pris le verre des mains et l'a posé.

– Tu es resté assis là tout ce temps ?

– Je voulais m'assurer que tu allais bien. Il y a des gens qui s'étouffent dans leur vomi et qui meurent en dormant quand ils sont bourrés.

– Oh.

Ça n'avait pas l'air si mal, en fait.

Slade ne me quittait pas des yeux.

– Tu devrais te faire porter pâle aujourd'hui.

– Je vais bien.

Je ne pouvais pas manquer une journée de toute façon. Mon travail ne me permettait pas d'être malade.

– T'es sûr ?

J'ai opiné.

– Tu racontais n'importe quoi tout à l'heure.

– Ah bon ? J'ai aucun souvenir.

– T'as dit que tu allais signer les papiers du divorce et passer à autre chose.

Slade était anormalement sérieux. C'était clair qu'il était

vraiment inquiet pour moi. Il devait l'être s'il avait passé la nuit assis sur la table basse.

– Je vais les signer.

Il a levé un sourcil.

– J'ai baissé les bras, Slade. Maintenant, ses parents sont contre moi et je n'ai aucun moyen de prouver mon innocence.

– Attends encore un peu.

– Attendre quoi ? rétorquai-je. J'aime Skye plus que tout, mais pourquoi continuer à me battre pour quelqu'un qui a si peu de foi en moi ? Elle aurait dû me croire dès la première explication.

– Je sais... mais elle est émotive.

– Et stupide. T'es le seul qui me croit... parce que t'es le seul qui me connaît vraiment.

– C'est faux, Cayson, dit-il doucement. Skye traverse juste une période compliquée.

– J'en ai marre, soupirai-je. Je ne dis pas ça parce que je suis encore bourré. Mon mariage est fini, pas parce que je suis parti — parce que Skye n'a pas confiance en moi. Pourquoi je voudrais être avec elle après ça ? Il se passera quoi à la prochaine galère ? Elle se retournera encore contre moi ? On forme une équipe. On est du même côté, on se défend en principe.

Slade a réfléchi à ce qu'il allait dire.

– Cayson, t'es juste révolté en ce moment. Ne signe pas ces papiers. Laisse passer quelques jours, le temps de te calmer, et tu te rendras compte que ce n'est pas ce que tu veux.

– Il ne s'agit pas de ce que je veux, Slade.

Je me suis levé et j'ai défroissé mes vêtements.

– C'est un problème que je n'ai pas voulu, mais que je dois régler. Si je ne signe pas ces papiers, on ira au tribunal. Je n'ai plus aucun respect pour Sean, mais je ne veux pas traîner son nom dans la boue. Et je ne veux pas humilier Skye et mon fils. Quand il sera assez grand, il pourra consulter en ligne les articles sur le procès et lire tous les détails immondes. Au moins, comme ça... je suis le seul à souffrir.

Slade a baissé la tête, accablé.

– Je suis tellement triste...

– Moi aussi.

29

SEAN

Je suis monté à l'étage de son bureau, et dirigé vers sa secrétaire.

– Je viens voir Cayson.

Elle m'a lancé un regard désapprobateur.

– M. Thompson est un homme très occupé. Vous avez rendez-vous ?

– Non. Mais je dois seulement lui déposer ça, dis-je en levant le dossier.

– Je peux lui remettre, dit-elle en tendant la main pour le prendre.

Je voulais obtenir sa signature aujourd'hui pour boucler cette histoire rapidement. Le plus tôt ma fille serait libérée de ce type, mieux ce serait. Il avait des intérêts dans Pixel et il pourrait facilement pourrir la vie de Skye, sans parler de la mienne et de celle de Mike, s'il le voulait.

– Je dois le voir en personne.

La voix de Cayson a résonné dans l'interphone.

– Faites-le entrer, Jessica.

Apparemment, il avait entendu notre discussion à travers la porte.

Elle m'a fait un sourire forcé, visiblement irritée de se faire court-circuiter.

Je suis entré dans le bureau de Cayson et j'ai immédiatement remarqué ses traits tirés. On aurait dit un zombi. Il avait le visage pâle comme la lune, et les cheveux hirsutes comme s'il ne s'était pas donné la peine de se coiffer. Ses yeux injectés de sang indiquaient qu'il n'avait pas dormi.

Il a levé la tête, me regardant avec une expression indéchiffrable. Puis il a tendu le bras pour prendre les papiers.

Il va vraiment me faciliter la vie à ce point ?

J'ai ouvert le dossier et je lui ai glissé les feuilles dans les mains.

Il a pris un stylo et lu l'acte en diagonale, paraphant les pages au fur et à mesure.

Je suis soulagé que ce soit si simple.

Il s'est arrêté sur le paragraphe concernant ses biens. En gros, il renonçait à tous ses droits sur sa fortune. Il pourrait porter l'affaire devant les tribunaux et se battre pour en obtenir une partie. Mais j'espérais qu'il n'y verrait que du feu et signerait les yeux fermés. Cayson a levé la tête vers moi. Son expression avait changé ; elle exprimait la désapprobation, la peine et la colère.

– Je comprends maintenant pourquoi tu es si impatient de me faire signer ; tu crois que je vais essayer de tout lui prendre. (Il a secoué lentement la tête.) Ainsi que tout ce qui vient de toi. (Il a paraphé la page et continué.) Tu vois, c'est ce qui me fait le plus de mal.

Il a feuilleté les pages restantes jusqu'à la dernière, celle de la signature. Au lieu de signer tout de suite, il a fixé la feuille. Il a inspiré à fond comme s'il ne voulait pas poser la pointe du stylo sur le papier. Il a fermé les yeux comme s'il souffrait, avant de les rouvrir.

On y est presque...

Puis il a signé. Il a lâché le stylo et remis les feuilles en pile avant de me les tendre.

Dieu merci.

– Je te souhaite une belle vie, Sean.

Il a reporté son attention sur son ordinateur comme si je n'étais pas là.

Il me souhaite une belle vie ?

– Merci d'avoir facilité les choses pour Skye.

C'était la seule politesse dont j'étais capable.

– Tu veux dire pour toi ? lança-t-il sans me regarder.

Il n'y avait plus rien à dire, alors je suis parti en direction de la porte.

– Sean ?

J'ai soupiré avant de me retourner.

Il m'a fixé sans ciller.

– Tu étais comme un père pour moi. Plus que quiconque, je pensais que toi au moins, tu me croirais. Je n'ai pas seulement perdu ma femme aujourd'hui. J'ai perdu ma famille.

Plus que quiconque, je pensais que toi au moins, tu me croirais.

Ses mots ont continué de résonner dans ma tête. Ils ont tourné en boucle durant tout le trajet de retour chez Pixel. Skye attendait les papiers du divorce pour y apposer sa signature. Puis cette histoire serait derrière nous une fois pour toutes.

Alors pourquoi je suis si mal ?

Et si je faisais une erreur ? Et si Cayson était réellement innocent ? Et si ma fille perdait l'amour de sa vie ?

Et si j'avais tort ?

J'ai regardé le dossier dans mes mains tandis que l'ascenseur montait jusqu'au dernier étage. J'ai revu le visage de Cayson quand j'ai conduit ma fille à l'autel. Il ne pleurait pas, mais ses yeux étaient humides. Je me suis rappelé le jour où il est venu chez moi me demander la permission de sortir avec

ma fille. Et son expression quand il a offert à Skye sa magnifique bague de fiançailles.

Ce garçon ferait-il ça ?

J'ai commencé à douter et j'ai senti mes doigts s'engourdir.
Le Cayson que je connaissais ne ferait jamais ça, alors il disait
peut-être la vérité. Peut-être que cette lettre était bidon. Mais
elle semblait tellement compromettante.

Quelles autres preuves ai-je ?

En arrivant à l'étage, j'ai foncé directement dans mon
bureau, ignorant mon secrétaire. Il m'a rappelé que j'avais une
réunion dans deux heures, mais je n'ai pas répondu. Une fois
assis à mon bureau, j'ai posé les papiers devant moi. Mon
cerveau était en surchauffe, tentant de trouver une logique aux
pensées qui se télescopaient.

Et si j'avais tort ?

La porte s'est ouverte et Skye est entrée. Elle semblait vide
et éteinte. Son petit ventre bombait sa robe, mais elle ne rayonnait pas comme avant. Elle s'est approchée du bureau et a
baissé les yeux vers les papiers du divorce.

– Il les a signés ?

J'ai posé les doigts sur ma lèvre en réfléchissant à ma
réponse.

L'expression de Skye était déconcertante. Elle avait l'air
hésitante, comme si elle espérait qu'il n'ait pas signé... tout en
souhaitant en même temps qu'il l'ait fait.

– Papa ?

J'ai posé la main sur le bureau.

– Non.

– Non ?

– Il n'a pas signé.

Elle a secoué doucement la tête. Elle avait l'air soulagée et
déçue.

– Oh...

– J'en m'en occupe, Skye. Ne t'inquiète pas pour ça.

– D'accord... je suppose qu'il était juste énervé hier soir.

– Ouais...

– Bon, je retourne bosser...

Elle est sortie de mon bureau et le silence est retombé.

J'ai ouvert le tiroir du bas et jeté les papiers à l'intérieur. Puis j'ai appelé ma femme.

– Comment ça s'est passé ? demanda-t-elle en décrochant.

– J'ai besoin que tu me rendes un service.

– Quoi ?

– Il faudrait que tu ailles chercher la lettre chez Skye.

– Quelle lettre ?

– Celle que Laura a glissée dans le sac de Cayson. Son adresse est dessus.

Scarlet est restée silencieuse un moment.

– Sean... qu'est-ce que tu vas faire ?

– Lui demander la vérité.

30

SLADE

TRINITY PASSAIT TOUT SON TEMPS LIBRE À DÉCORER NOTRE nouvel appart. Nous n'avions que des meubles bon marché IKEA, alors elle voulait acheter du mobilier design haut de gamme pour le penthouse.

Heureusement qu'elle ne me demande pas de l'aider.

La seule pièce qui m'intéressait, c'était mon studio de musique. J'y avais installé mes guitares et ma batterie, et j'avais décoré les murs avec des affiches du groupe et des médiators. La pièce était encombrée et bordélique, mais Trinity n'a pas fait un seul commentaire désagréable.

C'est vraiment ma tanière.

J'avais même un mini-frigo rempli de bières afin de ne pas avoir à sortir du studio quand j'y zonais. Je m'y retirais quand j'avais besoin d'être seul. Et j'ai remarqué que Trinity ne venait jamais me déranger quand j'y étais. Elle ne m'envoyait même pas de texto. Elle attendait toujours que j'en sorte pour me dire un truc.

C'est un bon deal.

Le plus agréable dans un déménagement, c'est que ça consommait du temps. Trinity était tellement occupée à décorer l'appart et à bouger les meubles qu'elle n'avait pas encore mentionné le problème de grossesse. Elle disait qu'elle voulait consulter un spécialiste et faire des examens, mais je faisais traîner les choses le plus possible. Il n'y avait rien qui clochait chez elle ou chez moi. Nous n'avions pas besoin de voir un toubib.

Ma femme est trop impatiente.

Peut-être qu'elle oublierait tout ça et que d'ici là, je la mettrais en cloque. Ça résoudrait tous nos problèmes.

J'étais déprimé ces derniers temps à cause de Cayson. Le pauvre a été jeté en pâture aux lions. Ils l'ont déchiqueté et ont broyé son âme. Il n'était plus vraiment la même personne. Le mec que je connaissais ne baissait jamais les bras. Il s'acharnait jusqu'à ce qu'il obtienne ce qu'il voulait.

Mais là, il a renoncé à se battre.

La situation était dans l'impasse et il n'y avait pas de solution. Rien de ce que faisait ou disait Cayson ne marchait. Sincèrement, je ne lui en voulais pas d'avoir jeté l'éponge. Je commençais à en vouloir à Skye d'être aussi bête. Elle a brisé un homme parfait. Comment pouvait-elle faire ça ?

Quand je suis rentré du salon, Trinity était déjà à la maison. Elle était assise sur le canapé près de la baie vitrée et lisait un magazine.

– Bébé, je suis là.

J'adorais notre nouvel appart parce qu'il était trop classe. Il était plus loin à pied du boulot, mais ça valait la peine de parcourir la distance.

– Salut.

Elle a posé le magazine à côté d'elle et s'est levée pour m'embrasser.

– Comment va ma douce ?

Je l'ai enlacée et embrassée dans le cou.

– Bien mieux depuis que tu es rentré.

Elle a incliné la tête pour m'offrir un meilleur accès à son cou.

Ma main a migré vers son cul et l'a pressé.

– Ton mari rend toujours la vie plus belle.

– C'est vrai.

Elle s'est pendue à mon cou et m'a embrassé sensuellement.

Comme toujours, ma bite s'est mise au garde-à-vous. J'ai glissé une main sous sa robe et caressé la dentelle de son string. Son cul était ferme et galbé, avec de jolies rondeurs.

Trinity a mis fin au baiser et s'est reculée.

– Faut qu'on parle.

Instantanément, ma bite s'est ramollie. Je détestais entendre ces mots.

– On peut pas parler plus tard ?

– On a rendez-vous chez le médecin demain après-midi.

Euh, je croyais que c'était de l'histoire ancienne.

– Trinity, tu réagis de façon excessive.

– On a une assurance maladie, autant l'utiliser. Si tout va bien, tu pourras te moquer de moi et dire : je te l'avais dit.

J'ai levé les yeux au ciel.

– C'est une telle perte de temps. Sois patiente, c'est tout.

– Pourquoi t'es si réticent à y aller ? demanda-t-elle en croisant les bras. T'as peur qu'il y ait un problème et tu préfères ne pas savoir ?

J'ai haussé un sourcil.

– Je gicle tout le temps sur tes nichons. Tu ne vois pas la quantité ? Et comme mon foutre est blanc ? Bébé, je n'ai aucune inquiétude.

– Eh bien, je m'inquiète pour moi. Alors, allons-y.

J'ai voulu protester, mais ça ne servait à rien. Trinity obtiendrait ce qu'elle voulait. Elle obtenait toujours ce qu'elle voulait.

– Maintenant, on peut faire l'amour, susurra-t-elle en se collant contre moi.

J'ai reculé.

– Désolé, je n'ai plus envie.

Elle m'a regardé d'un air alarmé, car je ne disais jamais ça.

– Quoi ?

– Je vais jouer de la gratte.

Je suis parti sans rien ajouter.

– Slade ?

Je ne me suis pas retourné.

– Ramène ton cul ici.

Je me suis arrêté, même si je ne voulais pas.

– Quoi ?

– Qu'est-ce que t'as ? Tu ne veux pas faire d'examens médicaux à ce point ?

– Je suis de mauvaise humeur, c'est tout.

Je me suis engouffré dans ma tanière. Tous mes instruments m'attendaient. J'ai mis mon casque et j'ai commencé à jouer. Comme je l'espérais, Trinity ne m'a pas suivi.

———

Au bout de quelques heures, je suis sorti de ma grotte pour m'aventurer dans la cuisine. J'avais la dalle et je cherchais un truc à manger. Trinity était assise à table devant une assiette à moitié vide. Elle pianotait sur son téléphone comme si elle écrivait un texto à quelqu'un.

J'ai ouvert le frigo et trouvé l'assiette qu'elle m'avait préparée. Après l'avoir réchauffée au micro-ondes, je me suis assis en face d'elle et j'ai mangé.

Trinity a posé son téléphone et m'a observé avec insistance.

Je n'ai pas levé les yeux, restant concentré sur ma bouffe.

– Qu'est-ce qui te tracasse, Slade ?

– Rien, répondis-je la bouche pleine de spaghetti.

– Si, il y a quelque chose. C'est quoi ?

– Cayson...

Elle a baissé les yeux avec tristesse.

– Je sais... c'est dur.

– Il dit qu'il va signer les papiers du divorce.

Elle n'a pas paru surprise.

– C'est peut-être mieux comme ça.

– Non, ce n'est pas mieux. Laura a gâché leur vie. Ou plutôt, c'est Skye. Je suis tellement mal pour lui.

– Moi aussi... Je suis mal pour eux deux.

J'ai fini mon assiette en deux minutes.

– Merci pour le dîner.

– De rien.

Nous nous sommes regardés en silence.

– Slade, je sais qu'il y a autre chose...

J'ai détourné le regard.

– C'est la consultation médicale ?

Trinity désirait tellement un bébé et j'avais peur qu'il y ait réellement un truc qui cloche chez nous. J'avais une santé de fer et mon sperme coulait en abondance. S'il y avait un problème, je pressentais qu'il viendrait de Trinity. Elle était peut-être stérile. La plupart du temps, ce sont les femmes qui ont des problèmes de fertilité, pas les hommes.

Et si c'était notre cas ? Et si Trinity ne pouvait pas avoir d'enfants ? Elle serait dévastée. Il n'y avait rien qu'elle désirait plus qu'avoir un bébé. Et si elle ne pouvait pas ? Je ne voulais pas voir ma femme souffrir de la douleur de ne pas enfanter. Chaque fois qu'elle souffrait, je souffrais.

Trinity a posé la main sur la mienne.

– Slade, s'il y a un problème, on le surmontera. Je te le promets.

J'ai hoché la tête.

– Tant qu'on est ensemble, il ne peut rien nous arriver.

J'ai caressé ses jointures du pouce.

– Je sais, bébé.

– Alors, arrêtons de nous faire du mouron. Et essayons plutôt de faire un bébé.

Pour la première fois de la soirée, j'ai souri.

– Ça me botte.

Nous poireautions dans la salle d'attente du médecin, dans une clinique ultrachic de Manhattan. C'était un endroit gigantesque et stérile. Les murs étaient d'un blanc immaculé et les sièges étaient trop confortables.

Je tenais la main de Trinity pour l'apaiser. J'espérais qu'elle n'avait rien. Je l'aimerais quoi qu'il arrive, mais je savais qu'elle s'en voudrait de ne pas pouvoir me donner d'enfants.

Je ne veux pas que ça arrive.

Le médecin a enfin appelé notre nom et nous avons pénétré dans son immense bureau. Trinity et moi nous sommes assis côte à côte dans le grand canapé face à lui. Une fois les présentations terminées, l'interrogatoire a commencé.

– Depuis combien de temps vous essayez ? demanda le Dr Ridley.

– Trois mois. C'est long, non ? Trop long ? s'affola Trinity.

– Pas nécessairement. Chaque couple est différent. Je ne m'inquiéterais pas pour ça.

Elle s'est très légèrement détendue.

J'ai passé un bras autour de sa taille pour la réconforter.

– Je ne pourrai répondre objectivement à votre question qu'après vous avoir fait passer des examens. Ça ne vous pose pas de problème ?

– Tout ce dont vous avez besoin.

Le Dr Ridley a expliqué la procédure pour chacun de nous. Trinity aurait droit à un frottis vaginal et une prise de sang. Quant à mon examen, il était d'un genre très différent.

– Vous voulez que je me branle dans un flacon ?

C'est une blague ?

Trinity m'a lancé un regard noir.

– Surveille ton langage.

– Quoi ? C'est qu'il a dit.

Le Dr Ridley n'avait pas l'air gêné.

– C'est un peu déplaisant, mais c'est nécessaire.

– Je ne me masturbe pas, lâchai-je. Je ne l'ai pas fait depuis…

Je ne me souvenais même pas de la dernière fois.

– Il n'a pas besoin de détails, siffla Trinity. Fais-le, Slade, c'est tout.

– Hé, essayez de vous branler dans un flacon, protestai-je.

– Il y a des magazines et des vidéos dans la pièce, dit le Dr Ridley.

– Vous voulez que je me paluche dans une pièce où des centaines d'autres mecs se sont branlés ? Je crois que je vais passer mon tour...

– Slade, arrête de discuter et fais-le, m'intima Trinity.

– Je vous promets que la pièce est propre, assura le médecin.

– Je vais apporter une lumière noire pour vérifier si c'est vrai.

Trinity s'est caché le visage comme si elle était morte de honte.

– Je suis vraiment désolée...

Le Dr Ridley a pouffé.

– C'est pas grave. J'ai l'habitude.

– Ou alors, je peux le faire chez moi et rapporter le flacon.

– Désolé, répondit le doc. Ça doit être fait ici.

Chiant.

– Très bien. Trinity, va falloir que tu m'aides.

– Quoi ? s'offusqua-t-elle.

– Tu vas devoir m'aider, répétai-je en lui tendant le flacon.

Ses joues se sont empourprées.

– En fait, elle n'est pas autorisée à entrer dans la pièce. L'échantillon ne doit pas être contaminé par d'autres fluides.

– Est-ce que je peux au moins la mater à poil pour pouvoir bander ? demandai-je très sérieusement.

Trinity était écarlate.

– Slade, arrête de parler !

– Quoi ? dis-je innocemment. Je ne veux pas mater des vidéos et des magazines. J'aurais l'impression de te tromper.

– Eh bien, tu as mon autorisation. Considère-le comme un bonus.

Manifestement, elle ne pigeait pas.

– Trinity, je ne *veux* pas regarder de vidéos ni de magazines. Tu comprends ce que je dis ? Ce n'est pas mon truc. C'est toi mon truc.

Le Dr Ridley a souri.

– Vous avez un mari d'une fidélité exemplaire, Mme Sisco.

– Ma femme est un top-modèle, arguai-je. Pourquoi je désirerais d'autres nanas alors que je l'ai ?

Ses yeux se sont adoucis, mais elle était encore gênée.

– Fais ce qu'il faut pour remplir ce flacon.

J'ai regardé l'objet en question et poussé un soupir.

– Ça va prendre un bout de temps.

– Il n'y a pas d'urgence, dit le docteur. Prenez votre temps.

Je me suis penché vers Trinity et j'ai baissé la voix.

– Et s'il y avait des caméras là-dedans ?

Elle s'est retenue de lever les yeux au ciel.

– Il n'y en a pas.

– Mais il pourrait y en avoir.

– Slade, ne le prends pas mal, mais personne n'a envie de mater ça.

– Qu'est-ce que t'en sais ?

Nous sommes sortis du bureau et Trinity est partie faire son examen.

– Bébé, attends.

Elle est revenue vers moi en soupirant.

– Quoi ? Je dois y aller.

J'ai attrapé son visage et je l'ai embrassée, mais ce n'était pas un baiser tout public. J'ai immédiatement plongé la langue dans sa bouche tout en la pelotant.

Elle m'a repoussé, car l'infirmière nous regardait.

– T'es cinglé ?

– Hé, tu dois me donner quelque chose avant que je rentre là-dedans.

Elle a flanqué ses cheveux sur une épaule et elle est partie, la tête haute.

Au moins, je bande.

Je suis rentré dans la pièce et j'ai verrouillé derrière moi. Il y avait des tonnes de chaises et de télévisions dans la grande salle. Heureusement, il n'y avait pas de fenêtres. Je suis resté planté là, avec mon flacon. Chaque fois que mes yeux tombaient sur une chaise, je visualisais un mec en train de se palucher.

Ça me dégoûte.

J'ai décidé de rester debout. J'ai déboutonné mon jean et sorti ma queue. Elle bandait mollement parce que la pièce me mettait mal à l'aise. Si Trinity était là, ce serait bien plus facile. Je serais entré et sorti d'ici en cinq minutes — probablement moins. Il y avait un distributeur mural de gel antibactérien et de lubrifiant, mais il était hors de question que je le touche. J'ai craché dans ma main et j'ai commencé à m'astiquer.

C'était glauque d'être dans une salle chez un toubib et de se masturber. J'avais peur d'être pris en flagrant délit et j'étais obsédé par la quantité de germes dans ces pièces. Ma queue s'est complètement ramollie.

Ça ne va pas le faire.

J'ai décidé d'allumer une télé et de regarder leurs vidéos pour adultes. J'en ai choisi une au hasard et je l'ai lancée. La fille était blonde avec des nibards énormes. Mais ils avaient l'air faux et ce n'était pas bandant. Elle était trop maquillée et son cul n'était pas terrible.

J'ai mis une autre vidéo porno. C'était un plan à trois. Ça m'arrivait d'en faire avant Trinity. Mais ça ne m'a fait aucun effet, alors j'ai changé. J'ai parcouru toutes les vidéos jusqu'à ce qu'il n'en reste plus.

Ma bite était plus molle qu'un poisson mort.

J'ai regardé la pile de magazines, mais je n'y ai pas touché. Il était hors de question que ma main entre en contact avec l'un d'eux. J'imaginais trop les résidus collants sur chaque page.

Alors, j'ai maté des photos sur mon téléphone. J'avais des tonnes de photos de Trinity, mais aucune n'était indécente. C'était surtout des photos d'elle endormie à mes côtés. D'autres étaient prises sur le vif comme lorsqu'elle regardait par la fenêtre et ne faisait pas attention à moi. Il y avait aussi des photos de nous en voyage ou ailleurs. Puis je suis tombé sur une photo de ma femme dans sa robe de mariée. Cayson l'a prise lors de la réception et me l'a envoyée. C'était l'image d'arrière-plan de mon téléphone.

Elle avait le regard tourné, probablement vers moi. Ses cheveux blonds avaient de belles boucles anglaises et sa robe lui allait à la perfection. Elle mettait en valeur toutes ses courbes ; Trinity était magnifique.

Voilà la bonne photo.

J'ai bandé et je me suis branlé en fantasmant sur ma femme. Je me suis remémoré notre nuit de noces à l'hôtel, comment je l'avais prise lentement, en l'aimant passionnément. Ses cris et gémissements résonnaient dans mes oreilles. Mon corps s'est enflammé quand je suis retourné dans cette chambre où j'avais faire l'amour à ma femme pour la première fois.

Et j'ai rempli le flacon.

Ouf. Dieu merci, c'est fini.

Trinity attendait dans le hall.

Je me suis posé sur le siège à côté d'elle, soulagé de ne plus jamais avoir à faire ça.

– Tu l'as fait ?

– Oui.

– T'as fourni un bon échantillon ?

– Oh oui.

– Bien. Ce n'était pas si désagréable, non ?

Je l'ai fusillée.

– T'as trouvé un film qui t'a plu ?

– Non. Ils étaient trop... ils ne me plaisaient pas.

– Un magazine ?

– Non.

– Alors quoi ?

Je lui ai montré la photo de fond de mon téléphone.

– Moi ? demanda-t-elle incrédule. T'avais le droit de regarder du porno et tu t'es branlé en pensant à moi ?

– Pourquoi ça te surprend ?

– Parce que... qui se masturbe en pensant à sa femme ?

– Moi.

Je ne comprenais pas pourquoi ça l'étonnait. J'aimais ma femme et je pensais qu'elle était ce qu'il y avait de plus beau au monde. Sinon, je ne l'aurais pas épousée. Elle me comblait sexuellement. C'était le meilleur coup de ma vie. Elle assouvissait mes désirs, chaque fois.

– J'ai roulé ma bosse, Trinity. Crois-moi, tu incarnes tout ce que je désire.

Ses yeux se sont adoucis.

– Trop mignon...

– On peut se barrer d'ici ?

Elle m'a tapoté la cuisse.

– Bien sûr.

***

J'AI PRIS MON BLOUSON ET EMBRASSÉ TRINITY SUR LE FRONT.

– Je reviens plus tard.

– Tu vas où ?

– Je passe voir Cayson.

– Oh... bonne idée.

Elle était beaucoup plus sympa avec Cayson depuis qu'il s'était effondré sur notre canapé.

– Quand est-ce qu'on aura les résultats ?

– Dans une semaine.

– D'accord.

Ça faisait long à attendre. Je n'aurais l'esprit en paix qu'une fois que nous serions fixés.

– Ne m'attends pas, dis-je.

– Sois prudent.

– Je le suis toujours. Je t'aime, dis-je en l'embrassant encore.

– Moi aussi je t'aime.

J'ai marché jusqu'à l'appart de Cayson au-dessus du salon. J'ignorais combien de temps il allait rester là. Nous lui avions proposé notre ancien appart, mais il n'avait pas demandé les clés.

Quand je suis entré, il était assis à la minuscule table de cuisine avec son ordi. Il n'y avait pas bouteilles vides autour de lui, ce que j'ai pris pour un bon signe.

– Quoi de neuf ?

Ses yeux sont restés scotchés sur l'écran.

– Salut. Qu'est-ce que tu viens faire ?

Je me suis assis face à lui.

– Prendre des nouvelles de mon pote.

Il a enfin levé les yeux vers moi.

– Slade, je vais bien.

– Je n'ai jamais dit le contraire…

– J'ai signé les papiers du divorce.

Mon cœur s'est serré douloureusement.

– Tu l'as vraiment fait ?

– On aurait divorcé de toute façon. Autant en finir. Je ne peux pas supporter un autre chagrin d'amour. Je brûlerais vif.

J'ai baissé la tête et ressenti le contrecoup de la situation. Jamais plus ce ne serait nous quatre. Maintenant, nos relations seraient pénibles et compliquées. C'était difficile à croire.

– Ce qui me fout le plus en l'air, c'est l'attitude de Sean. S'il avait tellement hâte que je signe, c'est parce qu'il avait peur que je mette Skye sur la paille et que je ruine son entreprise par tous les moyens.

– Ça m'étonnerait.

– Non, c'est vrai. Il a flippé quand j'ai parcouru les papiers du divorce. Il espérait que je ne les lirais pas. Légalement, j'ai droit à la moitié des biens de Skye. Le fait qu'il pense que j'en voudrais est insultant. J'aime sa fille. Il croit vraiment que je l'arnaquerais ? Même si elle m'avait trompé, je ne lui prendrais pas son fric.

Sean était sûrement bouleversé par cette histoire, mais je ne l'imaginais pas faire un coup pareil.

– T'as peut-être mal interprété sa réaction...

– Slade, j'étais là. Je sais ce que j'ai vu.

Il a fermé son laptop et soupiré.

– Alors... c'est vraiment fini ?

– Ouaip.

Il n'avait pas du tout l'air de le regretter. Il m'a fait penser à Conrad.

– Et... ça va ?

Il a serré les mâchoires comme s'il voulait frapper quelqu'un.

– À ton avis, Slade. T'es la seule personne qui me croit. Et tu n'es même pas ma femme, siffla-t-il. J'arrive pas à croire que ça m'arrive. Même dans mes pires cauchemars, je n'ai jamais imaginé que Skye et moi en arriverions là.

– Moi non plus...

– Et le fait qu'elle pense que je suis un salaud de mari infidèle est ce qui me blesse le plus. Je ne peux pas vivre avec quelqu'un qui a si peu d'estime pour moi. C'est comme si... elle n'avait aucune confiance dans l'homme qu'elle a épousé.

Au fond de moi, je savais que Trinity me croirait. Et ça me foutait encore plus mal. Pourquoi Skye ne pouvait-elle pas avoir la même confiance en Cayson ? De nous deux, j'étais le plus susceptible d'être infidèle en raison de mon passé dissolu.

– Elle finira par réaliser son erreur.

– C'est encore pire, s'énerva-t-il. Parce que ce sera trop tard. En fait, c'est déjà trop tard.

J'espérais qu'il parlait sous le coup de la colère. Il était manifestement amer. Et je ne pouvais pas lui reprocher. Si Trinity me quittait... je ne saurais pas quoi faire de ma peau.

– Alors, quel est ton plan maintenant ?

– J'étais en train de chercher un appart.

– Tu peux avoir mon ancien.

– Non merci. J'ai besoin de quelque chose de plus grand. Comme je vais y habiter de façon définitive, autant chercher un appart qui me plaît vraiment. J'en ai trouvé un proche du boulot. C'est un appartement, mais comme Skye a un jardin, c'est pas très grave.

– Un jardin ?

J'avais du mal à le suivre.

– Pour le bébé, expliqua-t-il. Il a trois chambres, alors j'aurai de la place pour l'accueillir.

C'est de plus en plus déprimant.

– Il doit être chouette.

– Ouais...

Ses yeux se sont perdus dans le vide. J'ai pensé que c'était le bon moment pour changer de sujet.

– On a consulté un spécialiste comme Trinity n'arrive pas à tomber enceinte.

Il a reporté son attention sur moi.

– Comment ça s'est passé ?

– On a dû faire des examens... ça craint.

Il a souri.

– Tu t'es branlé dans un flacon ?

– Ouais... c'était glauque.

– Tu m'étonnes. T'as maté des vidéos ?

– J'ai maté une photo de Trinity.

Son visage s'est empreint de tristesse. Je n'ai pas compris pourquoi.

– Ça va ? demandai-je.

– Ouais, c'est rien.

– Tu peux me parler, Cayson. Quand est-ce que tu as déjà regretté de m'avoir confié un truc ?

Il est resté silencieux un moment.

– Je ne peux pas me masturber parce que ma queue ne réagit qu'à Skye. Et quand je pense à elle, ça me déprime. Alors, je suis excité et je ne peux rien y faire. Et je ne peux pas m'imaginer avec une autre fille... jamais. C'est juste impossible.

– Je vois ce que tu veux dire.

– Et quand je m'imagine avec quelqu'un d'autre... j'ai envie de mourir.

J'ai baissé la tête.

– Un jour ou l'autre, elle va se remarier. Moi aussi... C'est pas le truc le plus déprimant que t'as jamais entendu ?

J'ai acquiescé de la tête, incapable de parler.

Il a balayé la pièce des yeux.

– Comment ma vie en est arrivée là ? Pourquoi j'ai fait cette putain de mission ? Pourquoi j'ai croisé la route de Laura ? Je suis parti pour aider les autres, et ça m'est revenu en pleine gueule.

Je n'ai rien dit.

– Maintenant que le divorce est prononcé, tu dois en informer la bande.

– Quoi ? m'écriai-je.

– Tu dois leur annoncer notre divorce. Ils l'apprendront tôt ou tard de toute façon, et je préfère ne pas être dans le coin ce jour-là. Dis-leur juste ce qui s'est passé et demande-leur de ne pas me poser de questions. Je ne veux pas en parler.

C'était inévitable qu'ils l'apprennent de toute façon et je préférais qu'ils entendent ma version plutôt que les mensonges de Skye.

– Je m'en occupe.

– Merci. Alors... tu penses que quelque chose ne va pas ?

– Comment ça ?

– Tu sais, Trinity et toi ?

– Oh... j'en sais rien. Elle a peut-être un problème.

– Pourquoi ?

– D'après mes recherches, les problèmes d'infertilité

touchent surtout les femmes. J'espère sincèrement qu'elle n'a rien parce que je ne veux pas qu'elle traverse cette épreuve.

Cayson a hoché la tête.

– Ce serait terrible pour elle.

– Ouais... je déteste la voir triste. Ça me rend triste.

– Je suis sûr que tout va bien, affirma Cayson. Vous êtes jeunes.

– J'espère que t'as raison.

– Bien sûr que j'ai raison. Et vous aurez bientôt un bébé dans les pattes. Mon fils n'est pas encore né, mais je sais qu'il sera génial. Même maintenant, quand je déprime à mort, penser à lui me rend heureux. Honnêtement, c'est mon fils qui me permet de tenir.

J'étais encore plus mal pour lui.

– Je suis sûr qu'il sera génial.

– C'est évident. J'ai une femme magnifique, c'est la garantie d'avoir de beaux enfants.

Il m'a fait un petit sourire.

Au moins, il ne la détestait pas.

Je ne peux pas dire la même chose.

31

SEAN

Je suis arrivé à Londres et j'ai localisé l'appartement de Laura en centre-ville. Elle vivait dans un immeuble juste à côté d'un café et d'une boulangerie. Il avait plu sans arrêt depuis trois jours et la chaussée était mouillée et glissante. Des escargots rampaient hors des parterres de fleurs et des vers de terre grouillaient sur le trottoir.

Scarlet est restée à l'hôtel parce que je voulais parler à Laura en tête à tête. La présence de ma femme aurait pu la braquer. J'ai demandé à Mike de veiller sur mes enfants pendant notre absence. Ils ne savaient pas que nous étions là — surtout Skye.

Je suis entré dans l'immeuble et monté au quatrième étage. J'ai trouvé le numéro de son appartement et j'ai frappé. Le couloir était étrangement silencieux. C'était trop calme. Les lampes de chaque côté rayonnaient faiblement. Il faisait anormalement sombre. Je pouvais à peine distinguer les motifs du papier peint.

J'ai entendu des bruits de pas approcher derrière la porte et s'arrêter. Puis l'œilleton a grincé. Ne me connaissant pas, elle pouvait ne pas ouvrir.

– Bonjour Laura. Je m'appelle Sean Preston. J'aimerais vous parler si vous avez un moment.

Je n'étais pas en costume-cravate, ce qui me donnait l'air moins crédible que d'habitude. Je portais un jean et une veste.

À ma grande surprise, Laura a ouvert la porte.

– Je ne connais pas de Sean Preston.

Elle était fine et élancée. Elle avait le teint hâlé, comme si elle passait beaucoup de temps au soleil. Elle avait des traits exotiques, de grands yeux en amande et des pommettes saillantes. Un beau brin de fille.

– On ne s'est jamais rencontrés.

J'aurais dû tendre le bras, mais je ne voulais pas la toucher. Cette femme avait détruit le mariage de ma fille. Lui serrer la main en gage d'amitié serait trahir ma famille.

– J'espérais que vous pourriez répondre à quelques questions.

– Vous êtes de la police ?

– Non, dis-je en sortant sept cents livres sterling de mon portefeuille. Cet argent est à vous si vous répondez honnête-ment à mes questions.

Elle a froncé les sourcils d'un air méfiant.

– Je n'aime pas ça...

– C'est au sujet de Cayson Thompson.

Son expression a changé. Sa méfiance a diminué, laissant place à l'inquiétude.

– Cayson ? Il va bien ?

– Oui. J'ai juste quelques questions, continuai-je en agitant les billets.

Elle a croisé les bras.

– Que voulez-vous savoir ?

– Avez-vous eu une relation amoureuse avec lui ?

Sa méfiance est revenue.

– Pourquoi vous me demandez ça ?

– Répondez seulement à la question — sans mentir.

– Preston... prononça-t-elle lentement. Ça me dit quelque chose...

Je l'ai toisée.

– C'est le nom de jeune fille de sa femme... ce qui veut dire que vous devez être son père ou son oncle.

Je n'ai pas menti.

– Je suis le beau-père de Cayson. Enfin, peut-être plus pour longtemps.

Ses yeux se sont arrondis.

– Alors, réponds à la question, s'il te plaît.

– Je ne comprends pas pourquoi vous êtes venu jusqu'à Londres pour me demander ça. Dites-moi pourquoi et je vous répondrai.

Elle m'a mis au pied du mur.

– Skye a trouvé la lettre que tu as mise dans le sac de Cayson.

– Oh... s'exclama-t-elle en se couvrant la bouche. Je vois...

– As-tu eu une relation amoureuse avec lui ?

Je le soupçonnais depuis le début, mais avoir raison ne me procurait aucune satisfaction.

– Non.

J'ai bien entendu ?

– Non ? Dans la lettre, tu dis que vous couchiez ensemble. En quoi ce n'est pas une relation ?

– Je n'ai jamais couché avec lui.

– C'est toi qui le dis.

– Je suis bien placée pour savoir si j'ai couché avec lui ou pas.

– Mais tu évoques toutes les nuits que vous avez passées ensemble...

– À discuter. Je voulais dire toutes les nuits que nous avons passées à discuter. Cayson m'a protégée alors qu'il n'avait pas à le faire et il a un don pour écouter... c'était un ami précieux. Je n'arrive pas à croire que tout ça arrive à cause de cette lettre. Je ne voulais pas créer de drame, ajouta-t-elle après une pause.

– Et le baiser ?

– Je l'ai embrassé et il m'a repoussée. C'est tout.

Merde.

– Il ne vous a pas raconté tout ça ?

– Si... mais on ne l'a pas cru.

– Vous ne l'avez pas cru ? s'exclama-t-elle surprise. Cayson est la personne la plus droite que j'aie jamais rencontrée. Il ne parlait que de Skye.

Putain, je me sens encore plus mal.

– Alors pourquoi tu lui as écrit cette lettre ?

Elle a haussé les épaules.

– Je voulais qu'il sache que je serais toujours libre pour lui s'il le redevenait un jour, même si c'était peu probable. C'est un mec assez incroyable. Je n'ai pas vu où était le mal. J'ai pensé qu'il la lirait et la jetterait. Je ne savais pas que sa femme la trouverait.

J'avais mal au ventre. Pendant tout ce temps, Cayson disait la vérité, mais personne ne l'a cru.

– Sa femme a beaucoup de chance. Cayson ne la trompera jamais. Il aurait pu m'avoir pendant tout le voyage, mais il n'a jamais été tenté. Et je lui ai dit clairement qu'il pouvait m'avoir quand il voulait.

J'étais trop bouleversé pour me soucier de ses mœurs légères. Skye ne l'a pas cru et moi non plus. Le malentendu aurait été éclairci rapidement si j'avais rendu visite à Laura plus tôt. Mais au lieu de ça, j'ai donné raison à une feuille de papier.

J'ai été tellement bête.

– Vous vouliez savoir autre chose ?

– Non...

Je lui ai tendu les billets.

Elle ne les a pas pris.

– Je ne veux pas de votre argent. Le moins que je puisse faire pour lui, c'est de le disculper. Mais si vous ne l'avez pas cru, il est sans doute mieux sans vous.

J'étais trop sonné pour répondre.

– Au revoir, M. Preston.

Elle m'a fermé la porte au nez.

Je suis resté là un bon moment, à penser aux dégâts que j'avais causés. Cayson m'a raconté la même histoire à maintes reprises, mais je ne l'ai jamais cru. Je ne lui ai même pas accordé le bénéfice du doute. Une lumière s'est éteinte dans ses yeux quand je l'ai accusé. La relation intime que nous avions a disparu. J'aurais dû me comporter comme un père avec lui, mais je ne l'ai pas fait.

Au lieu de ça, je l'ai laissé tomber.

CHERS LECTEURS,

Merci d'avoir lu *Quand on tombe*. J'espère que vous avez aimé lire cette histoire autant que j'ai aimé l'écrire. Si vous pouviez me laisser une petite évaluation sur Amazon.fr, Livres ou Fnac.-com, je vous en serais très reconnaissante ! Ces commentaires sont la meilleure façon de soutenir un auteur.

Merci !

Avec tout mon amour,

E. L. Todd

Printed in France by Amazon
Brétigny-sur-Orge, FR